首届天山文学奖丛书

解忧牧场札记

阿瑟穆·小七 / 著

新疆人民出版社
（新疆少数民族出版基地）
陕西师范大学出版总社

图书在版编目(CIP)数据

解忧牧场札记 / 阿瑟穆·小七著. -- 乌鲁木齐：新疆人民出版社（新疆少数民族出版基地），2025.1 (2025.3重印). -- (首届天山文学奖丛书). -- ISBN 978-7-228-21627-7

Ⅰ.I267

中国国家版本馆CIP数据核字第2025NV7078号

解忧牧场札记
JIEYOU MUCHANG ZHAJI

出 版 人	李翠玲	策 划	李翠玲 可 木
出版统筹	孙 瑾 单 勇	美术创意	可 木 王 洋
责任编辑	孙 瑾 张文姣	装帧设计	王 洋
责任校对	热伊麦·阿布都吾甫	责任技术编辑	杨 爽

出 版	新疆人民出版社（新疆少数民族出版基地）
	陕西师范大学 出版总社
地 址	乌鲁木齐市解放南路348号
邮 编	830001
电 话	0991-2825887（总编室） 0991-2837939（营销发行部）
制 作	一心印艺设计工作室
印 刷	北京富诚彩色印刷有限公司

开 本	880mm×1230mm 1/32
印 张	11.25
字 数	200千字
版 次	2025年1月第1版
印 次	2025年3月第2次印刷
定 价	88.00元

版权专有，侵权必究。如有质量问题，请与营销发行部联系调换。

序一
小七的散文态

梁晓声

小七的这一组散文,我看了多半的篇目,都非常喜欢。我非常同意高洪波说的"恬静""宁静"等词,其实说到底,这就是一个心境。

当散文写作的心态进入了一种"散文态",它一定是跟小说不一样的。小说本身有时为了推进情节,还要特意设计出反面人物,设计出坏人。明明他在生活中没有,还是得设计,甚至还要很用力地去写,以为是深刻。

而作家在写散文的时候,他的状态是另一种。散文是记录生活本身的。小七的散文,有几段话给我留有很深的印象。一是"万物皆有裂痕",我读到这儿,心里一动,觉得这种对于生活的感受,确实是在一种静思生活的状态下才能产生的。二是《新马甲和红皮鞋》那篇提到的,达娜"想着曾经遇到的善良的人们",说"我也是其中一个啦"。我就觉得,这许多善良的人中,一定有小七。

小七的散文,记述了她对生活全部的热爱,包括她观察生活、感受生活,以及选择的一个个新的角度,似乎都说明了那句话,"自己有什么样的心灵,看世界的角度就是不一样的,看他人也是不一样的"。正如洪波所说:"在一个风景美好的地方,美的并不仅仅是风景,还有那里善良的人们。"我非常认同。

我曾经提出过"好人文化"。我觉得我们的生活中就是有那么多好人,所以,这很阳光。另外,小七的文字也很活泼,比如写老人脚步蹒跚,用"双腿纠缠着"等。这样的散文,我都是非常喜欢的。

向小七的散文致敬!向小七的事业致敬!她这十年,很不容易。而且,她和一个小村的扶贫、一个地区的旅游都发生了一种密切的关系,有促进的作用。这不是许多作家能做到的。作家们通过自己的笔能做到这一点儿,那也真是一种价值,一种欣慰。

我有一个想法,就是和电视台合作,拍一拍"散文里的中国故事"。像《了不起的母牛》这类文章,加上音乐和画面,一个故事就呈现出来了。不但小七的作品可以做成影视散文,很多获奖作者的文章,也都可以。

梁晓声,当代著名作家。代表作有《人世间》《今夜有暴风雪》《年轮》《知青》《中国社会各阶层分析》等。曾荣获全国优秀短篇小说奖、吴承恩长篇小说奖、茅盾文学奖等多个奖项。

本文系梁晓声在二〇二〇年度中国散文年会之阿瑟穆·小七散文研讨会上的发言。

序二
阳光下行走的文字

高洪波

不久前,我和小七老师说到文字的阅读感觉,一个是通过积累和想象力,另一个就是实践并记录,让我们看到真实的生活场景,这和一般的文学作品有很大不同。所以我为这次活动做了很多准备,也非常有意义。

我在阅读小七的散文之后有一篇简短的解析,题目叫《"走在阳光下"的文字》。此外,小七给我这个职业阅读者很多惊喜,其中包括三种姿态:一是恬静快乐的写作姿态;二是幽默真诚的语言形态;三是质朴纯粹的生活状态。这是我之前从文字上没有看到的"三态",和刚才的画面一对接,感觉还是相对准确的。

我在阅读中想起了我非常喜欢的苏联作家帕乌斯托夫

斯基,他是《金蔷薇》的作者,在莫斯科乡间生活时写了大量的像小七的散文这样的文章。我在阅读时觉得小七对他应该是熟悉的。帕乌斯托夫斯基也写过盖达尔等很多作家的生活,这些作品是我在云南军营读到之后一直珍存的,作家在描写土地、生活场景方面给我留下了深刻的印象。去年,我还专门去俄罗斯参观了他的旧居。可能因为小七描写的也是森林和草原,我在阅读时突然就出现了一种熟悉的情感。

小七有几篇非常好的文章,比如《交际羊》,表达了对动物、自然的一种由衷的热爱;《踢人的羊驼》写到了动物的调皮神态、灵魂深处,我们通过作家的文字才能理解和小动物的沟通;《在牧场,路权马牛羊说了算》体现了满足幸福的生活观;《毛毡里的马槽子》描绘了一种独特的生活场景——小七把寻找垃圾转化成一篇非常幽默的散文,还写出了警察的风趣;还有《突然的访客》,语言犀利,开始作者以为女人是小伙子的妈妈,后来又以为是他姐姐,最后才知道是他妻子,层层递进地把女人对于青年丈夫的关爱和呵护写得很有生活气息,看得我直想笑,转化成小品应该是非常好的春晚节目;还有《土拨鼠》,描写了草原风情的承载者——土拨鼠一家。

我把小七的散文特点总结为这样几句话:有丰富的生

活故事，对边疆少数民族有浓厚的感情；看似散漫，但内容丰富，语言有极大的穿透力；触角极其敏锐，快乐的文笔给人一种宁静的力量。

平静出散文，愤怒出诗人。小七笔下有草原的气息，边地的风光，还有一个作家特殊的温暖，这种情感、情怀与对少数民族特殊的情谊融合在一起，让小七的文字堪称"阳光下行走的文字"——她具象地阐释了"生活不是缺乏美，而是缺乏美的发现"。

感谢小七给我这样美好的感受，也希望她把"何以解忧，唯有牧场"做大做强。

高洪波，笔名向川，诗人、散文家。历任《文艺报》新闻部副主任、中国作家协会办公厅副主任、《中国作家》副主编、《诗刊》主编，中国作家协会原副主席。

本文系高洪波在二〇二〇年度中国散文年会之阿瑟穆·小七散文研讨会上的发言。

自序
来到乡村

阿瑟穆·小七

离开阿勒泰市的街道,朝南行走不到五公里,你会发现道路右侧一条小径沿着缓坡蜿蜒而下。两旁是歪斜的栅栏、自然生长的草场与林地,石墙民舍、牛棚羊栏间相隔数百米,处处显示出从未开发过的痕迹。

你站在那儿,呼吸全世界最纯净的空气,聆听小鸟们热闹的啾啾声和蜜蜂的振翅声,以及某头望不见踪影的母牛呼唤小牛的哞哞声,还有小牛响应召唤跑向母牛身边时空灵的铃铛声。除此之外,就是耳边呼呼的风声。

我已在这里生活十年。这种身体忙碌内心平静的生活,像涓涓细流,随着血液在我的全身流淌。日子一天天过去,我越来越不注重时间的界定,甚至忘了钟表的存在。因为清晨升起的太阳和黄昏落下的日头,很容易让你感受到时间。

还有,马蹄踩过碎石的声音,牧羊犬尾追羊群的叫声,或者,风吹过你的脸庞,扬起你的长发,这些听觉、视觉与触觉,更能间接界定时间。

我开始慢慢了解身边的牧民。而我所了解的,令我很喜欢。他们懂得享受生活,"不着急,慢慢来""可以留到明天做的事,就等到明天再说吧",这两句话,是他们的座右铭,并嵌入他们的基因深处。这和他们千百年的游牧历史、生存环境有很大关联。他们让身体顺应自然的节奏,慢生态、慢手作、慢食、慢社交,第二天的事情,绝不会提前去做。干吗那么着急呢?有的是时间,不是吗?不如悠闲地斜坐在草地上,来一碗热奶茶,与邻居们聊上两句,总比牛棚上掉了一块木板要紧得多。

他们无法理解,为什么人们发了疯似的积攒并占有身外之物。他们坚信,自己该做的,是追寻领悟世间万物、四季以及白天黑夜的节奏,得到自己应得的那份食物,像个婴孩般酣睡,那才是生活本来该有的样子。

我还了解到,邻居这个概念在牧场远比城市显得重要。你如果住在城市的高楼大厦里,一墙之隔的邻居,你们相距不到半米,但可能仅限于偶然在楼梯间或电梯里遇见,也可能一年说不上一两句话。对于被邻居团团包围的你来说，邻居或许永远是个没名没姓的人。然而，在牧场，想当无名氏是办不到的。这里最近的邻居也远在百米之外，远点的或许有一两公里甚至更远，中间隔着马路、牛圈、草堆、树篱和沟渠。这么远的距离，简直没法称之为邻居。但是，他们却是你生活的一部分。而你，也是他们生活的一部分。

即使遇见无意闯入的外来人，他们也会真诚地盯着对方的眼睛，礼貌问候："嗨！你好啊！"骑在马背上，驱赶羊群的牧人，老远望见另一个山坡上的牧羊人，他的脸上立即涌现出压制不住的兴奋，拉一把缰绳，脚跟轻踢马肚，迎过去问候几句。一般都聊些家长里短，比如：家里老人好吗？孩子好吗？牛好吗？羊好吗？马好吗？诸如此类的问题，每次都是不厌其烦地相互询问。他们不太注重问候的内容，意在表明注意到了对方的存在。

十年来，我不知哪里来的一股坚定的痴狂劲儿，不顾身体的劳累和众人的议论，推着一把陈旧的手推车，行走在乡野小道。在灰尘弥漫的旧房倒塌处翻翻拣拣，或是用自制的铁钩在废品站成堆的废品中扒拉，要么就是躲在牧民废弃的牛圈羊栏外窥伺。

从春夏到秋冬，从太阳升起到落下，我在这些地方寻找发掘出瘸了腿的柜子，散架的小孩摇床，被老鼠啃坏的旧毡筒、套马圈、马鞭、老皮袄、马褡子,还有锈迹斑斑的老炉子、铁熨斗、马蹄铁、皮风机、压井头……五六千件五花八门、奇奇怪怪的被大家称为废品或者垃圾的老物件,我又用自己的双手尽量做到修旧如旧,恢复其本来面貌。

进入阿勒泰市的路口,有一块非常潦草地写着"旧货市场"的标牌。这个市场具备两种功能:第一,你可以将你不要的物件卖到这里;第二,你可以到这里寻找和购买喜欢的旧物。

我在这里找到过十几种大小不一、形状不同的马鞍,其外观和功能,几乎囊括了千百年来游牧民族曾经有过的马鞍。古老马鞍的功能,自然比不了工厂新出品的马鞍那么完善,外观也扭曲到变形,连接每块木板的皮绳已经断裂,镶嵌的银饰也已脱落。尽管如此,这马鞍依然存有一种不可复制的魔力,足以抵消它的诸多缺陷。时代久远的磨痕,泛着一层经历了岁月洗礼的温润光泽。它的原有形状,也不是十分规则。因为切削、刨整、磨光全是由手工完成,带有一些牧人的个性在里面。所以,它是绝无仅有的。

日复一日,我投入了十年血汗和创意劳作,用旧砖石、老木材恢复了一座"解忧牧场游牧非遗老院子"。里面吃、穿、住、行、用、娱乐的所有物件,都是收购或捡拾来的具有文化记忆的老物件,形成阿勒泰当地政府认可的一座民间民俗博物馆。我身体力行了政府十年来的呼吁——垃圾是堆错地方的财富！

为把身边资源利用到极限，我还将解忧牧场游牧非遗老院子的多余房屋，以"劳动换住宿"的概念，用于新疆之外作家、摄影师和画家居住，既解决了想要长期感受本地民俗特色的艺术家们的居住问题，又让他们近距离接触到了本地的民俗风情。

艺术家们出版的画册、书籍等作品，又以滚雪球的效应，实现了对外宣传推介阿勒泰民俗风情的目标。与此同时，我还创作出版了八本宣传推介本地游牧文化的书，获得多个文学奖。我救助过二百多只流浪猫，给它们看病、做绝育、找领养。不管是否有人认可，这种微不足道的琐事，使得十年来我的人生充满喜悦和成就感。这种快乐近乎天然，有种直抵内心的幸福感。

倍感荣幸的是，这两年，阿勒泰地区、阿勒泰市政府极大地肯定了我的努力与付出，将我所居住的乡村列入发展哈萨克族非遗文化旅游的村落，让整个村落紧紧围绕资源再利用、保护环境、人与自然和谐相处等重心，开展游牧非遗吃、穿、住、行、用、娱乐等文化旅游，达到让牧民依靠自身特长脱贫致富的目标。

十年了，我是用"生命"在做这些事，偶尔停下来把自己抛进草堆,尽情舒展四肢,让乡野甜暖的风把我由外而内吹个透。

老天,我浑身肌肉痛得几乎不听使唤,指甲缝里也嵌满黑泥。身上十来处劳作留下的淤青,还有一股难闻的汗臭味儿。我闭上眼睛,情不自禁搓掉干在胳膊上的黑泥。四周寂然无声,我不觉失声而笑,直笑得全身颤抖,笑得我将脸埋进手掌,抹去不知何时落下的泪。

不知过了多久,一只啾啾叫的小鸟落在我的肩头,我甚至能感受到它细细的、软软的爪子。我懒洋洋地又把眼睛张开。天上,风推着云,云逐着风,飞快地在空中游弋。对了,刚刚我可没有抱怨,更不会后悔十年前的选择。因为,任何事儿都是一连串小成功和小失败交织在一起的。这些年的我,有时沮丧,常常不适,却从未感觉乏味或失望。

阿勒泰城里有更丰富的市场,但我们并不愿光顾。我和妈妈尽量去乡村集市买东西:钳子、铁锹、水舀子、餐巾纸和碗筷。从摆满五金工具的地摊到满是果蔬的小货车,再到平铺在马车上的牛羊肉摊,把买到的东西满满当当装进脚踏车前面的车筐里。在集市做生意的阿依旦大姐一见到我们,便会掀开盖在奶疙瘩上的棉布,把软糯的酸奶疙瘩挑出来,放到我的手心。如果我们没有零钱,她就会说:"不急,有了再说。"旁边卖干草的大叔,把我家地址记到纸上,等闲了,把干草送到我家。在拥挤的奶茶摊位前,摆放着奶茶配料:酥油、奶皮、燕麦、塔尔米、炒面、银杏……我数过,有十二种奶茶配料可供选择。而摊位老板早已摸清我和妈妈的喜好,知道我们喝奶皮子加酥油的奶茶。

一路下来,不由惊叹在这十年间,我真是改变很多。我不再看手机,这并非自命不凡地想拿出更多时间学点东西。变化,它自然而然就发生了。因为,夏夜看手机比不过仰望星空,冬夜看手机比不过看漫天飞雪。如今,手机只是我与外界联系的一种媒介。

身处乡野牧场,不管待多久,都会被本地人自力更生、取自自然的饮食追求所感染。比如,牛吃了漫山遍野的中草药产出了奶,牛奶又被用来制作成酥油、奶酪、奶豆腐等奶制品。这么多年过去了,我已习惯牧场的饮食节奏。我已经习惯接受这来自大自然的恩赐。

肉类也是如此,羊吃草药长大,肉味之独特让你觉得加任何调味品都是罪过。

吃的食物原生态,健康又美味,但我们的体重还减轻了。虽说只是瘦了一点点,却足以让朋友们吃惊:这么好的食物,你怎么没有吃得身体滚圆呢?

是因为运动增多了。我从未刻意减肥,不是像在城里去健身房跑步锻炼或者是跳健美操,而是每天有一大半时间在户外劳作,维修房屋、修整旧物、种菜种花、拔草浇水等。当然,还有无论天气如何,每天都要带着羊驼和猫咪们出门散步。

曾经,几位旅居在此的其他省区作家,他们不相信散步是高强度运动。他们说:"散步优哉游哉,算什么运动啊!"

他们如此坚持,我便带着他们,牵着羊驼一起出去走走。

起初,脚下平坦,不过是沿着乡野的小径慢悠悠行走。他们毫不费力,边走边远眺阿尔泰山顶的终年积雪。"这也算运动?"他们又说,"连大气都不喘一下呢!"

山路崎岖,我领着他们朝最近的山坡走去。脚下不再是松软的沙地,而是碎石和岩石。我们开始爬山,不到半小时,嘲笑散步不费什么体力的人就闭了嘴。又一个半小时之后,大家都不说话了,只剩下呼哧呼哧的喘气声,夹杂着咳嗽声。假如还有说话的工夫,那可能是在硬石上崴了脚,忍不住抱怨。总之,双腿酸疼,喉咙里像是着了火。

那儿没有明显的道路,只有一条隐藏在灌木丛下的碎石小径。小径沿着巨石弯来绕去,石间灌木像一把把小钩,钩住他们的衣服,不愿轻易放手。我们被善于走山路的羊驼远远抛在后面。几个人步子沉重,腰背前弯,双手撑在膝盖上借力。终于,我们登上了山顶。

这里是一片平坦的草滩,泥土和草根的芳香被温暖的阳光蒸散出来,羊驼在闪亮的草叶间纵情奔跑,就连周围的空气也闪闪发光。他们张开手臂,让微风轻拂面庞,饱餐这清新怡人的干净空气。

有意思的是,有些事儿十年来从未改变。乡村集市依然在贩卖牧民手工制作的新鲜食物,完全不去理会盛行的真空包装和添加剂。广阔乡野依然空旷纯净,没有遭遇现代建筑材料的侵蚀。你若用心感受,依然能够享受到那份难得的心灵宁静。而且,发展非遗文化旅游业,并未使这里变得拥挤、污浊和乏味。它依然如往昔独具奇俗奇情:乡音依然浓郁,守时观念依然受到漠视,奶茶依然可以喝上两三个小时。

但奇怪的是,我不再对远行感兴趣。我哪儿也不想去,我在这儿就很快乐。我想,这就是满足。我会永远感谢这十年来的经历,并将它记录成文字。是它,帮我收获了喜悦和幸福。最重要的是,这里早已成了我的家。真是奇妙啊!在这儿待得愈长久,这儿的一切愈使我迷恋。

这本书交稿的前一天夜里,我和妈妈聊起这十年,觉得短暂如瞬间。时间,就这么经不起过。还有许多风景没来得及看,许多趣事没来得及做。这十年,在每一个崭新的清晨我都觉得,这儿才是起点!我不是在烈日下劳作,就是融入邻居间日常的生活琐碎,或者窝在家里记录经历——我工作与生活中一切的问题、压力和收获,都打这儿开始。

显然,有了这十年的经历和记录,我才有幸遇见你们,我最亲爱的读者们。我谨再次对你们十年来的善意和鼓励致以谢意。我还要衷心感谢家人、友人还有邻居们,在我遇到困难时,你们总给予我勇气,指引我的人生方向。我将依然不忘初心、心存敬畏、充满想象。无论过去发生什么,相信最好的尚未到来。

目　录

第一部分

003　毛毡里的马槽子

011　哈萨克族牧民慢生活的智慧

021　在牧场,路权马牛羊说了算

030　交际羊

037　老皮匠努尔旦

047　母牛吃了塑料袋

056　修水管的托鲁斯先生

070　开货车的努尔兰

第二部分

087　野生植物的神秘魅力

101　从绿色中获取生命能量

114　夏日生灵

124　修理老居所

139　新炉子的第一次烘烤

149　手工集市

163　孤独的幸福

175　下雪的季节

第三部分

187　老努尔旦和玛依拉

194　两个老伙计喝酒聊人生

203　扎特里拜满山坡找马

218　暴躁的阔孜

232　突然的访客

239　哈江医生

245　捡鸡蛋

255　热心过了头的库齐肯奶奶

第四部分

275　了不起的母牛

280　踢人的羊驼

288　土拨鼠

295　小山羊和古丽娜妈妈

300　新马甲和红皮鞋

306　小别克和小野鸭

317　库齐肯奶奶和小黑狗

330　玻璃窗后面的猫

第一部分

毛毡里的马槽子

我目不转睛地盯着篱笆墙边的马槽子,来回走了两圈。这是有点历史的老物件,有七八十年的样子,可能还更久远。也许牧民已经嫌弃它老旧和笨重,可是它的魅力使我久久不能平静。

隔着栅栏门,屋内走出一位老人。他扬起他那顶破旧的毡帽,热切地迎过来,毡帽随手被挂在了身边的篱笆墙上。

"嗯?你在看这个?"

我点头称是。

他表情神秘地凑过来:"这是我外祖父年轻时,在深山里捡到的红松,那是被雷劈倒的,他就拿着刀子、斧头掏了十几天,才搞成这个样子。现在,可没有这么老的东西了。"

我同意他的说法。这个马槽子的确是难得一见,这是代表草原游牧文化的老物件了。我估摸着,它可能值上两三千。我抬头看了老人一眼——他正盯着我,指尖轻触嘴唇做思考状。

寂静片刻之后,他开腔了。

"如果你想要的话,必须来个一百元才行!"他冲我打了一个响指,一脸豁出去的表情。

他见到我面无表情,又停了半晌。我瞄到他迷失在疑惑之中的眼神时,赶紧把头抬起来,瞧着天空。同时,我的心里发出咯咯咯的欢笑声。

"这是红松马槽子,劈成柴火,够你烧一个星期的奶茶啦!"我用余光看到他抬起脚,朝马槽子跺了几脚。我的心随着他的脚上上下下猛跳了几下——要是再不把这个马槽子运走的话,他真会用它烧火做饭了。

我听到自己的声音脱口而出:"我要了!"

"好!要不是这红松木硬得像石头,我早用斧头劈了!"说完,他长舒一口气。

简直不可思议,这个文物般的马槽是我的了,并且只花了一百元。我等老人从院子里拖出一块旧毛毡裹住马槽之后,按压着喜悦付了钱。

各位都知道红松木很重,所以,当我弯下腰去提马槽时,发现它纹丝不动。我跟僵硬的旧毛毡搏斗了一番之后,终于抓住了合适的部位,这才眼睛鼓胀、满脸通红地提起了马槽。

我蹒跚着,往家挪去。

刚到马路边,毛毡的一头突然开裂,于是马槽像一块石头般砸到地上。我跳了两三下,才没砸着脚趾。惊慌失措中,我哇啦啦喊叫了半晌,才控制住自己,不再惊慌。

费了好大劲,我才重新把毛毡裹在马槽上。又坐在上面,喘了足足有十分钟。

世上的事儿就这么凑巧,再次提起马槽时,一群羊像是从天降落似的,突然出现在马路对面的树林里。牧羊犬首先发现了我,它哈着气,兴奋地冲了过来,好像我是一根久违的肉骨头。牧羊人"咻——咻——"几声口哨,才喝退了它。

当我准备横穿马路时,羊群也潮水般涌过来。我在羊群中钻进钻出,旧毛毡的另一端又裂开了,连同我一起摔倒在地。这回非同小可,因为我和马槽处于闹哄哄的羊群之间。

我在挤来挤去的羊群间和牧羊人的吆喝声中,来回爬了好一阵,才站起来。又在羊群的东撞西搡之下,再次将毛毡裹好,咬紧牙关,使出每一束肌肉的拉力,拖着马槽,跌跌撞撞冲下路基。慌乱中,我瞥见几辆汽车等在路边,其中一辆像是警车。并且,好像一个警察模样的人,正缓缓朝我走来。

我逃离羊群,如释重负扔下马槽。现在我不必再担心被羊群踩踏了,因为我已经逃出好长一段距离,并且还躲在了几棵白桦树的后面。我回头望了一眼还在路上纠缠着的羊群,跌坐在地上。低头看双手时,发现粗糙的旧毛毡几乎挂掉了我的指甲。

幸好最糟糕的时刻已经过去了。我脱下身上的衣服,跪在地上,捆着毛毡裂开的那一端,又取下围巾仔细包上另一端。可是在我做完这一切时,一只大手拦在了我的面前。

"嗨,你包着个啥东西!"一个厚重的声音,带着浓浓的口音——是那高个儿警察。此刻,他正从他的帽檐下杀气腾腾地盯着我,一边的嘴角上扬,似笑非笑。看那模样,好像他早已看穿我的内心,故意要看我接下来会弄出什么洋相似的。

"马……马槽……而已……"说这话时,我偷瞄了一眼那牧羊人,发现他站在路中间向这边瞧着,似乎暂时忘了他的羊群。我暗暗祈祷,希望他不认识我这个在牧民中"赫赫有名"的小作家。因为现在这个场景,很容易让人产生不好的联想。

"马槽子?你用毛毡包着个马槽子?你说的可是喂马

吃草的那个木头疙瘩子?"

"嗯,嗯……对啊……"我坐在还未落定的尘土中,挥去额头的汗水,仰望着他,露出讨好的笑容。

"不要再费口舌了,到那边去。"他指指停在路边的警车,又指指在我脚边绑得结结实实的木乃伊般的物件,"还有,这堆东西一起搬过去。"

我挖空心思想找些话解释,但完全想不出一句合适的。于是,我只好硬着头皮提起那堆东西,把重心从一条腿移到另一条腿,再由另一条腿移回来。这样反复交替着,朝警车边挪去。

"你知不知道,这么做是违法的!"他终于打破沉默。

我还来不及感到诧异,他又接着说:"一个女人,怎么可以做这事儿?"

"啊?不是,买马槽子……违法吗?"我将那堆东西扔到警车边,露出讶异的表情,"这个?我可是花一百元……"

我一定是表现得太让他摸不着头脑了,因此他用脚踢了一下"木乃伊",朝上挥了一下手,"行了,先别说那些没用的!"他满脸不耐烦地喊道,"老实交代吧!"

"哦,哦,对不起,你是说这块旧毛毡?这是买马槽送的。"我有些手足无措,只能深呼吸一口气,设法让自己镇定下来。

"我说的不是毡子,"高个子警察的下巴抬得比先前更高了,"我说的是那里面包的是啥东西?"

我怀着不相信法律还规定买马槽子也违法的想法,不情愿地解开毛毡两头捆绑结实的衣服和围巾,然后低着头,瘫坐在了地上,一副管他呢,随他去吧的放弃模样。

这时正是中午,骄阳似火,热浪翻腾,路面也被烤得热烘烘的。糟糕的静谧,延续了十分钟之久。热风扑到我脸上,我感觉嗓子干涩、呼吸困难,汗水从发根悄无声息流淌出来,一阵阵流到衣服里。天呐,从鼻尖到脚尖,我已经统统泡在了汗里头。

一阵马蹄声打破了沉默。

"是小七老师吗?"牧羊人认出了我,"我们的大作家,您怎么这样……"

听到有人叫我作家,我立即来了精气神,清了清嗓子,也没忘记拍拍腿上的灰尘,理一下衣领,还把垂到眼前的头发拢到耳后。

有人开始侃侃而谈,起初一段时间,我竟然没意识到那个人就是自己。说的内容很熟悉,但感觉好像是发自我身体以外的地方,上气不接下气的,缓缓的,故作镇定的。我甚至不敢相信我坐在一摊油污搅拌着尘土的路上,还一本正经板着脸和他们侃侃而谈。汗水模糊了我的视线,蒙眬之中,只见骑在马上的牧民温和地低头注视着坐在路面上的我。还有警察,从盯着毛毡里的马槽上移开视线,大张着嘴,不好意思地望着我。

说教式的措辞不断从我的嘴里冒出来:"保护游牧民族的文化……马槽是游牧文化最直观的一部分……不带走,就会被人当柴火烧了……最能说明百年游牧历史……旧的尤其需要保护起来,旧的最有说服力……"牧民和警察低着头,望着坐在路面上的这个满身灰尘的作家,不停地微笑,频频点头。

不记得我是怎么结束这场坐在马路上的宣讲的,在我慢慢恢复平静的当口,牧民说话了:"太感谢了,小七老师。大家都说您在保护我们的文化。"

又一阵沉默之后,警察也开口说话了:"刚才,作家拼命提着马槽子的样子,真是叫人感动啊!"

"的确,不容易啊!"牧民附和着。

"真是使出了全身的力量啊,没见过这么为别人着想的——看看,满脸的汗,浑身的土……"

"嗯嗯,对对,看到了,看到了……"

"对,对,一个女人,难得啊,难得!"又是一阵停顿之后,警察说道:"你知道吗,我还以为作家毛毡里包着别的什么。"

"什么?"牧民满脸疑惑。

"她从羊群里披头散发钻出来的时候,"警察强忍住不敢笑出来,用手盖住嘴瞄了我一眼,朝着牧民压低声音说道,"我以为她偷了你的羊。"

哈萨克族牧民慢生活的智慧

时间和距离,对于哈萨克族牧民是极富弹性的东西,不管它们被界定得多么清晰、准确。

每个节假日期间,牧场周边,双脚和土地被混凝土隔开的城市居民,纷纷逃离紧张忙碌的城市生活,潮涌而至,体验几天或者几星期舒适缓慢的牧场生活。

如果有人向斜坐在草地上,守着羊群的扎特里拜大叔询问野沙棘林怎么走,他会冲着沙棘林的方向缓慢抬起下巴,拖着长音,热心指路:"那——个——地方!"起初,陌生人欣喜若狂,以为前面不远处,便是期盼已久的沙棘林。于是,他们朝着那个方向快步走去,翻过一个山坡,又翻过一个山坡。他们开始怀疑是否走错了方向,不过回去又实在不甘心。"那个指路的哈萨克族大叔绝对不会骗我们!""对对,翻过前面山坡会到的!"他们相互鼓劲,互相安慰。对啊,这个山坡,下个山坡,又有什么区别?不如望着蓝色天空,说笑着大步向前。不过,这种心态也就管用了两三个山坡。很快,他们又开始怀疑,接着又自我安慰,继而又开始怀疑,然后接着相互安慰……在犹犹豫豫中,他们翻过了十几个山坡,终于找到了梦中的野沙棘林。

等他们在牧场待上十天半月,接触过几家牧民之后,才慢慢悟出牧场独特的行为方式。牧民脸上的表情有些木讷,动作也是缓慢的,一看就是在草原长期放牧的游牧民族——草原不需要你有太多的表情,也不需要你匆匆忙忙去做些什么。于是,他们愉快地、不知不觉地、慢慢地习惯了本地人"差不多,刚刚好"的生活习惯,也疙疙瘩瘩学了几句当地语言,逐渐将十几分钟的晚餐转变成时间弹性很大的喝奶茶谈天。

在他们结识的牧场土著中,最熟悉的当数扎特里拜大叔了。

他在牧羊间隙,常望着天空观测天气变化,若有所思地不停点头或者摇头。见此情形,他们便向他询问秋季转场时间。

"今年……冷得晚……"扎特里拜大叔勾起食指摩挲着鼻梁,想了一会儿,然后又摇了摇头,"不过嘛,九月的天气,说不准。"

天气的变化,对牧民的影响十分明显。他们赶着羊群,追随着草的生长,从夏季的山地牧场,转场到半山腰的春秋牧场,再转场至冬季的低地牧场。一年四季,往返迁徙,动辄三五百公里的路程。而老天似乎总为难他们,风雨、沙尘暴、冰雹、雪灾,甚至虫害,时不时,总有一个冷不丁跳出来,设一道坎儿,就像是一种挫折训练,专门训练他们面对任何境遇始终保持泰然自若的优雅姿态。

就拿风来说。这里的风之所以如此强劲,是因为临近西伯利亚高压,离风源地近,风的损耗小,势头强,且位于阿尔泰山麓,属西北风迎风坡。加上这里海拔又较高,风还会加剧寒冷。都市高楼大厦间穿过的风与之相比,算是一声叹息。

曾经有个牧人放牧无聊,把石块放在岩石上,统计出这里一年中大约有三分之一时间处于强风状态,且往往一刮就是十天半月。

风停了又起,起了又停。而他们从不与之对抗,反而常常以一副"受虐狂"的表情,在外人面前吹嘘本地风的威力。看那放牧人走路的模样,你就能看出他早已顺应季节气候,与风共存——他们走路时不是略向前倾就是略向后倾,方向看风而定。

转场中,妇女一点儿也不轻松。她们在上路前早已炸好一面袋包尔萨克,还趁着夏牧场水草丰美牛产奶量高时,抓紧时间制作了成袋成袋的奶疙瘩和酥油。除此之外,还在转场途中带孩子,烧水做饭,帮助丈夫拆卸毡房,整理炉架、奶茶壶、铁锅、矮腿圆桌,有些甚至还携带了手摇缝纫机、婴儿摇床等。每次转场途中休整,她们都会将所有生活用具摊开摆在地上,方便使用。不要说每次装卸,就是再次出发前将这些物件集中到一起,都不是一件容易的事儿。但她们总是不缓不急地慢慢收拾,还不时哼着小曲。看她们的模样,你准会着急。

任何一次迁徙转场中,他们心中唯有一个信念,那就是平安便好!所以他们在转场中从不计算何时到达。在他们看来,只要安全到达目的地,就算完美完成此次迁徙任务。

同别的民族相比,哈萨克族牧民要清心寡欲得多,至少在挣钱这回事上是这样,他们永远只会基于当前的生活而劳作。这和哈萨克民族千百年来的游牧历史、生存环境以及生产生活习惯有很大关联。

他们世世代代从事的劳作,都和大地与季节的节奏息息相关,比如放牧和出行。他们所需要的东西,都取自于草原和牛羊。就拿他们居住的毡房来说,其中最重要的组成是花毡,这是来自羊身上的羊毛,经过剪羊毛、擀毡子、绣花毡等步骤,最后形成的。而绣花毡的毛线,也是他们手工捻制毛线之后,用草原上的紫草、艾草、松树皮等植物染色而成。他们的日常饮食——牛奶、奶酪、香肠、茶饮,就更不用说。牧场随处可见的薄荷草、薰衣草等中草药,晾干之后,经水一泡就是解渴、消炎杀菌又预防感冒的饮料。牛羊啃食这些植物,产出的是营养丰富的奶和肉。

这些哈萨克族牧民,生活中必需的东西,都不用钱去购买,只需顺应四季,过好当下的牧场生活,牛羊反过来还会提供肥料丰富草场土壤,几乎不产生任何垃圾和废物。所以"抓紧"这个词在牧场日常交谈中很少被提及。对嘛,何必没有耐心,更不用像城里人那般焦头烂额地打拼劳作,发狂般打电话,不断看时间,匆匆吃饭,握着方向盘诅咒周边行人和车辆。因为,他们的生产、生活方式是典型意义上的就地取材,自力更生,他们懂得支配着时间表的不是人,而是大自然。

不过,虽说他们总是不紧不慢,但他们在愉快中干活儿,不计成本,保证质量。总之,他们对普通城里人寄予希望的事儿,不抱期望。如此,反而有一点点的进展就满是惊喜。

因此,外人在与牧民的接触中,逐渐转换心境,学会如何读懂对方的身体语言,不知不觉地调整了观念,更宽心地看待牧场的慢文化习俗——安心享受美妙的牧场生活。

当牧场的牧羊人为你指明方向时，需细心观察他的下巴抬起的高度和声音拖延的长度。这些极为重要。如果下巴只是微微抬起，语音拖了一个半节拍，那么翻上两三个山坡就有指望。如果下巴抬起，和地面平行，手臂抬起，眼睛望着指尖的方向，语音拖了三四个节拍，那么你就得做好翻五六个山坡的心理准备了。如果下巴抬起超过九十度，语音拖到声音颤抖，气息显示有点缺氧，指着方向的手指稍微晃动，那么你就得把心态调整到不翻上十几个山坡，绝不可能到达目的地，或者天知道什么时候到的状态了。

这些身体语言，似乎融进了千百年的游牧文化，它们往往比语言更能透露实情。通常，伴随着手势，还有一副正儿八经想要帮到你的严肃面孔——牧羊人确确实实打心眼里是要帮助你。他认为，像你这么好的一个人，完全值得他去帮助。

还有，需要提醒的是，你在牧场会听见太多"马上"，并且说得斩钉截铁、相当明确，但是你千万不要理解成字面上意思，也不要误以为本地习惯用这两个字表达时间紧急。才不是那样，这可是个很了不起的修饰语，只用于表达赞同这件事并会认真完成这件事。这里的"马上"通常是指一小时以上，结合实际情况，也许还会需要更长时间。所以，如果一个人对你说"马上"，我建议你最好先忙手头上的事儿，不用为此刻意等待。如果这个"马上"延长到了第二天或者第三天,这都不足为怪,你也不应认为这会造成不便,而应将其视为牧民时间观念的鲜明例证。

牧民对时间的看法堪称达观,他们认为,人生中数量充足的东西少之又少,但时间是其中之一,而且人人都能自由享用。今天把时间用完了,明天还多得很呢,所以何必惊慌呢?

不光是牧民的时间缓慢。就牧场的气候和植物而言,春天从三月延缓到六月,小草和树枝上的嫩芽儿也是有一搭没一搭地耐着性子缓慢生长,直到夏至绿色连片。

去年,牧场水草丰美,牲畜肥硕。冬宰之后,几家邻居卖起了风干肉。我带着几位朋友去村里的热尔曼家,支持她家土特产生意。她家院子一角的木棚里打理得纤尘不染,挂满了风干牛肉和熏马肠,熏肉的松香味儿四处飘荡。我们观察之后,发现狭小的棚子里悬着的木杆上,挂了大概有两头牛、一匹马的存货。

可是卖家哪儿去了?我们站了十来分钟,还在旁边居所的窗户下喊叫了一阵,正觉着有些失落,一位老人从前门进来,问我们什么事。

"买点风干肉。"我说。

"哦,我去打个电话。"他点头走开了。又过了几分钟,我们开始拽下木柱子上绑着的塑料袋,踮起脚尖摘下木杆上挂着的风干肉。我瞥见后院的铁门打开了,一位身穿黑色皮夹克、头戴皮帽子的男子走到木棚旁,停在我们身边。

"是你们买肉?"他问。

"正是,"我告诉他,"我们已经装好了需要的东西,只需称一下,交钱,就完事了。"

"好的,"他取下头上的皮帽子,把帽耳朵折上去,"不过你得等我姐回来。"

"啊,我还以为你可以卖给我们。"

"不是,我只是过来看看,她知道价格。"说完,他把帽子斜扣到头上。

"那我们等热尔曼姐姐,可以吧?"

"亲戚家孩子举行婚礼,姐姐帮忙去了,很晚才回来。"

这种低压力销售让外人抓狂,却很能代表游牧生产生活的慢文化,我敢保证本地人会认为这是一种美妙体验。无论怎样,这取决于你以往的生活经历和习惯。不过,这里慢文化的奇闻怪事多着呢。世上最不着急的销售员只是其中之一,外来人有必要重点关注一下最能体现牧场慢文化的社交活动——哈萨克族牧民的婚礼。

通知亲戚朋友七点到,大家都会心照不宣,九点才会陆续赶到。这些习惯了隔着草场遥遥喊话的男人和女人,很难控制自己的音量,大厅里的喧嚣不断升级,其阵势比得上一场歌舞晚会。不过,他们身上的装扮却绝对隆重:男人们身着西装,女人们大多穿着样式精致的长裙,手上、脖子上还有耳朵上是整套的亮闪闪的宝石饰品。不过,有些很可能是假宝石,但只要颜色搭配上裙子就行了。

男人们见面会相互握手,彼此搂搂肩膀,拍拍后背。女人们会拥抱并相互挨面颊,一般挨三下,左、右、左。年长的妇女也会拥抱比自己年轻的男子,挨他们的面颊,给予他们祝福。见面礼结束之后,大家才会坐下,不紧不慢喝着奶茶,吃着点心,开始聊天。大家相互问候:家里老人好吗?孩子好吗?牛好吗?羊好吗?马好吗?每个人不喝上两壶茶,是不大可能继续下一个环节的。这时候,主家才开始宰羊、宰牛、宰马。等肉煮好,差不多也快到凌晨了。

还有一种轻松的小型聚会,独具特色。他们常常不约而至,给你一个措手不及。进屋之后,他们觉得你肯定时间充裕,可以跟他们愉快地谈天说地。尤其在寒冷且缓慢的冬季,天色早早黑下来,大家小聚夜谈,男人们喝茶聊天,女人们则围坐在炉子边炸包尔萨克或者馓子。小孩们获准晚睡,在矮床上玩耍。如果你说有急事外出,他们也不觉惊讶,说笑着和你一起走出院门,帮你挂上门闩,挥手道别。

这种迷人的小型聚会,气氛轻松而愉快,不像婚宴那样严肃而有仪式感,也无须任何花费,却牢牢维系着亲戚朋友以及邻居间的情谊。

哈萨克族牧民对耐心的理解,超过了任何民族。他们内心深处清楚,每天发生的大小事儿,最终——几个月或是几年之后,都会随着时间淡化。于是,他们便有了独到而智慧的见解——时间喜好和平,热爱安详的生活。

在牧场,路权马牛羊说了算

　　除了政府修造的公路,在牧场的草场和山间,经常会不经意看到自然小径的痕迹。这些小径荒草蔓生,泥土裸露,仿佛一直延伸至天边或山谷——这就是牧民转场的"羊道",是每年羊群随着四季转场走出来的路。

　　在阿尔泰山脉不同的海拔高度,形成了春秋牧场、冬牧场和夏牧场。哈萨克族牧民一年四季随着不同海拔牧草的生长转移草场,放牧牲畜。转场的队伍看似走得散漫随意、七弯八拐,实际上在整个转场过程中,牧民们都必须按照地形或者古老地界形成的固定牧道行走。不仅各家各户的牛羊有自己的草场,各个草场之间也有大小不一的牧道相连,甚至每个牧业村之间也有专门的牧道……而这,正是为了保证转场途中牲畜的安全和道路的通畅,并且避免牛羊践踏草场。

除去这些牛羊的专属道路之外,牧民定居的乡村小道也是马牛羊说了算。

在牧场开车兜风的乐趣之一就是,几乎没什么车和你抢道,偶尔会有辆移动卖货车、拉满牛粪或者干草的拖拉机。要是有小汽车从这些蜿蜒曲折的狭窄村道上驶过——尤其是车上没有灰尘泥土的,一看就是城里的——那简直稀奇得不得了,这足以让斜靠在山坡上的牧羊人坐起身来端详一番。他们活动一下压酸了的手臂,在阳光下眯起眼,盯着汽车,直到它驶远,消失不见,这才吐一口气,把自己再次扔回草地。

在这样一派安宁、没有车马喧哗的小道上开上一段路,足以使你放松到危险的地步。你开始心不在焉,一会儿看左,一会儿望右,贪婪地欣赏路边肆意绽放的野花,就是没有看向前方。就在这时,不知从哪儿冒出一堵闹哄哄的、移动着的、一眼望不到头的毛茸茸的"墙"。

那是一群阿勒泰特有的大尾羊,有几百只。羊群中,一些领头的老羊时而向你这边张望,时而咩咩叫着发出警告,似乎你不快点掉头离开它们,就会冲上来和你打上一架似的。顿时,整个羊群躁动起来。母羊呼唤小羊,小羊回应着,声调里焦虑地带着遇到不可知事件的担忧。一只弄不清状况的小羊在滚滚尘土中半睡半醒,没有回答羊妈妈的呼唤,母羊飞奔着挤过羊群,最终找到小羊,才算安定下来。

一条牧羊犬终于挤出羊群,现身了。老天,它可真是一个大块头。一般的牧羊犬见到它,恐怕都会感到自卑。事实上,它的确深信自己的实力。你瞧它,耸着毛兴奋地冲到车前,咆哮着,为有人打扰了它的羊群而震怒。

你头一回遇到这种情况,不由得惊慌失措,赶紧快速倒车,离开。牧羊犬因为工作单一,所以喜欢在工作之余找些消遣,而它们最喜欢的游戏就是追车子。就像现在,你的离开,勾起它蕴藏在体内最原始的追捕动力。瞧它,将身子伏低,眼睛紧盯着车子的前轮,然后一步一步潜行过来,随着车速的渐增,它也将脚步越放越快。

你怕它冲到轮胎下面,只好猛踩油门试图甩掉它。可是,天晓得它是牧羊犬还是火箭,因为它冲刺起来一点儿也不含糊。

你在匆忙中用眼睛余光瞥到,远远的,隔着一大片高低起伏、灰扑扑的羊背,有个人骑在马背上,手里拉着缰绳,朝这头张望。

羊群加快脚步,朝着你倒车的方向前进,有些身手矫健的,快要赶上牧羊犬的速度了。牧羊犬更加兴奋了,还不时回头给跟过来的羊投以鼓励的眼光。远处的牧羊人终于看不下去了,把手放到嘴里,吹出一声长哨,像是想要帮助牧羊犬控制一下兴奋的心情。

你被周遭的混乱弄得心烦意乱,一不小心,车子后轮胎歪进路边的浅沟,动弹不得。牧羊犬则以优雅的姿势来了一个紧急刹车,然后不慌不忙地坐在路边,带着胜利的表情看着你的狼狈。很显然,它对此次劳动成果很是满意。当它走回道路上潮涌般的羊群时,还频频回头,回味刚才那让它骄傲的一幕。

足足有半个小时,羊群才断断续续通过。最后那个马背上的牧羊人,他的脸,无论是肤色还是纹理,都像是裂开的松树皮。他拉紧缰绳,停在路边,看着你的车,摇摇头,嘴里咕哝了几句。但因为羊的咩咩声依然很大,因此你只见他张嘴,却听不到他的声音。在嘴唇动了几下之后,他又摇摇头,抖一下缰绳,双腿轻夹马肚,继续上路了。

除此之外,牧场上大部分马和牛最大的爱好,就是在啃啃青草之余去马路上找些乐子。而它们最喜欢的游戏,就是站在马路中间东瞅瞅、西望望。具体它们站在那里想干吗,谁也弄不透。

有一回,我骑车沿着鹅卵石小径,去库齐肯奶奶家取一些胡萝卜种子。当我沉醉于乡野美景之时,便心不在焉了。当时正是炎夏,车轮扫过任何路边草尖都会激起清香。有一段路旁盛放着黄色和紫色野花,当我仰头深吸柔和花香时,我的眼睛几乎闭了起来。

同样,令我陶醉的还有乡野的沉静。除了车轮在石子上磨出的美妙沙沙声之外,没有一丝杂音。

然而,在毫无警觉的情况下,我的眼前突然出现两只闪着亮光的铜铃铛般的马眼,并且还满含温情地望着我。有那么一瞬,我还以为它要亲过来。

我嘴巴咧得像口井一样大,嗓子里发出哨子般的尖叫声。当我双脚撑地紧急刹车,站稳看究竟时,发现这马左侧路边二三十米处有几只羊,羊后面是笑得在草地上翻滚的老努尔旦。当老努尔旦看清是我时,眼睛倏地闪出亮光。他站起身,一手拎起一捆皮绳,又往另一只手臂上套上一个牛皮圈。见他满脸雀跃的表情,我猜想,他突然的精神振奋,大概是因为终于等到一个观众,可以满足他的表演欲望了。

牧场的人常说,老努尔旦除了爱好广泛,还争强好胜,年轻时,在牧场牧羊技术数一数二,套马的技艺更是无人可比。你可以用任何一件事来羞辱他,而他都可以假装没听到,但你要是怀疑他的牧羊和套马技艺,他绝不认输。然而,不幸的是,再好的技术,随着年龄增长和体力衰退,都会越来越差。

我赶紧把头抬起来瞧向天空,想要逃避他无休止的展示,却被他咯咯咯的笑声吸引了,一股好奇迫使我看向了他。

"你呀,总是好福气,"他的眼中闪过一抹淘气的光芒,"瞧吧,免费套马表演,将在你眼前上演,哇哈哈哈哈……"

我盯着他,口中不自觉地说:"嗯? 真的吗? 好啊!"

只见老努尔旦提着手中的绳圈,朝马慢慢走来,左边眉毛带着眼睛挑起老高。他的神色表示他所需要的一切都凑齐了,只等着现场发挥。我站在那里,想要欣赏完之后,赶紧去办我的事儿。

等他终于扔出绳圈时,我所见到的景象跟想象的相差甚远——绳子套在了马屁股上,而那匹马还侧着头,用一只眼瞧着我,根本不知发生了什么。

"什么鬼! 管你是谁! 一派胡言!"他咕哝道,拉回绳子,又重新开始。他的话叫我摸不着头脑,但我好像突然明白了,他是说给那个年轻体壮的自己的。这回,他似乎不急于出手,只是提着绳子,闭起一只眼,嘴绷得紧紧的,用左边那只扬起眉毛的眼久久地瞄准着。

差不多过了一个世纪那么久,他朝手心吐了一口唾沫,又抡起绳圈,"嗨——走你!"绳圈紧跟着老努尔旦的话飞了出来。

"呃——"我两眼暴突,呼吸困难,因为老努尔旦的绳圈套住了我的脖子。

老努尔旦抬起下巴冲我喊道:"好家伙,你站到马站的地方了,害我还要重来一次!"

我挥舞起手臂,划拉老半天,才把绳圈从脑袋上取下来。慌乱中,我把脚踏车挪到路边树下,靠树安抚自己狂跳的心脏,还不停地干咽口水。

这一回,马儿还不知道发生了什么,慰藉的眼神追随着我。

老努尔旦挥去头上的汗水,接着毫不气馁地展开了第三次行动。他把两眼使劲眯起来以便瞄准,扯拽得五官抽作一团,使得整个脸皱缩得像个包子,帽子也歪掉到肩膀上了。这次,绳圈把一只小羊羔整个套在里头——那马儿依然没有动静。

"瞧瞧,比马小这么多的羊娃子我都能轻易拿住!不减当年啊!"说完,老努尔旦爆发出一阵大笑。他拉紧绳子,全身激动地抖动着。那笑声一直持续着,直到他疲惫地瘫倒在草地上。

我感激地长舒一口气——很难得,他和自己之间的较劲,能这么快结束。

我强抑想要飞奔的冲动,特意回头打量了一下老努尔旦的表情。那张脸上的兴奋已被伤感取代,似乎在问他自己:我,还能坚持多久?

进入库齐肯奶奶家农舍前,你必须先穿过两堵一米来高石墙中间的长巷——左手边是隔壁人家的牛圈,右手边是一片草场,再往前走就是库齐肯奶奶家的院子。而她,成天待在院里,给蔬果拔草浇水。

刚拐入长巷,心里头正期待库齐肯奶奶描述的小菜园,一段令人震撼的声音爆炸般钻入我的左耳。

我知道,那是牛!

果然,石墙上出现了一排巨大而毛茸茸的牛头,它们正以冷峻的目光瞪着我。

这个墙的高度正好适合成年牛突然冒出头,并对准行人"哞——"一声。这是牧场牛的特色——来过牧场的人都被它们这么吼过。不过,这一次效果尤其好,因为我的心思根本不在它们身上,并且它们不是一头,是一排。总之,我给惊得离开了自行车两秒,等我落到车座上之后,脑袋里全是嗡嗡的回声。

牛的音量和体型绝对成正比。它们的声音像是低音炮,让人一听就知道发自肚子上面脖子下面那块称之为胸腔的地方。

当我快到库齐肯奶奶家门外时,又一道关卡出现了。她家唯一的那头母牛,在院子的铁门上蹭痒痒,完全堵住了去路,并且,还淡然地瞄了我一眼,根本不打算让道。如果要过去,必须从它和门之间硬挤。它那突出如岩石般的肩骨,非把我全身骨头挤散架不可。

明知不会有什么好结果,但我还是把脚踏车往墙边一靠,吆喝着跑前跑后、推来搡去地折腾了十来分钟。然后,不情愿地叹口气,才肯罢休。

牧场的牛就是这样,绝对是有原则的牛。它们把一动不动站在路中间或院子门口当作一种可贵的行为艺术,而且每天坚持,从不厌倦。

我从旁边的矮墙跳入院子,拿上胡萝卜种子,再飞身翻过院墙。跳出来时,母牛依然一动不动地温情注视着我,用亲人般不舍的目光,目送着我骑车消失在墙角拐弯处。

交际羊

二〇一五年十一月,小羊驼来到我家。

和我们待在一起时,它常做的动作是冲过来闻你的脚,心情大好时它还会绕到我们身后用牙齿轻咬我们的脚后跟,实在是一个奇怪又惹人爱的家伙。它还喜欢跟我们出门散步。在路边发现一丛蒲公英时,它会啃啊啃的,直到把最后一片叶子卷入舌根,才会罢休。大家都很疼爱它,给它取名糖糖。

如果我懒得拔草,就把它带进院里野草遍生的地方,它的嘴像是除草机般,将杂草啃得一干二净。冬季,没有青草时,会给它喂苜蓿颗粒,它吃起来会发出嗑豆子的声音,咯,咯嘣,咯嘣嘣,真是可爱极了。

羊驼都有定点排泄的好习惯。糖糖也在院子里选定三处厕所,一处靠近睡觉的棚圈,一处靠近食槽,另一处在我们居所的侧墙边。到了春天,厕所上发出一堆堆苜蓿草,上面开满紫色小花。

虽说小羊驼糖糖是个吃货,做过嚼碎我的资料书、啃坏家具、偷吃鸡饲料之类的坏事,但它喜欢参与牧场各项社交活动的个性,给我们带来了无数谈资和欢笑。

最初发现它有这个奇特个性,是在去年春季的某个下午。我从城里回家,发现妈妈站在院门外,搓着手,脸色很难看。"怎么了?身体不舒服?"我看着她的脸。"是糖糖,跑丢了……我忘记关院门……"我一头雾水。妈妈指着右面的小径:"它就甩开蹄子,朝那个方向跑了。我越追,它越来劲,一眨眼就不见影了。"我直瞪着她:"不会丢的,我知道它喜欢四处转转……那个,它跑多久了?"

"早上你去城里之后,我想去门口商店转转,出门一摸口袋,忘记带钱,转身回来,它就跑了。"

我抬头望了一眼快要落山的太阳:"一天了,它该不是找不到家了吧?"话音未落,便看到老努尔旦双腿纠缠着从院墙拐弯处慢腾腾走过来。在他身后,是脸上看不出任何内疚表情的糖糖。

老努尔旦扬起他那顶帽檐开花的帆布帽子,掸掉上面的灰尘,脸上挂起谜一般的微笑,缓慢说道:"怎么样,把你的羊驼送回来了吧。"

他张口说话时,随风飘过一股很浓的马奶酒味儿。

"太感谢了!"我感激地握着他的手,"您在哪儿发现它的?"

"嗝——"老努尔旦甩开我的手,低下头,打了一个长长的嗝儿,"我哪有时间发现它呀……"

"啊?"他说的话和呼出的口气都让我发晕。

"唔……事实上是它找到我。"神秘的微笑重回老努尔旦脸上。

"怎么回事?"

他双手插进外衣口袋里,耸起两肩,闭起了眼睛,身子前后晃动着,过了好久才猛地睁开眼睛,"我们几个老伙计在山坡上放羊,天热口渴,聚在一起喝了点。"老努尔旦和他的老伙计们喜好牧羊,却更喜欢马奶酒。事实上,他们几个对马奶酒根本是"以身相许"。他们常常在放牧间隙聚到一起喝点,解解闷。

"我的羊驼也参加了?"

"对——"喝了点之后,老努尔旦变得幽默了许多,"老天爷,它可真是一只快乐的小羊驼,热情地把脸凑到每个人身边,挨个打招呼……嗯……有那么一瞬间,我还真把它当人了。你们猜猜看,我都对它做了些什么?"他话说完,大概想到自己滑稽得要命的做法就想大笑,忍得肩膀抽抽。结果,我们还蒙着呢,他就憋不住了,"我差点把酒壶塞进它嘴里,哇哈哈哈……哈哈……"他把自己给逗乐了,弯下腰,拍着膝盖爆出一阵大笑,浑身抖个不停。

老努尔旦笑了半天,突然停了下来,搓着下巴略有不安地望向天边,"哦……天都快黑了……我的阿任、白脸、圆肚……还有,那什么……它们还在山坡上等我呢……"老努尔旦只有十几只羊,每只羊都有自己的名字。在这年头,你很难见着有名有姓的羊了。

他转身离开时,又四顾寻找起帽子,最后在自己头上找到了,便摘下,有仪式感地又弹了下不存在的灰尘,戴上,冲我们点点头,背起手,摇晃着离开了。

为什么糖糖会跑去一公里以外的后山坡?

它的出走是一个谜。不过它对我们的热情没有任何改变,所以我们也不会揪住它的这点黑历史不放。

快要进入秋季,我和妈妈商量着维修一下房子的屋顶,以免冬季积雪把屋顶压塌。

拉水泥的小货车卸完水泥,没关院门就走了。我和妈妈把防雨布盖到水泥上之后,发现糖糖又跑了。这回,我和妈妈找到了后山坡和那附近的小径。可是几个钟头以后,我们还是沮丧地回家了。我们决定先吃点东西,安慰一下疲惫的身体,再去寻找。

可是，院门响了。

是糖糖。

"这是你家糖糖，没错吧?"带它回来的阿依旦大姐说。

"是啊，阿依旦大姐，您在哪儿发现它的?"

她抹去脸上的汗："说也奇怪，我在集市上卖奶疙瘩，发现它在人群中。"

"人群中?"

"对，它就像人一样，东张西望，观察着说话人的脸，竖起耳朵认真听，好像能听懂似的。"

我听到这里，大气都不敢喘了! 一只羊驼，跑到人来人往的集市里头，那里还有许许多多拉货的车!

"天呐，就看那些女人和孩子吧，他们见到糖糖都围过去拍照! 还有，摊子的主人、维护秩序的保安，所有人，都在拍照! 街道也堵塞了，汽车的喇叭叫得不可开交。"

"有人给了它一个干枣，它还露出最迷人的微笑。我觉得该亲自把它带回来。"

"太谢谢了，阿依旦大姐。"我看着糖糖，它依然是无所谓的态度，"我妈妈还在难过呢，她以为糖糖跑丢了。"

夜里，我翻来覆去睡不着。这两次幸好被送了回来，万一……我不敢想了。

果然，糖糖没有给我更多的思考时间。很快——大概一周之后,它又跑了。这回,我和妈妈没有出去寻找——我们各自忙着手中的活,竖起耳朵听院墙外的动静。

这次它很快回来了。十二点左右,我们听到说话的声音,跑过去,打开院门。还是老努尔旦!他的身后站着有点得意的糖糖。

这回,老努尔旦是清醒的。他叼着一根烟卷,回身透过阳光和烟雾,用欣赏的眼光看着糖糖走进院子。"它太棒了,我很高兴它参加我们的活动。我知道它是一只羊驼,但我很好奇它怎么那么懂得交朋友。"

"请问,这次在哪儿?"

"哦,就在草场那边。我们几个老伙计聚到一起弹冬不拉,它就来了,直到刚才我们打算把羊群赶去后山坡。"

"啊?对了,努尔旦大叔,你们弹冬不拉时它在做什么?"

老努尔旦将烟卷安顿到一侧的嘴角,开心地笑了起来:"好家伙,它和我们打成一片,还歪着脑袋听节奏——就像听懂了那样。"他活动起脖子,"看,就这么着,它还跟着节奏甩脖子。左晃一下,右晃一下,啧啧,可真叫人喜欢呐。"

紧接着,三天后,还是一个清晨,糖糖硬生生挤开院门,跑了。

我们忙着自己的事,等它回家。

中午的时候,我去院子提水,看到糖糖挤开院门回来了,就像放学回家的小男孩。看到我,它奔跑过来,把脸凑近我,用额头一点一点地蹭我。

冬天来了。雪团悄然无声落在屋顶、墙头,并一点点铺满山谷、草场,把平日里熟悉的景色变成一片白茫茫的陌生新世界。糖糖身上的毛,也厚得足以抵抗寒冬。它在雪地里溜达的时候,像是披着一件白皮袄,看着就很暖和。

白昼越来越短。在漫长而又寒冷的冬天里,为了尽量把日子过得快乐一些,牧场的孩子们总是聚集起来,变着花样举办各种小型或者大型与雪有关的娱乐活动。糖糖依然不甘寂寞,常常跑出去参与孩子们的社交活动。

一次,我还亲眼看到糖糖参与孩子们的滑雪活动。我看见它冷静地跟在孩子们后面,脸上露出略显急切的表情。轮到它时,它以从容的脚步登上雪阶梯,然后沿着雪坡溜跑下来。落地后,它还会挂着得意扬扬的笑容,重新回去排队。

后来,在和邻里的交谈中,我得知糖糖还参与了牧场孩子们的打雪仗、堆雪人、雪中赛马……简直处处都能见到它的身影。

不过,大家都非常欢迎它的参与。

老皮匠努尔旦

我们知道的手工皮艺专家,大多都是端坐在工作台前的椅子上的,而坐在羊群中间工作的皮艺专家,大概就只有老努尔旦这一位了——他是牧场唯一掌握哈萨克族传统手工皮艺的皮匠。

此刻,他正盘腿坐在草地上,和牧民艾斯海提说话。他的膝盖上摆着一块牛皮,手里把玩着一把尖头剪子。他的老马,在他身后的草地上,有一搭没一搭地啃草。

我已不是第一次见到这块牛皮在他腿上原封不动了,好像没见他用剪子裁剪过,因为他总是忙着说话,就像现在,对着艾斯海提的脸说个不停。

"很快,很快会做出来,把心放到肚皮里好吗?行不行?我看出来了,你不相信我,对吧?但你必须相信我是一个守时的人,最终你会知道。"他声音大得整个牧场的人都可以听到。

我被震退了两步,而他对面的艾斯海提却丝毫没有反应,"努尔旦大叔,我真的着急用那个马鞭,您上次说过……"毫无疑问,他已经习惯了。老努尔旦这几年说话声音越来越大,直到变成现在的吼叫。据说,是因为他年龄大了,耳朵越来越背了。他的脸也老得不像样子——经年的风吹日晒和强烈的紫外线,让他脸上的皱纹又深又密、纵横交错,如同用旧了的羊皮手套。

"记得,记得,你不用这么一遍遍重复,我每天都在给各种各样的人说马上,马上就好。每一句说过的话,我都记得清清的。"

"如果做好了,我想拿走。我的旧马鞭没法用了,断了……"艾斯海提还是一脸的习以为常。

老努尔旦笑足了一分钟才说:"我知道,我全都知道,就快做好了,看看,我的手从来没有闲过。"他拍拍膝盖上的牛皮,又把剪子举到眼前,捏得咔嚓作响,"很快就会好,你再过两三个星期去我家拿好了,年轻人,到时候,你可以高高兴兴带走你的马鞭。"这么长一段吼叫,足以穿透对面人的后脑勺。

"可是……可是,您这么说了不下二十遍……"艾斯海提在强有力的吼叫声中,似乎有些退缩了。

库齐肯奶奶说过,老努尔旦年轻时疯狂热爱皮艺手作。可是,在邻居们这几年的记忆里,他最不喜欢做的事,大概就是手工皮艺活了吧。甚至可以说,他现在的强项是"唠叨",或者是"喋喋不休地唠叨"更为贴切些。

每天,他把羊群赶上山坡之后,习惯于到处转转——就那么着,微微地偻着,那顶头油黏合着牧场植物纤维的帆布帽子,紧紧扣住满头白发,他提着马鞭的手交叉在身子后面,巡查别家的牛羊。他尤其喜欢看别人在草地上剪羊毛、擀毡子或者搭建毡房之类,因为这时候他可以监督每一道程序,并慷慨提供建议。那些建议正如他时常向被逮住的听众强调的那样,是他几十年来积攒的经验。要是哪个年轻人不认同他关于毡房骨架撑开直径或者高度,以及毡房门对着的方向和风向的谆谆教诲,他便翻检记忆,找出曾经不听劝告,倒了大霉的例证,来证明不听建议是要吃大亏的。

"唉……那是哪一年……"有一次,他回忆说,"好像是三十几年前的春天吧……龙卷风,一眨眼工夫,把扎特里拜家毡房掀起,掀飞到天上。毡房落下时,惊着他的马了——马飞奔出去,掉进大渠,摔断了腿。"为了证实自己的话有据可查,他还详细描述了马的症状:"好家伙,那马就绊倒在沟底,全身重量压下去,膝盖那儿的皮肉撕开长长一条,露出的关节骨头有小腿骨这么长。"说这话时,他还不停拍打自己的膝盖,吸溜着嘴,好像疼在了自己腿上,"啧啧,那马就倒在那儿,疼得全身抽抽。那个血肉模糊的膝盖啊,真真是一团糟。"这样的话一出来,足以止住那些"随便弄弄得了"的散漫论调。末了,他还不忘强调:"如果不老老实实做好每件小事,等着瞧吧,让你后悔一阵子的大事绝对发生。"

库齐肯奶奶说,前些年,也可能很久以前,老努尔旦正如他说的那样,不仅认真,而且守时。可是,随着年龄的增长,就不是那么回事了。就像现在,他板着一副正儿八经的面孔,拖延时间:"好吧,艾斯海提,我已经尽力了,"他把剪子拍到牛皮上,"你也看到了,我现在忙得紧呢。"

提着半截子马鞭的艾斯海提,无奈地摇着头,走过我的身边。我随即嘻嘻笑着取代了他的位置。

老努尔旦朝我嘟囔了一句,上午好。当他的视线滑过挂在我手臂上的马甲时,眉头拧到了一起,表情中透出强烈的愤怒,随即吼出一句:"做什么?"

"呃,呃,这马甲,太大了,我妈穿着灌风,我想……"我退到安全的距离。

"什么?"老努尔旦用疑惑的眼神看看我,我这才想起他的耳朵不灵光。

我喊叫着,重复了一遍刚才的话。

"是啊,你想改小它,对不对?而且你还要马甲的样式不变,对不对?我没说错,对吧?你想让我瘫痪吗?我没日没夜赶你们这些活计,一分钟都没有停止过!"老努尔旦把剪刀放到牛皮上,敲敲左边的肩膀,"瞧瞧,肩膀发麻,这只手臂已经废掉了。"

我前额的头发被老努尔旦的气息吹起来,随着一波紧似一波的气息,摇曳在脑门上。

"呃,只需要裁掉这么一点点,"我抓了一下头发,再把大拇指和食指捏到一起,放到眼前比画了一下,"两边都这么小小的,一厘米,努尔旦大叔……"

"偏偏我的眼睛也干涩并模糊了。已经多久了?呃,很多年了吧。"老努尔旦根本没听我的话,"我让我儿子在城里的药店买眼药水,我说我用一块五的最合适,他说只有那种最贵的,然后给我弄来一瓶二十多块的,滴到我眼睛里,火辣辣的。我说一块多的那种我用几十年了,就是那种,打开之后,盖子上一个红豆豆,放到药水里晃一晃,药水就变成红色的了。他说我过时了,不懂得享受生活。我说二十多块的烧坏了我的眼睛,一块多的用上一两次,眼睛就舒服了。他说我舍不得花钱,还说我故意找碴儿。"老努尔旦脖子前抻,脸涨得通红,食指不停地在眼前的空气里点啊点的。

老努尔旦停顿片刻,任由我消化这代沟引发的愤怒,并佯装擦汗,拽下帽子,张开手掌搁在额头。他的白发柔软又稀疏地覆盖着头皮,看上去像绽开的蒲公英——我的思绪飘散开去——以我的阅历,还无法理解他的苍老。眼前,微风摇曳着他的白发,让我联想到躺在草地上,仰望蓝天,随手拔起身边的蒲公英,吹散开,许下心愿的场景。

老努尔旦的干咳声将我从高度浪漫的想象中拉回到现实。

"我说,那就让我死到你们手上得了!"在接着说下去之前,他还抬头张望了下山坡上的小径,仿佛想确认他的儿子是否会突然出现。"哼,你用两个脑子都想不到他会说什么。他说,爱干吗干吗去。我气到不行,他又嬉皮笑脸凑上来,说把我弄到城里过好日子。我说,那我还是死到你们手上得了。"

怕他深陷愤怒中难以自拔,我匆忙转换话题。"您看,这件马甲……"我把马甲放在他眼前。他似乎很生气我居然岔开他的话题,瞪了我半晌之后,又抬手扒拉开马甲,继续朝我吹风,"你猜我儿子又说什么了?"这回,老努尔旦停顿了不到十分之一秒,"他说,没有住过楼房,别说楼房坏话。用水,看电视,方便得很,按一个按钮就搞定了。我说,不行呀,我胳膊麻、腿麻,上不了楼。骑着马,放放羊可以,上下楼可就不方便了。他又说,我是土得掉渣了,上楼有电梯,根本不用脚。我说,这辈子,都别想让我迈进城里半步。"

"是,是,我看出来了,这个马甲……"我努力想插上一句半句。

"哎,哎,年轻人,"老努尔旦用指头戳戳我手上的马甲,"你们别总想着去城里过什么好日子,好好听听我说的这些话吧!我绝对不会害你们,你想想,城里有这么蓝的天、这么干净的空气吗……"

就在他即将展开关于蓝天主题的长篇大论时,我被人推了一个趔趄,一个大块头出现在我和老努尔旦之间。我立即认出,来人是阔孜。

此人不容忽视,据说是牧场上脾气最暴的家伙。

"努尔旦大叔,"阔孜大声叫道,"我来拿我的马褡子,我都来过一百八十次了。"

老努尔旦没有看他一眼,"你知道空气对一个人的生命有多么重要吗?你们这些年轻人啊,总想着眼前,挤破头都要去城里。所以,我要告诉你们的是,想要身体健康,就得接近草地和蓝天。"他说着,还腾出一只手拍拍草地,又指指天空。

"喂——努尔旦大叔,您听到我说话了吗?"阔孜的声音震得我腾空了几厘米,当我落地之后,耳朵里全是心跳声。

"从上个月开始,我每隔两三天都来一次,而……"

可是老努尔旦一点儿没有进入状态,"你想想啊,如果让我去城里,过所谓的好日子,我会多么难受。我要卖掉所有的羊,还要卖掉我最宝贝的老马。我的老马,我永远不会卖掉它……"

"您的耳朵,怕是真的出问题了吧,啊?"阔孜的吼声,又震得我肩膀上的肉跳了跳,"我的马褡子,您做了快一年了!"

他突然停住口——老马不知何时从老努尔旦身后走了过来,站在阔孜身边,侧着头,用一只眼睛盯着他。老努尔旦曾说过,老马是他最好的朋友。我还记得,当我告诉他,说我从未见过一匹马会和主人这么亲近时,他脸上浮现出得意的笑容。我敢说,这是一匹最普通的土马。只是,不管它是什么马,它在老努尔旦心里,都是他最亲的家人。而且老努尔旦说过,他必须每天见到它,否则就过得没什么意义。

"我的……"在阔孜再次张口说话的瞬间,老马如闪电般直冲过来。它低着头,如保龄球般撞击到阔孜腿上,又一改往日的行动迟缓,飞快旋转一圈,回到老努尔旦身边。就在那一刹那,我眼前的阔孜以狗吃屎的姿势摔进了草丛里。大概是压扁了鼻子,憋住了呼吸,他拼命挥舞着胳膊,让自己从滑不溜秋的草丛里站起来。但是砰的一声,阔孜又一次面部朝下,狠狠滑进草丛。

此刻,老马就站在老努尔旦身边,带着压迫感盯着努力从草丛里拔出脑袋的阔孜,尾巴左右扫动着。在阔孜朝它的方向张望之时,那尾巴扫动的频率更快了。有那么一会儿,老马下垂的上唇向上掀起,露出一排发黄且齿缝宽大的牙齿。

老努尔旦扶着膝盖,慢慢站了起来。阔孜本该双手撑在身下,从草丛里爬起来的,但是,老马的愤怒吓到他了。他觉得自己还是老老实实躺在草丛里比较好。这样,或许还能保住性命。

目瞪口呆的我杵在旁边,双手塞进嘴里,捏住下牙齿,完全陷入了一种无话可说,什么也不敢说的境地。

老努尔旦终于晃晃悠悠站稳了脚跟,"年轻人,如果你想吃新鲜的草料,"他径直来到阔孜身边,俯身说道,"看看,这里有的是青草,如果你想吃的话,没有必要把脸塞进草丛里。"

老努尔旦又待了几分钟,继续讲了一些"你怎么和马一样,把头塞进草丛里"之类的话。当他决定转身回到刚才坐着的地方时,他又突然转过头来若有所思地盯着阔孜:"我弄不透你还趴在那里做什么,但我要告诉你的是,那里有很多羊粪,我可不觉得你在那里睡有什么好处。"

阔孜用手臂撑起脑袋,换了比较柔和的语气说:"噢……呃……啊……是吧,没关系……我就想……您……把我的马褡子给我……好吗……"

显然不喜欢阔孜的老努尔旦举起了手里捏着的剪刀,在空中咔嚓了两下,"瞧瞧,忙着呢,下周再见吧!"阔孜看了看老努尔旦,又侧头瞥了老马一眼后,心不甘情不愿地爬起来,揉着脸离开了。

"我没有办法离开我的老马。"老努尔旦又继续说道,"我的老马不可能去城里住楼房,我必须要陪着它。我告诉你,我的马甚至比我的孩子还重要。二十多年了,我的老马驮着我放牧,我的腿脚不知怎么了,总是疼。如果没有它的照顾,我不可能舒舒服服活到现在。"哪怕是抒发内心情感,老努尔旦的音量也丝毫没有减小。

"嗯,真感动啊。"我露出讨好的笑容,"您是不是可以用上那么一丁点儿时间,把我妈的马甲……"

"我的老马啊!"老努尔旦就歇了一小会儿,又大声吼道,"我现在待在牧场最主要的原因,是陪着我的老马。我可以告诉你,这辈子,什么都没它重要……"

"呃……"我把马甲塞进老努尔旦的怀里,匆匆向他挥手再见后,便逃走了。

母牛吃了塑料袋

布鲁尔走出店铺时,看到加尔恒皱着眉,站在草地上,身边是一头焦灼不安的母牛——它拧着脖子,不断回头蹭自己的腹部。

"这是……你这是?"布鲁尔问。

"布鲁尔,我家的牛吃了塑料袋,"加尔恒看到布鲁尔出来,眉头马上舒展开,眼睛里闪着希望的亮光,"你说,怎么办?"

"什么?你在说什么?"布鲁尔一下子没反应过来,愣住了。

加尔恒深吸一口气,一字一顿地说:"牛,我的意思是我的牛吃了塑料袋,怎么办?"

这回,布鲁尔总算有了及时的反应,他笑了:"啊……吃了塑料袋那怎么弄?"

"是这样,我参加村里的赛马比赛,还拿了亚军……这一上午过得真是愉快啊!"加尔恒回想起这快乐时光时,脸上散发着光芒。可是突然间,他的脸颊抖动了一下,眉头立即塌了下来,"可是,我疏忽了我的牛,忘记给它多添些草料,我想它是快中午时饿得受不住了,顶开库房门偷吃了馕……还把装馕的一个超级大的塑料袋一并吃进了肚子……你一定得拿出一个好办法来。"加尔恒像是没有听到布鲁尔说话似的,用期待的眼神望着他。

"我不会给牛看病,你该带它去兽医站看看嘛。"布鲁尔说。

"那你干吗给努尔旦大叔的马看病,却不给我的牛看病呢?"

"那是马蹄出了问题,"布鲁尔解释说,"那是我必须做的事。"布鲁尔侧过身子,朝里面摆了一下头,示意他看店铺里架子上的马蹄铁。他靠这个赚钱。

"马和牛有什么不同?"加尔恒才不管那些。

自从布鲁尔为老努尔旦的老马取出蹄子里的铁钉,并帮马把蹄子收拾得舒舒服服之后,他的名气大增。人们只要提起布鲁尔的名字,都会伸出大拇指,还频频点头。

"我的宝贝老马,它的蹄子出问题了。这事把我愁的,没想到布鲁尔轻轻松松解决了这个问题!"正因为布鲁尔治好了马的蹄子,而老努尔旦又是这一带最善于表达自己情感的大喇叭,所以,草原上很快传开一句话:牲畜的毛病交给布鲁尔,一点儿问题没有!

可不是嘛,牛和马一样啊,它们都属于牲畜。加尔恒就是在老努尔旦的建议下,带着吃了塑料袋的母牛,找上门来的。你瞧,他一脸想当然的表情,好像把病牛往这里一送,就万无一失了一样。

"它吃塑料袋已经三个多小时了。"加尔恒回头看看烦躁不安的母牛,竖起三个指头在布鲁尔眼前晃了晃,"我现在把它交给你,你一定要拿出办法。"这么说着,他的脸开始因为担心布鲁尔拒绝而涨得通红。

"这样吧,我帮你联系村里的兽医,他们一定会有办法。"布鲁尔朝店铺里走去。

"别……一个小时前,我找到了他们。他们在草场那头给牛羊打针呢。几百头啊,上蹿下跳的……恐怕等到明天早晨都不一定能弄完。"加尔恒站在布鲁尔身后,身子前倾,手摸着额头,擦掉那里的汗,"我找你,是想请你解决问题的,求你……别转移话题好不好,布鲁尔。"

一阵可怕的沉默。布鲁尔的嘴巴一下子干了,一时说不出话来。最后,他总算开口了:"哦,这样啊?那我该为它做些什么呢?"这事还真让他犯了愁。他知道,牛吃了塑料袋会很麻烦。有时还必须切开牛的胃,才能取出阻塞在那里的塑料袋,有些甚至还会危及牛的性命。

"我知道,你有办法。"加尔恒咕哝着,好像是被人掐着脖子说话似的,"它是头好乳牛,我真的不愿意把它送到屠宰场去。"

"我也不愿意,"布鲁尔勉强挤出一丝能让他心安的微笑,"我连想到这一点都觉得难过。"

"我想起以前家里发生过的一件事……"布鲁尔的妻子阿依旦在柜台后面看着他们。刚才他们在门外的时候,她在认真听他俩的谈话。"小时候,家里一头牛吃了塑料袋。那时的牧场,一时找不来兽医,我爸不得不自创了一种法子,那就是拔一些粗纤维的青草,用结实的细绳捆绑到一起,让牛吃下去。在牛反刍的时候,轻轻拽拉留在牛嘴边的绳子,塑料袋缠在那团草上,便被带出来了。"为了让事情听起来更具真实性,阿依旦还补充说:"当时,我就在旁边看着我爸这么做的。"

"嗯,听你说过,"布鲁尔沉思着,表示反对,"那些土办法,哪能有个准,万一……"

"当然有可能。"阿依旦肯定地说,"我们必须往好的方向想。你瞧,现在的情况是:第一,母牛已经吃了塑料袋,这个事实改变不了吧?第二,兽医又不可能到场。第三嘛,如果我们再不管的话,耽误了时间,很可能会出大事。唉,这么好的母牛,又要挤奶,又要下牛娃子。加尔恒要靠这头母牛养家糊口……如果出现意外,损失可就大了。"

"对,对,对,你必须拿出办法,我知道你本事大,我现在着急得很,努尔旦大叔都告诉我了,你可以……"加尔恒站在旁边拼命点头,语无伦次。

"好吧,好吧,"布鲁尔迟疑了一下才点点头,像是下了很大决心,"阿依旦,你去找一截结实的绳子,我和加尔恒出去拔一些粗纤维的草。"这么说着,布鲁尔走出店铺。

万幸的是,母牛很快吃掉了那些捆绑在一起的青草。接着,他们把绳子挂在母牛左边的牙缝里,防止它嚼断绳子。做完这些,他们抱着腿,靠墙根坐着,观察母牛的反应。

大概一个小时之后,布鲁尔站起来,拍拍屁股后面的土。

"它看上去很烦躁,"加尔恒问,"现在动手合适吗?我觉得它不会安生。"

"它在磨牙……"布鲁尔说。他刚刚伸手摸到那根垂吊在牛嘴边的绳子,母牛突然一个转身,向坡下跑去,布鲁尔和加尔恒尽力挥动手臂拦截,但它看也不看就从他们旁边擦了过去。

"噢——啾——"加尔恒叫着。

"噢——啾——"布鲁尔也附和着,两手还拍着自己的大腿造声势。

听到熟悉的招呼声,母牛停下来,用怀疑的眼光瞧着他们。这就好了,这样听话一定能很快搞定。布鲁尔几乎是跑着过去的,他刚刚伸手拽住绳子,母牛就比闪电还快地飞出一脚,正好踢在布鲁尔的膝盖骨上。"哎哟——哎哟哟哟……"他咧着个嘴,原地转了几圈,用一只脚跳着喊疼。

"你不能这样直接拽,那样它会受到惊吓。"加尔恒埋怨着,站起身,走到母牛旁边,做第二次尝试。这一次他先是抚摸母牛的头,再轻挠它的背,然后悄悄伸手过去拽。母牛又是闪电般突然一踢。不同的是,这次它有了经验,蹄子踢得又高又准,直击加尔恒的下半身!

加尔恒以优美的姿势飞上半空,又落下去。"嗷!哇!"他先是惨叫了两声,然后弯着腰,蜷成一团,嘴里发出持续性的哀号。布鲁尔和阿依旦被吓得目瞪口呆。加尔恒挣扎着爬起来,挪到门边一处有干草的地方,僵直着倒了下去,嘴里的哀号则变成了微弱的呻吟声。

布鲁尔惊魂未定,心想别弄出大事。他们走过去看时,加尔恒脑袋无力地垂挂着。"喂,你还好吗?"布鲁尔俯下身子,焦急地问。加尔恒只是满脸愁容,并没有回答。

布鲁尔又试了一遍:"啊,没事吧?"

加尔恒闭着眼睛摇了摇头。

布鲁尔招呼妻子扶起加尔恒,确定他真的没事之后,把他扶进店铺,让他躺在墙边的长条椅上。

　　布鲁尔再次出去的时候,母牛靠在院墙边,前后上下蹭肚子。布鲁尔小心翼翼从墙与牛之间挤进去,"这么小的地方,我看你还能怎么踢!"他想在牛脖子的那点儿空隙处蹲下,就可以不受挤压地着手工作了。不料,这个决定没有给他带来任何下手的机会,却差点让他变成肉饼。他刚蹲下,母牛就倒退一步,又冲上来,它那巨大的口鼻间呼出来的气像风箱的风一样呼在他脸上。这时,布鲁尔才意识到自己的处境有多么危险。他在与母牛带着威胁之意的眼神对视的瞬间,已经被牛顶到墙角,他能做的,只是缩成一团,低着头蹲在墙边,手伸到头顶胡乱划拉,推挡母牛的撞击。

　　慌乱中,他感觉一只手碰到了一截晃荡的绳子。再次划拉时,他也没有忘记紧紧抓住那截绳子。接着,他在墙边做了一个令人难以置信的翻滚动作,使他安全逃离了母牛的袭击。

　　就这样,他双腿纠缠着跌跌撞撞冲进店铺,滚躺在地,气喘吁吁。他坐起来时,头上冒着汗珠,裤子蹭破了,膝盖也擦烂了,伤口上还嵌着泥土。还有,他的脑袋里嗡嗡叫着,好像有一只小鸟在里头。这让他对此次的"热心帮忙"完全失去了信心。

　　一直在旁边大呼小叫的阿依旦瞪大了眼睛,像是发现了什么,突然跳起来,抢过他手中紧紧攥着的绳子,高高提起,指着绳子的另一端,"快看,快看啊,这里缠着一团塑料!"她欢呼着,差点跳起舞来。

"天呐!我想它不可能出来了!"起先,布鲁尔还呆愣着努力追想刚才发生的事儿,当他注意到那团塑料时,张口结舌了老半天,才哇哇地冒出了这么一句。

他站起来,两腿打着哆嗦,而且还本能地时不时用手抱头——一定是在与母牛对视时,把他给吓住了。他呃了一声,在干咽了几下唾沫之后,开始自言自语:"什……什……什么……哦,这……这……这……也太好了吧……"他的嘴张得好大,浑身仍抖个不停——他的心跳简直在一里外都能听得见。

站稳当之后,他拖着脚慢慢走过去,然后用颤抖的手指撕扯起与草纠缠在一起的塑料团。"阿……阿依旦……刚才……有那么一瞬间……我以为末日到了……差点做它的蹄下鬼了!"他简直不敢相信自己的眼睛,"乖乖,这事的转变……实在是……也太戏剧性了吧。"他被兴奋冲昏了头脑,觉得好像还是坐到地上比较好。

经过三个多小时与母牛的斗智斗勇,布鲁尔做到了,他歪打正着地从牛的胃里拽出一团塑料袋。这让他长舒一口气——万万没想到的是,竟然还真的让自己办到了。

刚刚缓过神的加尔恒从椅子那头探过脑袋。他的两眼瞪得又圆又大,似乎除了惊讶之外,还对他所看到的深表怀疑。他犹豫了一会儿,才慢慢坐起来,挪到布鲁尔身边。

"哇啊,可恶的塑料袋!好极了,就是它!"加尔恒拉过一个翻倒的桶子坐在上面,脸上慢慢绽开笑意,"嗨,布鲁尔,还真让你弄成了!"

"我想大概是的,加尔恒。"布鲁尔尽量使自己的声音显得正常,可是他的心中已经狂欢起来。刚才他那么做,只是在没有办法的情况下随便试试,压根就没有期望这事能让他办成。坦白说,纯属意外。

当加尔恒万分感谢地牵着母牛离开时,布鲁尔夫妇异常兴奋。虽然是误打误撞,但是毕竟还是帮了加尔恒的大忙。

晚上,布鲁尔脱了衣服,身上有十来处被母牛踢出来的淤青。他就这样浑身酸痛着躺在床上,和阿依旦热烈议论白天发生的事儿,直到后半夜才睡。

第二天清晨,他俩还沉沉地睡着,门外传来咚咚咚的敲门声。阿依旦爬起来,打开房门,看到扎特里拜大叔站在门外,他的脸上是理所当然的表情,他的身后是一头高大的骆驼,"嗨,布鲁尔在吗?我的骆驼口腔溃疡,加尔恒告诉我……"

修水管的托鲁斯先生

十一月初,天气预报说:"来自西伯利亚的冷空气不断南下。"阿勒泰出现雪花标志的第二天清晨,一觉醒来,依然昏暗的窗外,慢悠悠飘起了雪团。

冬天,突然就来了。

赤脚踩在地上,感觉到寒气透过脚下的石板慢慢侵入身体,直冻得脚趾麻木,肌肉僵硬,我赶紧套上棉裤、棉衣,穿上毛袜、棉靴,走进厨房给石头炉子添柴。"压井冻住就麻烦大啦……"我一边咕哝,一边拎起木桶,推门去提水。

屋外,冷气扑面而来,让我脑门上仿佛挨了一记。

通往压井的小径上,有觅食的野兔或者松鼠留下的足印,让人一下子感觉到白色世界里的生命气息。

阿勒泰的冬季大家早有耳闻,其寒冷的威力令人畜皆胆战心惊。大雪袭来,动辄下三五天,毡房被大雪压垮,出行的道路被封,汽车发动不了,动物们不知所措地在雪地里寻找被掩埋的食物。人们在这种恶劣的天气中很容易感冒、头疼、嗓子疼,无心劳作。

我把桶里事先准备好的热水倒入压井,再往下压时,压井发出痛苦的刺啦刺啦声,全然没有平时那种痛痛快快的抽水声。我跳起来使劲按压几下之后,这才想起,昨晚上没有将压井里的水放干。突然的降温,使得露出地面的水管无法承受彻夜的寒冷,给冻住了。

冰冷的水管大概已经冻到地面以下半米、一米或者更深的深处。维修工托鲁斯先生赶来救急。他绕着冰冻的压井,以专业的眼光观察了一番。

有人一定纳闷,为什么称他为先生?因为他是一位"学术型"维修工。为什么他与"学术"有关?那就来听听他讲的话。

"啧啧啧,"托鲁斯先生一边感慨,一边扭头招呼我,"来,来,来,我告诉你这是怎么回事。"他以专家的口吻说道:"你这露出地面的镀锌管必须包上保温材料才行。就这么光秃秃的,是完全不负责任的做法。夏季、秋季和春季这么着还可以,可现在这个时候嘛……"

每说一两句话,他的嘴里就很不以为然地发出啧啧啧的声音,时不时还拉一下头上的毛线帽子,努力罩住自己的耳朵，以强调现在这个时候的寒冷。

我默默点头，同意压井水管冻掉给他带来了麻烦。同时，我相信，全世界没有几个牧民听得懂镀锌管是啥玩意儿。如果你说水管子，他们马上懂那是怎么回事儿。可是，托鲁斯先生偏偏喜欢咬文嚼字。我猜他之所以把水管称为镀锌管，是因为他深信自己属于"学术界"人士。

托鲁斯先生身板直挺精瘦，条绒裤子和羊皮大衣穿在身上松松垮垮的，好像那衣服挂在了衣架上，笔挺笔挺的。他的思想与外形同样刻板。只要他认定一样东西是对的，谁也别想改变他。并且，他喜欢别人称呼他时在名字后面加"先生"二字。对他来说，那是表明他"学术界"身份的重要头衔。

他今年五十多岁，但他永远忘不了三十年前自己是以优秀成绩毕业的高中生。在托鲁斯先生的老伙计们心里，那就是最高学历。他思路清晰、目标明确，手上的活儿可以和嘴上的说教同步进行。他喜欢看《新疆日报》《阿勒泰日报》，还有各种杂志。他钻研报纸杂志的每个版块和栏目，弄透文字中提到的各类知识点，也十分愿意跟人分享他那广博的知识。他在谈话中，最常提到的学术参考资料是《阿勒泰日报》。我想，即使是报社的编辑，也不会对手头编辑的报纸眷恋得像是对待自己的初恋情人一般。此外，他有尖尖的皱皱的下巴,有下巴上微微翘起的胡子,还有令人生畏的浓密眉毛,如果再加上一条领带的话,他就是地道的学者了。

"很显然,镀锌管里的水冻住之后,需要一千一百五十度的温度烘烤。"托鲁斯先生热血沸腾,"你一定认为不需要那么高的温度,那么你的想法就错误啦。过去我在报纸上看到过,这完全是一个专业知识点。我记得清清的,那上面提到过,低于这个温度,镀锌管里的冰,恐怕明年也休想化开。"

面对这么一位对自己的身份、地位和尊严丝毫不怀疑的学术专家,你说话的时候得非常小心。

我默念着这有零有整的数字,又不敢开口询问,只能附和着点头:"对,我确定,必须是一千一百五十度,您说得有道理。"

他说这些话时的表情,让我想起有一次村委会下水道堵塞,请他去维修的事。而那几天,我正好在帮村委会整理档案。

"你们懂冻土层吗?"他问道。

"土层?"

"嗨嗨,不是土层,是冻土层!我们这里的冬天太冷,在地面以下的话,到一米八的深度才不会冻坏地下管道。更何况你们这块地,哪儿哪儿都是石头,必须是两米以下才不会冻。"

"石头?"村委会工作人员满脸问号,"您预备怎么弄?"

"现在是冬季,无法维修,得等地热达到一定温度,才能挖开施工。"

"地热?对不起,请您再说一遍。"

"我是说春天,地下热了,冻土层化开了,才能施工!"

"冻土层化开?"

"是啊,我在专业杂志上看到过这种情况,就是这么解决的。"

工作人员呆愣了几秒,才疑惑地张开嘴:"啊……专业杂志?我听说过别人家房子下水道堵住这种事儿,可是,您怎么晓得看不见的地下管道的事?它冻裂了吗?"

"因为,你这情况和杂志上说的完全一样,并且这也不是一点儿都不下水嘛。"托鲁斯先生指着下水口,"看看,还在慢慢渗入。"那下水管确实堵得厉害,但并不像是托鲁斯先生说的那样,地面以下管道冻裂了。

"渗入?哦,哦,您是说还能通?哦,对,我也看它好像还在冒泡。"工作人员结结巴巴地不知该说什么好了,"我们还想着,您能轻松处理好呢……"

托鲁斯先生好像有点不耐烦了:"这样吧,我再给你们详细讲解一遍。你这是地下水管冻裂了。起初嘛,还会这么着慢慢渗些水,之后就完全不会了。原因是当初你们埋地下水管时,没有考虑到咱们这儿冬季太冷,会冻透两米的土石层,所以,埋浅了,地下管子冻掉了。懂了吧?杂志上是这么分析的。要是你们还不确定的话,可以去翻翻建筑学上这方面的书。"说完之后,他还自信地把背挺得笔直笔直,并用手指朝后梳着头发,等待大家的惊叹和赞许。没料到,工作人员更加摸不着头脑了,"啊!天呐!这还能和建筑学扯上关系?"

"建筑学,你没听过吗?这些水管,上面和下面的,都属建筑学管。"

"我听说过建筑,不过我不知道它还管这么多。我想,您说的是城里的建筑吧?"

"不管怎样,杂志都不会说错。虽然只是一个小平房的水管,怎么着,也是和建筑学有关联嘛。"

"关联?"工作人员的眼里露出无限失望,"哦……我们先前还猜想是堵塞,才这样呢。"

这时,水管里发出咕噜噜的声音。现在想起来,当时工作人员应该能立刻明白自己的判断是否正确。可是,人们时常被眼前的"学术专家"所迷惑,以至于连续几天都弄不清它到底是不是关于建筑的一门学问。因此,村委会只能决定等到开春之后再做处理。

还好,村委会很幸运。没几天,工作人员去集市采购食物时,说起堵塞的管道,有个开过饭馆的摊主建议:买两元钱烧碱倒管道里,看行不行。试了一下,管道很快便通了。原来是在村委会值班的工作人员,将吃剩的饭菜倒入管道,油污粘在管道内壁,时间久了,把管道堵塞了。

工作人员兴奋地对托鲁斯先生说:"是我们运气好,竟然用两元钱烧碱把水管子给通了。"大家说话都很谨慎,斟酌着用语告诉他这个法子,想着或许会给他今后维修管道增添些许经验,并非想伤他的自尊心。

"你们是说地下水管堵住那档子事?"托鲁斯先生的眉毛扬起老高。

"对,但并不是水管冻裂,是被油堵住了。"

托鲁斯先生万万没想到,水管不经自己的学术研究,竟然给非专业人士随便处理好了。这让他有些恼火。

他立即面红耳赤地宣称:"我早就知道!"

"可是,您上次说是地下水管……"

他将手指伸到工作人员的鼻子前摇晃了几下,"哎,哎,年轻人,别这么多话!原因清清的——脂肪堆积嘛,和人的肠胃是一个道道,多吃点碱性食物就打通了嘛。"

其实,大家挺期待他能听进去别人说的话。不过,这种奢望从未实现过。至少现在,他死也不会承认别人没经他的学术研究,能把水管处理好。

虽说托鲁斯先生在牧场以"学术型"维修工闻名,但在人们心中,对"学术"的理解,或许不太一样。毕竟,大家更侧重于在实践中寻找解决问题的办法。而像他这样,自以为无所不知、才智过人,并时常将人驳倒的做派,并不让大家感到亲近。

我时常觉得他心地善良,可他那坚信自知天下事的"学术专家"模样,又让我对自己的看法打了折扣。

此时,他已点燃喷灯,开始烘烤水管。在这同时,嘴里又讲起了冬季生活小常识——他在牧场的每家每户干活时,都会发表与手头活计相关的演讲。这些不接地气的表达,让大家没有兴趣当听众。这一次,托鲁斯先生从牧场所处的地理环境及阿尔泰山山体结构的角度,分析了牧场的冬季为什么这么冷。

"报纸上说过,一旦晚上变得很长,那就是冬天来了。每年不整上那么几场雪,那就不算是牧场的冬天嘛。那么,这里冬季雪大寒冷的原因是什么呢?"托鲁斯先生手头忙活着,象征性地给我留了两秒钟时间思考,然后热切地进入了演讲主题,还时不时迅速抬头瞄上我一眼,以确定我是否集中注意力在听他演讲,"我研究过报上关于气候的文章,原因很简单……"当他再次回身瞄我时,他的腰扭了一下。于是他关掉喷灯,撑直腰杆站起身来,吸溜着嘴,脸上浮现出吃了辣椒的表情。

"又是老毛病!没办法的事儿。我研究过报纸上关于腰疼的文章,对于我这个年龄的人,没有腰病,那就奇了怪了。"

"托鲁斯先生,"我很严肃地说,"我想我有办法帮您治疗腰疼。"

"啊?哪个报纸上有说?"他惊讶地看着我。

我磨了磨牙齿。看看,对于身体的毛病,他还在对照报纸寻找答案。"我想您需要吃点钙片,但要坚持吃上半年或者几个月。还有,促进钙吸收的药,也要同时吃。"

"钙片?你这是哪门子道道?"他的眼睛眯成一条缝,脸上挂着你别想糊弄人的表情,"报纸上有写,那都是小孩子吃的小玩意儿,我可没听说过我这个年龄还要吃钙片!"

"道理很简单!您想想看,像您这个年龄,很可能会骨质疏松,当然会腰疼啦。"

托鲁斯先生一副不相信的样子,盯着我看了老半天,仿佛我的脸上可以翻看报纸一般,然后清了清喉咙,俨然一副准备开口演讲的学者相。"小七呀,我不喜欢不了解情况随便说东说西的人。还有,你这说法,对我这个腰疼一点儿用没有。我研究过报纸上的腰疼小妙招,发现了一种特效药。"

我抹去额头的雪水:"什么药?"当一位维修工不按医生给出的建议用药,大概他的工龄不会长久了,我想。

托鲁斯先生从口袋中摸出一张膏药:"来,看看这玩意儿,专治腰腿疼的神药!"他很有信心地从膏药上方看向我。

我仔细看膏药背面的成分表,发现这是治扭伤擦伤的配方。我很想说,用这玩意儿不会管用。可是,我又下了决心不再给他任何意见。于是,我点点头,默默地看着他,并希望他能看懂我的眼神。

片刻之后,他眨了眨眼:"算了吧,我还是去村委会再翻翻报纸……"接着,他像是想起什么,抬头瞪向天空,好像上面有人和他说话一样,"现在嘛,还是手头上的事儿要紧……"

"哦,对,对,我需要水烧奶茶。"

"年轻人,别着急!"托鲁斯先生深吸一口气,一只手揉揉腰部,另一只手则提起喷灯,"放心,你会很快喝上奶茶的!"

其实,我知道问题出在哪里。

几个月前,我去阿勒泰市的医院给妈妈拿药,看到托鲁斯先生的妻子在医院大厅自助机前取他的检查结果。"前几天,托鲁斯腰疼得躺不下,晚上像烤馕一样在床上翻来翻去,我带他来做了检查。"她一见我,就拉着我的袖子,"医生说,最根本原因是他常年莫合烟不离手,导致钙流失和骨质疏松。医生还说,必须戒烟。"

腰疼的原因是通过医院各项指标检查找到的,是有科学依据的。可是她该如何告诉一位老顽固,说他的腰疼是因为吸烟造成的呢?这让她很头疼。

托鲁斯先生是个自认很有威信的人,所以要他相信医院的结论,是不太可能的。他坚信,莫合烟是他自己采摘的草叶晒干、碾碎制作而成的,虽说不是什么高级香烟,但出自大自然,没有任何污染。他常说,每天的精神头都是靠莫合烟撑起来的。像托鲁斯先生这样的"学术专家",一定不会相信吸这么纯天然的烟还能造成骨质疏松和腰疼。

我永远也搞不懂照托鲁斯先生的这种吸烟法,那个原本就干瘦的身板怎么还熬得住。不仅如此,他卷莫合烟时,看起来还是一副得意扬扬的样子。

那之后的某一天,我骑着一辆旧的变速自行车,累得满脸通红,只好停在路边换气,准备爬一个大坡,恰巧托鲁斯先生的妻子从旁边小商店走出来。"托鲁斯先生怎么样了?"我把车支起来,招呼她。

她把手中的纸箱放到地上,满面愁容地看着我说:"唉,上回从医院检查回来,不但没有戒烟,反而抽得更厉害了。"

"那他的腰疼?"

"我正要给你讲这件事——从那天起,他天天去村委会翻看报纸和杂志,结果自己去药店弄了一堆膏药回来。"她的眼神里透着不安,"唉,我拿他真是没办法……"

"刚才我说什么来着?"托鲁斯先生的声音打断了我的思绪。

"嗯……您说,气候的问题……"

"噢,对,刚才我说起冬天是否下大雪,很大程度上取决于海拔。比如我们这里的夏季下的是小雨,远处更高海拔的山峰却常常被白雪覆盖。其中的缘由,不外乎就是——"说到这里,托鲁斯先生稍稍停顿了一下,然后加重了语气,"就是海拔的问题。是这么回事儿,海拔每升高一百米,温度会下降零点六度。通常我们感受到的温度并不是直接来源于太阳的热量,而是来源于大地上空的空气,大地吸收了太阳的热量,向周围的空气散发,山越高,得到大气中的热量越少,自然温度就越低。另外,山越高,空气愈稀薄,保存的热量也越少。因此,我们登上离太阳较近的高山时,感觉到的不是热,而是太冷……"在烘烤水管的过程中,托鲁斯先生滔滔不绝地讲述气温和海拔的相关原理,可谓一场详尽至极的专业演讲。

我搓手跺脚，与密密匝匝洒落的雪团作战，只在必要的时候嘟囔一声："呃，是吗？噢，这样啊。"

终于，托鲁斯先生停下烘烤，示意我上下活动压井把手。一声闷响爆出，压井深处有气体吸上来，可以感觉到水管里的冰融化了一部分，但还未全部畅通。他长舒口气，腾出手来，把沾满雪花的帽子推到头顶。"下面，我再从西伯利亚寒冷空气东移南下来分析，报纸上……"可惜，他这会儿因为要烘烤接近地面的水管，所以像个青蛙一般平趴着，脸紧贴雪地，脖子窝住了，打断了他即将开始的第二部分的演讲。托鲁斯先生随即把传授知识的大事儿抛到一边，投入喷灯的专业作业中去。

每听到一声水管因受热发出的噼啪声，我的心就会扑通狂跳一下，担心托鲁斯先生的脖子因为骨质疏松且太贴近雪地，冻僵了，折断了。

十几分钟之后，托鲁斯先生笑容灿烂地站了起来，左右活动着脖子，满脸得意，好像没有觉察到我的担忧。

"通了！通了！"

我有些疑惑，递上一条干毛巾。

他拽下帽子，擦干头顶的汗，拍掉身上的雪。

"通了？"

他感觉到了我对他工作的质疑，眨了眨眼，凑近我，嗓子发炎一般压低声音:"不相信?"他撤回身去,深吸一口气,"干吗不再试试?"

"好……"我说。托鲁斯先生神秘的样子感染了我,我发现自己也压低声音说起话来。

果然,只压一下,水就从水管中涌了出来。

托鲁斯先生递回毛巾,眼里闪出得意的亮光。他清了清喉咙,俨然一副继续开口演讲的学者相。我急于压水烧茶,他却自顾自讲起了西伯利亚冷空气的事儿。"你知道西伯利亚冷空气为什么南下吗?冷空气的老家为什么不是北极南极呢?"托鲁斯先生先设定了问题,然后自问自答,"从高纬度地区到大气的形成及流动,到地球自转和风沿地表形成西北风。"他向我讲了一堂复杂的寒冷气候如何形成的课。

演讲结束了——此时,我看出来了,这应该不是他的第一场关于寒冷气候形成过程的演讲。托鲁斯先生用手背擦了擦嘴角的唾液,收起了喷灯,又冲我眨眨眼,把我递给他的工钱塞进棉衣内侧的口袋里,得意扬扬地前往下一家需要他的住户,开始他的下一场演讲,留下冻僵了的我呆立在深及脚踝的雪地里。

开货车的努尔兰

努尔兰给我家拉过沙子、石头之后,拉东西的活都交给了他。他办事麻利,要价也合理,在这一带以急性子闻名。在慢悠悠的牧场,大家对急性子的理解或许略有不同,而像努尔兰这般急慌慌又豪放不羁的,是人们有可能接受的极限了。

努尔兰干活的速度实在太快了,以至于我常常还没说完,他便急慌慌跳进车里,不是去错地方,就是拉回一堆不需要的东西。等我事后告诉他时,他总说小事一桩,拉错了,送回去得了呗。这就是大家都喜欢让他干活,但也不得不提高警惕的原因。

有一次,我和他去城里拉回几张残缺的旧桌椅,试图让它们起死回生。刚进村口,我接到古丽江的电话,要我们去村头朝阳的山坡上将一堆骆驼刺拉回来。那是她收集了一个多月,为做手工皂准备的。骆驼刺燃烧之后的灰,可以提取制作手工皂的天然碱液。所以说哈萨克族手工皂的碱液,是世界上唯一不含任何添加剂的也不为过。

进到村里,我觉得不对劲。

"嘿,"我说,"这不是古丽江说的方向,我们应该右转才对。"

努尔兰转向我,露出自信的微笑。"她明明说的是那边!"他朝左甩了一下头,"我昨天路过那儿看到过一堆树枝,我心里头有数!"他的语速快得像是短跑运动员,一开口就冲向句尾。

"没有,我保证……"

"嗨!你讲电话的时候,我就坐在你耳朵边!我听得清清的!"

我张嘴还想再分辩一番,可是车子已经呼啸着狂奔而去,窗外杨树连成一片向后飞逝。我看到努尔兰低着头,双肩兴奋地耸起,眼睛使劲盯着前方,又是一副接到任务预备搏斗一番的架势。并且,他还用牙缝里挤出的口哨声为自己伴奏。唉,那节奏快得像是战斗进行曲。

算了,随他去吧!

这座小山在牧场是出了名的美,但这条牧民放羊走出的小径,却不怎么适合跑汽车。道路向西,从一大片骆驼刺中穿过，一会儿是沙土路，一会儿是碎石路，然后向上延伸五百米，前面是大石头、小石头的缓坡。车子在引擎的怒吼声中，先是左边离地荡起，接着右边离地荡起。而努尔兰的口哨声，还随着车子的节奏左荡一下，右漾一下。车厢里，我们像是坐在弹跳床上，上下跳跃，屁股腾空，脑袋顶着车顶，发出咚咚咚的撞击声。

在车子的跳跃和扭动中，我头晕得厉害，像是喝多了酒，胃部也翻腾着想吐。但我只能假装镇定，闭起眼，把腰杆挺起来，双手紧紧抓住把手，嘴里却不住地干咽口水。

如果你有很好的预测能力，到这段结束时，就要减速慢行，因为真正的爬山弯道从这里开始。但努尔兰并没减速，我看他身子向左倾斜着，双肩拱起像两座小山，把方向盘拼命向右打去，几乎是站着在猛踩油门，让引擎发出惨不忍睹的尖叫声，直至冒烟。这回，车子右边荡起的时间保持了有两三秒。车胎猛擦路边的碎石和松土，货车像被丢出的麻袋，眼看就要翻倒。"啊——"我闭起双眼，大声嚷嚷，"完了！完了！"而他却在我整个身子全部压在他右胳膊的当口儿，镇定自若地从牙缝里荡出一声长长的哨声。天呐，我差点疯掉。

幸运的是，经历了七弯八拐的生死搏斗之后，车子最终恢复到了四轮着地的状态——老天，我还活着。

好了,再往上走,道路越来越平缓了。努尔兰落下耸起的肩,喝了口水,点燃一支烟,把头伸出车窗。微风拂过,香烟头迸出几点火花,加速了烟的燃烧。两分钟后,他将烟屁股吐了出去。

在刺耳的刹车声中,货车终于停在了一堆废弃的树枝前,吓得小鸡四处乱窜。"吁——"我把憋在嗓子眼里的气吐了出来,全身松弛下来。

努尔兰把头探出车外向四周看了看,又缩回头,瞅一眼脚边的工具袋:"没斧头!耽误事!"说完,他又把头探出车窗,前后观望了一番,"借一把去!"他跳下车,咚咚咚朝不远处的毡房走去。

一位系着深灰围裙的年轻妇女怯生生探出头。努尔兰瞪着眼睛,急吼吼地招呼她:"斧头,有吗?"那架势,吓得妇女往后缩了一下:"你……你说什么?"

"斧头!越快越好!"

"啊?……你要一把快斧头?"

"对对,快快的!斧头!"努尔兰的耐心似乎已经用尽,"没多少时间了!抓紧!"

这位惊讶的妇女,目光掠过努尔兰的肩头,看向我坐着的卡车,还抬起手挥了挥。我不明就里,只能微笑着挥手还礼,还暗想她怎么这么友善。妇女摇摇头,又朝卡车后部指了指,努尔兰顺着她的手张望过来,突然眼睛凸瞪着旋风般冲了过来。原来是车子后部起了黑烟,罪魁祸首就是努尔兰扔出去的烟头,它落在了旧桌椅间的一箱废报纸里。

努尔兰哇哇叫着抱起纸箱,扔向草地。又蹦上去,弓起背,上上下下猛踩。这一幕发生时,妇女已碎步跑回毡房后面。我看到一棵粗大的松树后面,妇女的脑袋若隐若现——她是在朝这边偷看,掂量着该不该借斧头给我们。努尔兰灭火之后,又当什么事都没发生一般,叉起腰,急慌慌地走来走去。

最后,妇女拖着把一米多长把手的斧头,走了出来。我发现她弯着腰,身体仿佛一个逗号那般,尽量保持脸部朝下,而以眼珠子朝上来看努尔兰。

"我们是要拉做手工皂的骆驼刺,而不是这些杨树枝。"我终于忍不住,提醒他。

"啊?噢……"努尔兰停下手中的动作看看我,"你该早说!"

"我没少说!"

"好吧,谢谢啦!"他把斧头递给还未跑远的妇女,转身跳进车门。妇女脸色煞白地拖起斧头,像阵风似的跑了。一看便知,那瘦小身躯爆发了想要逃走的力气。

第二天上午,我和努尔兰去装另外一堆收集好的骆驼刺,回程的时候刚巧路过他家。努尔兰把车停在门外,建议我吃了午饭再走。

我瞥眼瞧他:"哪儿有饭?"

他咧嘴哈哈大笑:"饭在我家桌子上!"

"你做饭?"

"对！我自己弄吃的,就烤今天早晨弄的新鲜鱼。"

我觉得不可思议。我知道他时常用网在河里捞鱼,但是这个对食物不怎么感兴趣,事实上常把捞到的鱼送给左邻右舍的人,竟提议亲自为我烤鱼吃,实在令人难以置信。

不过,我确信他不是在耍我。

"谢啦,努尔兰,你真热情！不过……多久才能吃上?"

"十几分钟,包你吃到嘴里。"努尔兰把车停在门口,走到墙边的洗手壶边,拿起石头上快用完的硫黄皂洗了手,然后抬着湿答答的手,侧着身子用胳膊肘顶开房门。

"不急,"我也蹲下洗手,"我帮你弄。"

"我心里头有数！"说完,他转身消失在门里。

我坐在墙边的椅子上,听到屋里柜门开了又关,关了又开,哐啷作响。过了一会儿,努尔兰出现在厨房门口,向我打了个手势。

从刺眼的阳光里走进屋内,我的眼睛像被蒙了块黑布,等眼前慢慢清晰,这才看到那张没有桌布的长条桌。桌子中间随意扔着几个塑料袋,估计是辣椒面或孜然之类的调料袋——单身汉的厨具是非常简单的。十几年前,他的父母去世后,他就卖掉草场和牛羊,用这笔钱学习开车和修车。他住在这间简陋的小房子里,早出晚归在外找活干,从来不让自己闲着,只要是出力的活他都做。我时常觉得他的选择是正确的,因为他不是整天与牛羊为伍,慢吞吞放牧的料。

大概是为了维持自由自在的生活,他一直没有结婚。然而,他那被太阳烤出油的黑红色脸上,始终洋溢着满足又得意的神情,似乎任何家庭的温暖对他来说都是多余的。

我偷瞄桌边两个恐怖的餐盘——这家伙的一切东西都比别人的大,即使是那装调料的袋子,都大得像能装进西瓜。

当他打开餐桌最里面的烤箱门时,一股浓浓的烤鱼香味儿立刻充满了整个房间。

"老天,待会儿能香死你!"他得意地大声嚷嚷,端出一个装有两条鱼的烤盘,用手捏起一条,隔着桌子扔进我盘子里,接着吸溜着嘴,又捏起另外一条,丢进自己盘子里。

我等着喝的,或者是下菜的馕,努尔兰却一屁股坐下来,"嗨,你知道吗,肚子饿的时候吃烤鱼是天下最过瘾的事儿!"他兴奋地用手指捏起袋子里的调料,往鱼上撒去。

我低头看我的盘子。原来和努尔兰共进午餐就是这样,一人一条烤鱼,别无他物,甚至,没有筷子。他撒完调料,闷不吭声地嚼了起来。我也学他撒了些盐和孜然,吃了起来。但是,很快我便放慢了速度,因为鱼上还留了不少鱼鳞,我必须边剥鱼鳞边吃。

我们没有馕和奶茶,所以很快吃完了。

努尔兰用手背抹了一把嘴,抬眼发现我在左顾右盼,这才想起什么似的一拍脑袋,走到炉子边,提起茶壶,"来,喝点凉茶,早晨的。"他给我和他各倒了一碗清茶,随即咕咚咕咚喝干了他的那碗。

整个做饭到吃饭的过程,也就半个来小时,真正是努尔兰的就餐方式。

不仅他本人叫人摸不着头脑,他的伙伴——那辆小货车也与众不同:车牌倾斜着悬荡在凹凸不平的保险杠上,雨刷朝外伸出悬在空中,后车灯破碎,锈迹斑斑的排气管几乎垂至地面。这些都是急慌慌的他,在多石狭窄的牧场小径上留下的伤痕。

除此之外,车内所有金属设备都因被他反复触摸而变得油光锃亮,坐垫里的弹簧也把椅套撑得凹凸不平。看起来,这货车少说也有十来岁了。

我第一次坐他的车时,差点出了祸事。车子一开动,我就向后仰去,两脚朝天,连人带座都翻到后面,看不见了。我伸着胳膊,哇啦了老半天,才抓着把手,费了老大劲,从后座上爬出来。

"天呐,努尔兰,你这座位可是出大问题了!"我原是一个镇定的人,却给吓得面容失色,大喊大叫。

"我知道,"他依然面不改色地握着方向盘,"我心里头清清的。"

直到现在,那个座位依然会动。这我就毫无办法了,车子是努尔兰的,修不修,他说了算。我每次都小心翼翼坐在上面,而他始终都是一副不觉得那座位有毛病的表情。在他心里,那车大概只是一个有轮子的可以把东西从一个地方运到另一个地方的工具吧。只要还能用,何必大惊小怪。

不过,那段时间,我倒是时常奉劝我开车的朋友:如果来牧场的话,碰到这个不在乎多一道划痕的看起来身经百战的小货车,最好离得远点,可别被它剐蹭着了。

努尔兰不是没动过换车的念头。有一次,去路边拉托运过来的老物件时,他在中途停了下来,说昨天看到微信上的广告,附近有辆八成新的货车出售。"我们顺道瞅瞅,看他们弄什么鬼花样。"他说。

卖车小伙儿跑前跑后介绍车的种种好处之后,努尔兰围着车子绕了几圈,提出最好试驾一下,这样才能切实感受车的诸多性能。

"当然可以,"小伙儿说,"不过千万小心。"他把住车门反复强调:"这车可比你那破车灵敏得多。就那么着,轻轻一踩油门,嗖的一下就飞出去了。"说着,他还做了一个抓不住的手势,"待会儿你就知道了。"

"嗯?"努尔兰用脚踢踢后轮子,"刹车咋样,跑山路刹车最重要!"

"哈!刹车那就更不用说了,绝对一级棒!"

"这个不是你说好就好的事儿,我试一下心里就清清的了。"努尔兰自信地蹦进车里。引擎咳了几声,熄火了。他又发动引擎,可是引擎低吼了一声之后,动力不足,四个轮子没一个动弹。第三次、第四次发动,均未成功。小伙儿的笑容也跟着熄火了。"不可能,出什么毛病了?"他把眼镜扶正,蹲下去看车子底部,又掀开前盖查看引擎。

"还是我的老伙计攒劲。"努尔兰跳出车门,臂膀挥了一圈,说道,"别整这些花里胡哨没用的。还没装货就窝那儿一动不动啦,装点东西,它该趴到地上了吧?"说完,他还从鼻子里哼出一声。

小伙儿隐藏不住那份尴尬,但为了表达诚意,还是探头查看油表,又坐上去猛踩油门。

"瞅瞅吧,还是我这老伙计攒劲。肚子里的装备结实得很,外表嘛,和我一样,随便穿一件衣服得了。"努尔兰很为自己的比喻得意,比证实了自己的干活能力还要自豪。

一个月之后,我在集市挑选牛角饰品,差点和努尔兰撞在一起。他像旋风似的从五金摊位后冲出来,抓住我的胳膊。"嗨,小七,我正在找你呢!"他喘着气说,"刚给工地拉货,他们说剩一捆油毡,便宜处理掉。"

看来,他还惦记着上次我说过的,厨房屋顶漏水,方便时帮我拉些防水材料。

拉上油毡返回时,我们先去托鲁斯先生家借了喷灯。当我提议将这事儿一鼓作气干完时,努尔兰脸上浮出一丝奇怪的表情,那是尴尬、担忧和心神恍惚的组合。隔了好几秒之后,他才点了点头。

给屋顶贴油毡不是什么困难事儿,不过有一两个干活麻利的人协助,就更保险了。

努尔兰搬着石头一般重的油毡往屋顶铺,而我只需拿着喷灯,在他铺之前,把油毡烤化。另一个帮助我的是邻居阿依旦大姐,她需要站在烤化的油毡后面,双脚并用,用力将烤化之后铺在屋顶的油毡踩扎实了,让它更牢固地粘在屋顶上。

"努尔兰!"我说,"你拉紧油毡,离我稍远一点儿,小心烧着衣服。"说着,我站在努尔兰与喷灯之间,俯身对着油毡喷火,当我因为离喷灯太近而感到热浪扑面时,却感觉到努尔兰的头靠在了我的肩膀上,但我以为他是从我的肩膀上面观察烘烤的进度。

"很好,"我瞧见黑油往屋顶流淌时喊道,"嗨,放松你手中的油毡,努尔兰!"说着,我还耸耸肩膀,把他的头往后推了一下,"我胳膊酸得紧,别把重量都弄我身上!"

努尔兰不听我劝,还把下颚搁到我肩膀上,我的双膝不胜负荷,快要屈膝跪倒在烤化的油毡上了。我又大声喊叫,让他注意。但他好像并没听我说话,甚至将全部体重都压向了我的肩膀。这样下去,只有一个结局,那就是我被压得趴到喷灯上,被火烤成焦炭,成为这个屋顶的祭品。

我继续大声喊叫,他依然没有反应,我只好关了喷灯。噪声停止了,阿依旦大姐听到呼喊,才抬头看过来。

随着肩膀的放松,我身后传来咚一声闷响。半秒之后,我听到阿依旦大姐喊道:"努尔兰——他晕倒了!"

我回头一瞧,体格粗壮的努尔兰四肢伏地趴着。由于他的姿势很古怪,我还以为他在逗我们。可是走近察看,我才发现他竟然真的失去了知觉。显然是我肩膀往后推的时候,他就趴倒在地了。

"快把他抬一边去,否则他全身会沾满沥青!"我和阿依旦大姐对视了一下,默契地一人抓住努尔兰的肩膀,一人提起他的双腿,像翻转一袋水泥似的先把努尔兰弄成脸面朝上,再把他从油毡边拖开。

平时,努尔兰的脸总是红通通的,看起来精神振奋的样子,这会儿,完全不同了——他的头向后仰着,两条手臂无力地下垂,脸色白得像石膏,下巴上还青肿了一块,大概是刚才倒地时,碰到了我提着的喷灯把手。

"我去弄杯水,给他灌一下。"我感到愧疚。

"不,他恐高,我知道他的毛病。"阿依旦大姐却不赞成,她说,"看样子,只有我来帮你铺油毡了。"说着,她抱起沉重的油毡,小心翼翼往后拉扯,取代了努尔兰的位置。之后,在整个铺设过程中,都是由她提着油毡,我来烘烤,同时我还需手脚并用,把烤过的油毡踩着粘到屋顶上。

我们一直忙碌,没时间顾及躺在边上的那位壮汉。

铺完屋顶,关了喷灯之后,努尔兰还直挺挺躺在那里,一动不动。不过,他的双手紧捂着脸。

我才想到,目击他高贵的坚强突然崩溃,实在是件很不道德的事儿。我深信这位壮汉宁可死,也不肯以这种不雅的姿势躺在那儿。

我和阿依旦大姐蹲在他身边,轻拍他的肩膀,希望帮他消除心中不安。几分钟之后,他勉强把手从脸上挪开,慢吞吞坐起来,眼光不安地左右瞟了一圈,红一块白一块的脸上呈现出好几种表情——惭愧的羞涩和按捺不住的急慌慌，还有一种说不出来的沮丧。

一阵沉默中，他先是凝望前方，接着又低下头搓手，显然是在思量如何打破尴尬局面。我猜想，一时半会儿把脸上的表情做个调整，会有些困难。

等他终于抬起头时，又换上了平时那般什么都没发生的表情。我见他的嘴唇轻微抖动了一下，好像想要说话。不过我知道他还没找到合适的词句。停了半晌，他像是想起了什么，眼光从我和阿依旦大姐之间穿过，望向刚才倒下的地方，耳语般来了句："哼！真他妈的……什么玩意儿绊倒我！"

可那是什么鬼玩意儿呢？

第二部分

野生植物的神秘魅力

昨晚,窗户被春季的狂风吹得稀里哗啦,响了一夜。群山环绕的牧场,真的是快要被绿色覆盖了。

春天是生命诞生的季节。每个清晨,我都会被小羊羔绵延不断的咩咩声叫醒。透过窗口眺望远处,随处可见的羊群井然有序、从容不迫地在山坡上移动。初生的小羊羔蹒跚着脚步跟在母羊身边。稍大点的,已经能跳跃着去吮羊妈妈的乳头了。母羊弯下脖子用温热的舌头回应小羊,喉咙里发出满意的低鸣声。我禁不住愣站着欣赏这一幕动人的画面——柔和的风掠过小羊的毛发,新发的牧草也随之摇曳。我闭上眼睛,倾听大自然的天籁。那是羊群的声音,也是春天的声音。

我家屋后山坡上是扎特里拜大叔和古丽娜大婶的木头房子。他们夫妇在牧场上是出了名的勤劳,七点不到,古丽娜大婶就提着小木凳和铁皮桶去给母牛挤奶。小牛比小羊羔稳重多了,才不会放纵自己,吵吵闹闹。它只是静静地站在母牛身边,睁着黑溜溜的大眼睛,默默望着牛妈妈的奶水像是高压水枪般注入古丽娜大婶膝盖夹着的奶桶里。

一到春天,山坡向阳处随处可见一丛丛野生锦鸡儿灌木,赭石色细长短枝间,洒满黄色小花。山石间及邻家篱笆墙边的阿勒泰忍冬,抽出紫红色枝条。路边的球果群心菜,点点花苞初绽芳颜。离路稍远一点儿的成片草场,则遍布苜蓿草。藜芦穿插其中,大片的尖叶向上努力生长,阳光穿透叶片,泛起绿琉璃般的光亮。此刻,草木苏醒、山花遍野,大自然仿佛给每一株植物都注射了一针兴奋剂。

这些枝茎强健的植物,挨过了严冬的考验,从去年干枯了的根部,勃发出新的生命,就像春天的火焰。这火焰不是红色,而是绿色。它是永恒的象征,为早春的牛羊和飞鸟提供了取之不尽的粮仓。

收割第一茬苜蓿草还需一段时间。那些紫色和黄色的苜蓿花,抓住时机,惬意地沐浴在柔和的春日暖阳中。它们的新生命一年又一年,一轮又一轮。季节一到,人们便割草以备牲畜过冬。即便人类的生命灭绝,野草也不会灭绝。

牧草上的紫草,被哈萨克族妇女用来提取染料,给手工花毡染色。牧场毡房里的花毡,是真正意义上的手工花毡,从剪羊毛开始,到分拣羊毛、洗羊毛、打羊毛、擀毡子、染毛线,原材料都出自羊身上的羊毛和草原上的青草,这才是真正意义上的原始纯天然手工产品。

紫草的叶子是绿色的,花是白色的,用于染色的是它的深紫色根部。紫草根清热解毒、消炎杀菌,我们把它用在化妆品、饮料、冰激凌,还有甜点上。在紫草根浸泡的紫红色液体中调入牧场土蜂蜜,是既解渴又有消炎作用的保健饮料。和面时,在面里加一些紫草汁,烤出来的点心是紫红色的。稍有咳嗽的小孩,不用吃药,吃几块紫草点心,咳嗽自然就好了。还有,晾干的紫草根在橄榄油中浸泡一个月之后,形成紫黑色紫草油,可以用于治疗婴儿的湿疹和大人面部的痘痘粉刺。同时,紫草油还是牧民手工皂和润肤霜的首选植物油。

为了方便使用,我在紫草油中加入适量的牧场土蜂蜡,制成唇膏,不仅可以给嘴唇保湿添色,还能起到治疗唇部炎症和淡化唇纹的作用。那些刚生了孩子的妈妈,将这样一枚小唇膏放到口袋里,随时涂抹嘴唇保湿,发现孩子有湿疹或者手指划烂之类的小伤,掏出来,涂一涂就解决问题了。这真是大自然的恩赐啊!

还有一种染色植物,叫指甲花。把干燥后的指甲花茎叶碾磨成粉,用温水调和,直接使用是橘红色;如果想要鲜亮的橘色,还要加些酸奶;用红茶稀释,可以染出棕色的效果;需要深点的棕色,可以加点咖啡;如果需要黑色,可以在里面加入蓼蓝草提取的蓝色。原料的比例、水的多少、毛毡在水中煮的时间的长短,都会影响到最后的颜色。甚至用不同的锅,最后的效果都会不同。植物染色真像是变魔术,染出的颜色常常让人惊喜不已,而化学染色,就不会给人这种意外惊喜。

指甲花也是牧民用于染发的主要染料。染发时,先把头发打湿,把浓度适度的指甲花染料一直涂到发根。为防止染料流下来,还要在头上包个塑料袋,再用毛巾包裹结实,就这样待上一两个钟头。染好的头发柔软有弹性,染料还对头皮有杀菌消炎的功效。

充满传奇色彩的艾草,实在太像是喂牛的野草。"没想到这就是艾草呀!"常在美容院艾灸或者是洗艾草浴的朋友,看到艾草的实际模样时,都会大吃一惊。

我第一次品尝的艾草,是小别克的爸爸放牧时随手拔的,小别克的妈妈麦尔姆给我们带来了一小把。谈到用艾草叶子蘸面糊炸着吃,麦尔姆兴奋起来,她好像不知道如何形容那种美味了,于是她不停地用手指点着嘴唇,摇着头。我和妈妈自然知道,她是指那个东西好吃得不得了,完全无法用语言形容了。

天气一天暖似一天，每天都能看到新生命蔓延。其中，最繁茂的当数野生薰衣草。这种坚强又宽容的植物，即使被杂草闷得窒息，依然可以存活。如果想要使它恢复健康，只需清理它的根部四周，把杂草清除干净，施一点儿肥料，给足水，不出半月，它就又开出紫色小花了。

我认为薰衣草毫不张扬的花香，有些类似成熟女人的气息，高洁而纯粹。可有人说，它像青春女子的体香。不管谁的感觉更对，反正全牧场的蜜蜂都被吸引到此。即使到夜晚，我们在薰衣草地里散步，蜜蜂仍在紫色碎花间忙碌不停。嗡嗡声汇集到一起，如同群蜂在我耳边，让人既昏昏欲睡，又不得不严阵以待。

阳光照耀下，薰衣草花连成一片紫色的毛绒毯。蜜蜂们加班加点，一心只想把蜜囊装满，让脚上沾满花粉。薰衣草的花期很短，是时候招呼朋友们过来了。如果她们不赶紧提着袋子来采摘，恐怕细碎的紫色花蕾很快会干枯凋零。

避开阴雨天，将采摘的紫色碎花放置阴凉通风处晾干之后，用透气小布袋盛装，捆好袋口，塞到羊毛毡下面，杀菌、防虫又有芳香作用。即使来年薰衣草花颜色褪去，香气仍不会消散。衣服洗净之后，用掺入薰衣草汁的水浸泡，或是在熨烫被单、被套和枕套时喷洒一些，可以让你的身体染上蓝天和暖阳的气息。

不光是眼睛和鼻子受益于薰衣草,曾有植物学者介绍说,薰衣草精油还有预防皮肤病和治疗失眠、消除疲劳的奇效。在葡萄酒中来几滴精油,还可以减轻偏头痛和保护肠胃。

牧场生活最大的乐趣便是踏出家门,外面就是通往草原深处的小径。而在草丛里搜寻野草莓是春天散步的最大乐趣。对牧场而言,野草莓成熟是在六月的后半月。漫步中,不经意俯身,扑面而来的是阳光如潮水泻入的绿草地,嗅到的是从茂密草丛底下,因受热释放出来的暖烘烘的泥土气息。野草莓团团簇簇,红果在绿叶间闪耀。信手采摘一把,春天的第一口甘甜在口腔爆破,接着是第二口,第三口。你的舌头会越来越灵敏,而不是被甜腻住了嘴。我一边吃着野草莓,一边对它们致谢:"谢谢你们,谢谢你们今年结了这么多果子。"大家都不会贪心到采摘掉所有的野草莓,够吃了就行,剩下的,留给鸟儿和草丛里的昆虫。拥有这种思想并实施,是一件美好的事儿,是值得传承给下一代的生活哲学。

后窗外的山坡上,一丛丛黑加仑灌木,像被施了魔法一般迅速舒展开来,抽出嫩绿纤柔的枝条。春光流逝,白昼渐长,慢慢向快乐的夏季过渡。每天,我坐在窗边看书,像小狗般嗅窗外的花蕾味儿。黑加仑灌木的花朵,像是约好一般,在同一天竞相开放,淡粉色的、浅黄绿色的小花,一团团、一簇簇,连成一片,热热闹闹。待到六月,果实渐渐成熟起来,现出黑里透紫的明亮色泽,看起来让人垂涎欲滴。

这个季节,窗子总是开着的。夜里,家人睡得正酣,而我突然醒来,起床趴在窗台上。这里的夜晚从来不会漆黑一片,弯弯的月亮投下柔和的光华,慈爱地照看着这片静谧的土地。星星也很卖力,它们就在眼前,晶莹透亮,忽明忽灭。

顺着山坡淌下的微风,吹拂着紫草染色的棉布窗帘,将室外湿漉漉植物根部的味儿送进屋内。我爬上窗台,翻身踏入灌木丛中,避开枝叶,缓慢穿行。跟我腰部一般高的灌木从身边掠过,萤火虫在眼前飞舞,黑加仑果实触手可及,脚踩在土地上,略微下陷,从脚底至腿部,一丝凉意蔓延。除去远方有一声鸟鸣,周遭安静极了,连我自己的血液流动声都能听见。我有一种奇怪的感觉——现在,我知道了,那叫"合一",心灵融入自然,自然渗透身体。就在那一刻,我同大地和天空一样,没有任何肉身的需求和欲望,过往的物欲之累在记忆中也已恍惚,依稀只是我来过的凭证。这是多么神秘的心灵突变啊!如此彻底!它点燃了我回归自然的热情,拨动了我的每一根神经,填满了我每一个毛孔和细胞。

是那种超强的兴奋感,心灵与天地万物如此靠近的幸运感。真好啊,很多人,走遍了全世界,也没能到达自己的内心深处,我却在养育我的土地上有幸触摸心灵。那种纯粹的快乐,那种幸福的喜悦,叫人心存感激,难以忘怀。就像小羊羔溜出羊群,偷偷跑去山顶,任耳边呼呼暖风拂动身上的毛发。对,就是那种感觉。

寂静中,传来枝条突然折断的声音,像是有飞鸟扑入灌木。可是,空气中只有一丝微风啊。原来是黑加仑不堪自身果实的重负,把那纤弱的枝条压折跌落下来的声响——它是在提醒我:该是采摘黑加仑的日子啦!

"来摘黑加仑吗?"清晨,我给城里的朋友打电话。

"奇怪了,正要给你打电话说这事呢!"她们这么回答。

我们把采摘的黑加仑浆果冲洗干净,加上糖熬煮,边煮边搅拌,直到颜色从紫红色变成黑紫色。厨房里果香四溢,许多蚂蚁闻香而来,聚集在灶台四周,寻找滴落的果糖。为了延长保质期,防止果酱变质发霉,黑加仑需在第一次熬至水分将干之时,放置冷却,第二天再煮至烂糊,装罐密封。这样,我们便拥有了过冬的黑加仑果酱。它果味浓厚,却不甜腻。

在野山果成熟的季节,要把一年的果酱和果酒做好。

这些野山果都有它们成熟的时间,春季、夏季或者是秋季。如果不及时采摘,小鸟和小动物又没吃完,就会烂掉,回归土地。

山坡上,野生蒲公英黄色的花朵也开得热热闹闹。这时候的蒲公英叶子必须趁早摘下来。

周六,路边有集市。为了赶集,太阳还没从山那头露脸,我就在微暗的晨曦中起床了。穿衣服时,我从窗口瞥了一眼直对着的山坡,看到斜坡上好像有什么在移动。是牛羊吗？不对,是个人,弯着腰四处走来走去,聚精会神地寻找什么。我依稀看出那是个女人,浑圆的身躯,头上包着黑底红花的头巾。过了一会儿,她就消失在远处的灌木丛中了。

离牧场有些距离的戈壁滩上,有一种野生沙葱尤其好吃。每年到沙葱成熟的季节,集市上都会有人蹲在路边卖沙葱。我赶到那儿时,几个卖沙葱的小伙儿已把摩托车停到路边,摩托车后座捆着一捆沙葱。大家看到沙葱,立即围上去,讨价还价之后,每人都买了一小把。

和超市里买的小葱不同,野生沙葱在常温下可以保存一两个月。这和蔬菜一样,用化学肥料催熟的蔬菜很容易腐烂,而用自然堆肥培育的无公害蔬菜,即使时间过得再久,也很难腐烂,只不过水分会消失,慢慢枯萎。

哈萨克族牧民逐水草而居,在生活和不断转场的过程中,像爱护自己的眼睛一般,呵护草地和水源。不仅大小便远离水源,洗衣洗碗也尽量使用纯食材手工洗涤剂。取水时,他们宁可费时费力,也不会对水源做任何改动,一切保持原始自然。他们转场离开之后的宿营地,更不会出现任何裸露的地表。

无论是蒲公英、野薄荷还是沙葱,它们都不会被连根拔起。牧民在收集紫草根时,也只是类似间苗那样挖取部分根部,使得剩下的根部有更好的生长空间和营养面积——游牧民族向来遵循把根留住的循环思想。我在查阅资料时,发现我国其他民族,以及别的国家也都有同样做法。

现在乡村的邻居们,都是定居下来的牧民。家有少量牛羊的,在乡村周边小面积草场放牧。牛羊成群的,都交给专业牧羊人转场至深山代牧。除了省去四季转场之外,定居的牧民依然保持着千百年来游牧民族遗留下来的优良传统及生活习惯。

回家的路上,手里的购物袋一点点变得沉重,当我努力把它们搬进屋子里时,却发现地上摊了一小堆蒲公英嫩叶。"天呐!这么多的蒲公英,您去摘的吗?"妈妈接过我手中的袋子说:"刚才古丽娜摘了一袋蒲公英,倒下一半,走了。"我想起来了,早上在斜坡草丛里寻找东西的妇女,肯定是古丽娜大婶。

新鲜的沾满露水的蒲公英叶子随意堆放着,像是小菊花般绽放的金黄色花朵,在绿叶间探头探脑,简直是一幅春天里的油画。

妈妈洗净蒲公英绿叶,掐去梗,用开水氽一下,趁着还脆爽的时候挤干水分,加上味道浓郁的蒜末,轻轻拌匀,再淋几滴香油,味道和莜麦菜颇为相似,只是更苦、更独特。除此之外,还有一种常见的做法,就是拌上鸡蛋面糊,蒸熟之后,撒上切碎的沙葱和碾碎的芝麻,泼上热油,独特的淡淡苦香勾引得你欲罢不能——刚端上桌子,我们就着盆就直接开吃了。不太忙的时候,我们还会把剁碎的蒲公英与羊肉或是牛肉搭配到一起包饺子,那真是爽口美味啊!

还有人将蒲公英叶子晾干,泡水喝。记得第一次喝蒲公英茶是在一个冬季,看着干叶子在水中舒展开来时,我闻到了一股春天的气息。

小孩子感冒发烧时,家里人都会用蒲公英泡水,让他们喝了好好休息。蒲公英水不但能促进排汗,并且能消炎杀菌、治疗感冒,对治疗嗓子发炎等都很有效。另外,还能清理肠胃、帮助消化。

哈萨克族牧民嗜好薄荷茶。薄荷,哈萨克语称为"加勒布孜"。草原上盛传这样一个俗语:"有加勒布孜的地方,人不会死。"意思是指薄荷在传统哈萨克医药当中,是最常用的草药——草原上的牧民得了热病,采一把薄荷叶熬成汤剂,服下之后,立即见效。另外,还有一层意思是,薄荷生长在潮湿的水边。有薄荷的地方就有水,游牧生活中,牧民及牲畜离不开水源,水即是生命的源泉。

在牧场,时常有衣着光鲜的人,把车停在路边,去水边转一圈,回到车边时,手里举着三两片野薄荷叶子。

我也会去找薄荷草。好奇怪,以前没有注意到这种植物时,感觉从未见过,一旦认识了,便会发现它们随处可见。将薄荷绿叶熬水,那浓郁的清凉口味,让我想起小时候喝止咳糖浆时的情景。

随处可见的骆驼刺灌木丛,看起来虽然只是光秃秃的枝条和根根竖立的小刺,但是仔细看的话,你会发现枝条上遍布微微鼓起的棕色小苞,看来它们早已做好准备,随时突破苞体长出绿叶。在游牧历史中,骆驼刺早已是制作手工皂的重要成分——用骆驼刺烧火做饭,收集炉膛里的灰,熬煮提取碱液,与羊脂或者植物油调合制成手工皂。

第一次用紫草油和沙棘油做手工皂时,我本来期待能看到漂亮的紫红色和橘黄色。没想到,做好之后却是深深的灰紫色和灰黄色。这才明白,市面上那些颜色鲜亮的香皂,很多都是添加色素、香精做成的。

对我来说,我家周围的草地和野生树林,相当于自家的院子。我熟悉每一棵因为被雷劈等不可抗拒的自然现象倒下的白桦树,也熟悉每一根可以当作凳子的木桩。看书久了,我会躺在被我称之为"大自然沙发"的树干上休息。四周寂静无声,所有植物看似静默温顺,其实不然。在我们享受植物带来的种种恩惠时,丝毫没有发觉植物与命运的抗争,一直都在激烈进行着。因为它们的根部被束缚在土地里,从生到死都无法抽身走动,为此,它们必须费尽心思,比人类更懂得摆脱禁锢命运的枷锁。

事实上,它们做到了!就拿等待飞鸟啄食来传播种子的沙棘、黑加仑等野山果来说,千万年来,它们找到了传播自己种子的途径——为引诱飞鸟,形成了鲜艳的外表及香甜的果肉和浆液,而种子就默默躲藏其中,等待时机。飞鸟被其外表和气味引诱,食用果实,同时吞下难以消化的种子。不久之后,种子就会随飞鸟粪便排出,传播至四面八方。

来过牧场的人都知道,在草地走一走,裤腿上必然粘几个苍耳刺或者蒺藜刺。之后,它们在人们的暗骂声中被拽下,丢去远离母株的地方——它们就这样厚着脸皮,向人类证实了活在世界上,死皮赖脸一些也未尝不可。除此之外,我们身边最为明显的是随风飘荡的蒲公英种子。当然,还有可爱的小松鼠,在运输和储藏松塔时,将一些松树的种子遗落在土地的角角落落。

野生植物这样费尽心机去生存,我们在享受它们带来的生命喜悦时,该对它们好一点儿。

从绿色中获取生命能量

初春的湿草闪闪发光,北飞的大雁划过清澈的天空。在这样的天气里,单单是呼吸这新鲜的春天气息,就足以让你心旷神怡。

远处山顶的积雪,在大自然最可贵的阳光下一点点融化,顺着长出深绿色苔藓的岩石缝隙,汇集成一条小溪。一股复苏的力量,通过雪水的流淌,引爆了山坡上每条树梢、每根草尖、每株山花的生命能量。积雪的融化,让土地柔软起来。站在上面,感觉地面会略微下陷。

那些土灰色的蜥蜴,平展展趴在石头上晒太阳。扶着铁铲,在春日暖阳下仰望无休止蓝色天空的我,似乎也感觉到体内的绿色引线被燃爆。涌动的水流声、拂面的微风让我长舒一口气——哦,又迎来一个春天!

一个人能拥有这么多幸福吗?我默默地问自己。恶魔会不会再次突然降临,收回我的健康、快乐和对美好未来的憧憬呢?有如此想法,是不是因为那道旧伤仍令我忧心忡忡、惶恐不安?父亲在六年前寒冷的冬季去世。葬礼那天,天空飘着雪团,最后抚摸父亲的脸时,我的心脏感到刺痛。父亲在时,我们迎接春天的节日,过得美好而精致,尤其在小的时候,更是幸福。父亲去世之后的这几年,我很孤独。其中一个冬季,每天我都在风雪中走很远的路去看望父亲,十分落寞。尽管如此,春天一到,快乐便如同一股原始的动力,总能流至我心灵深处。

三月中旬,积雪刚开始融化,我已经在屋后的山坡上溜达了,看看能否开辟出地方来种植蔬菜。有一回,我想要去更深一些的灌木丛中探地,里面却突然飞出两只鹌鹑。原来它们在灌木丛中做了窝,正在孵蛋的时候,我闯了进来。"抱歉!抱歉!"我急忙道歉,退出它们的领地。在我们这样的原始草场,要时刻遵守大自然的规矩,毕竟万事都要有个先来后到嘛。

现在,进入四月,正是时候。我打算大干一场,打造出一个生机勃勃、富有生命力的小菜园。尽管仍有可能降温,但我克制不住种菜的冲动,我希望住在城里的每一位朋友,都能吃上我亲手种的蔬菜。

阿尔泰山真是一个充满矛盾的所在。这个地域就整体而言，坐落在看似荒凉的石头滩上，随处可以发现火成岩、沉积岩或者是变质岩等经亿万年风吹日晒形成的石块。这就导致了这一片地方土质不一，有沙土、黏土、耐火泥土，还有花岗岩板。就像现在，它们统统集中在我脚下这块不到两亩的土地上，看着就叫人头大。

我用十字镐把杂草连根刨起，用手把大石头挪开，将挑出的小石头铺了一条通往菜地的蜿蜒小径。一个星期的持续劳作之后，土终于松好。妈妈自然非常高兴，"再弄一小块地出来，撒点去年收集的太阳花种子，"她指指窗前的那块地，"就在那儿，夏天的时候，黄的、红的、白的，还有紫的花儿，开得热热闹闹。从窗口探头出去，就能看到，实在是好啊。"

我挠挠头，毕竟妈妈指定的地方是一片结结实实的石滩地。看着妈妈向往美好日子的笑容，我赶紧去邻居家借来撬棍，心想一定要让她满意。

我把撬棍插入石头缝里，刨松坚硬的地表，刚刚挖了不到铁铲深，就发现鹅卵石之间有一个白色的东西一闪。我猜，那是一个玻璃片，应该是多年以前某个牧民随手丢弃的酒瓶，摔落在地上成了碎片。可是当我刨开周围的石块，却发现那不是什么玻璃片，而是一块鹌鹑蛋大小的圆形石头。我捡起来，拿到井边冲洗干净，石头便在阳光下像一颗钻石般闪闪发光了。

这是一颗白色透明宝石光。它跟普通的玉石有所区别，一般的玉石呈不透明或半透明状，只有极品宝石光才可以达到透明状。它躺在我的手心，头顶的阳光穿透它，形成一团红黄蓝绿紫色的五彩光，映照在我的手心。

每次我在山坡上翻地，总能挖出点什么，提醒着我脚下每一块石头的形成，无论美丑，都有它们自己的故事。

我已经收集了为数不少的石头，黄色、红色、粉色、黑色、蓝色、绿色，大的小的，各式各样，种类丰富，在屋外窗台上，摆得满满当当。朋友拜访我时，建议我将白色宝石光打磨成坠子，弄个绳子，挂脖子上，说那一定好看。可是，它真属于我吗？不是的，在它们久远的生命进程中，与我只是短暂相遇。我并没有资格决定它们的命运，更没有理由改变它们的外貌。

"你在那儿做什么？"邻居库齐肯奶奶拄着一根磨得油光发亮的木棍，慢悠悠走过我家门前。她眼睛尖，一下子就看到了我脚边翻起的土地。

"种点菠菜和油白菜。"我答道。

"这个，我早猜到了。"库齐肯奶奶若有所思，"除了这两样，还能种点什么？嗯？"

库齐肯奶奶是牧场上的热心肠。去年有一段时间，出于身体的原因,她被孩子们接去城里休养,没想到今年春天她又返回牧场了。她说,牧场上很多事情,离开她,休想运转。

虽说她已经八十多岁高龄,但体力看起来还很充沛,否则她不可能赶得上在牧场发生的每件事儿。当然,关于种菜、养小鸡之类的小事儿,她更不会放过。

一位兴趣如此广泛的老人,必然会对种菜有些心得。事实上,我猜想库齐肯奶奶一旦开口说话,将会把她曾经种菜的经验,讲到明天早上。

"我还想种点土豆、胡萝卜、洋葱……"

"喂,年轻人,悠着点!"我还没说完,库齐肯奶奶就伸出手来,手掌朝下做了一个停止的动作。她体型有两个正常人那么胖,说起话来呼哧呼哧的,第一次见她的人总以为她在生气。"你应该种一些当季的蔬菜,除了菠菜、油白菜,还有生菜、香菜……六月底才是种土豆、胡萝卜的季节……对了,现在还可以种豆角。说起豆角,我想重点说说两季豆角。这种豆角,只有我一个人知道它是怎么回事,就连卖种子的人都不知道'两季'是什么意思,他们会说那是夏天和秋天都可以种的豆角。其实那是错误的说法,'两季'是春季种下夏天和秋天两个季节都可以吃的意思,其中的奥秘只有……"这之后,库齐肯奶奶说的话,已经进入不了我的耳朵了。我装作盯着库齐肯奶奶的模样,脑子却早已飞到种什么蔬菜才算合理的问题上了。不知过了多久,我在库齐肯奶奶大声的咳嗽声中回到了现实,"先计划好目前要种的小菜,其他的不急。有的是时间,对吧!"——终于,库齐肯奶奶从她的老花镜后面,朝我抛来一个鼓励的眼神,挥挥手,走了。

有的是时间!这句话说得真好啊!是呀,在牧场的慢生活中,我们有的是时间做离幸福最近的事儿。

山坡上,所有树木中,没有什么比沙枣树更耐寒和耐旱的了。正午时间,停下手中的活儿,坐在树下,单是喝一碗清茶,呼吸这早春里绽放的沙枣花柔和的气息,就足以让人心旷神怡。

下午回家时,我带回一截沙枣树枝,插在家里的土陶缸里。沙枣花那富有魔力的香气,比世间任何花香都能勾起回忆,将我带到父亲在世那段时间。我甚至觉得父亲随时会走进门来,带着一身沙枣花的香味儿。他摘下帽子,轻轻挂在门后挂钩上,转身看向我的眼神依旧那么温暖。

一周之后,妈妈带回了几包蔬菜种子,它们被整整齐齐码放在我翻了三遍又拌上羊粪的土地上,等着我来种。关于是否给刚撒了种子的土地罩上塑料保温膜这事儿,我先前还和妈妈争论过一番。有一年春季,我见过扎特里拜大叔种菜的经历。草原上的气候，暗藏杀机，说变就变。已经是温暖的四月，种子撒到地里，很快破土而出，露出嫩嫩的绿芽，却遭遇一场突如其来的降温。下雨，飘雪，融雪，就发生在一个小时之内。平时从不表露自己情感的扎特里拜大叔竟然趴在地里，捧着蔫了的小菜芽，忧伤地摇头，低声道歉："对不起！对不起啊！"好像它们是他刚出生的孩子们。所以，我对这件事记忆犹新。

我把那场降温事件告诉妈妈之后，她才意识到突然的降温对嫩芽的伤害是多么严重。

那年，整个夏季，扎特里拜大叔种的菜总是蔫蔫的，无精打采。即便水分、日照、温度一切合适，也都没用。邻居们纷纷建议："多铲两铲子羊粪，撒到地里头呗！"总之，大家都清楚，问题的根源在于这一带的山丘大多是黏性土壤，土质干而瘦，石块又多，虽然适合青草和灌木的生长，但对于相对娇嫩的蔬菜来说，还是欠缺营养。

扎特里拜大叔把羊粪撒到地里之后，小菜却越来越蔫，直到最后发黄枯死。他只能去城里咨询种植专家，这才弄明白没有发酵过的羊粪，不但帮不了那些虚弱的蔬菜，反而会成为烧死它们的凶手。

回来之后，扎特里拜大叔开始着手制作堆肥。他在羊圈旁挖了一个大坑，将羊圈里的羊粪倒进去和杂草树叶搅拌到一起,盖上塑料膜,其间还时常掀开搅拌。第二年春季,他将发酵好的肥料拌到土地里。结果这个方法既改良了土质,又增加了养分。菜苗长出来时呈深绿色,又粗又壮。

扎特里拜大叔对西红柿情有独钟,特意种了两个品种。一种成熟后从内往外是红色,蒂周围有少许绿色,一般为球形,养分充足的呈扁球形,比一般果实大两到三倍,且两头弯起、蒂处多褶皱。另一种品种少见,是黄色的。

西红柿营养丰富又好吃,却并不容易栽种。牧场多风,有经验的人会替每一株西红柿竖立拐杖,每过一两天还要掐去多发的小枝,用布条将长高的主干固定到拐杖上。稍有疏忽,多水的枝干就歪斜到旁边,折断了,报废上面一串绿色小柿子。

吃着扎特里拜大叔送来的西红柿,我感叹吃到了小时候的味道。"很好吃,对吧!"扎特里拜大叔笑了,他说,"这才是西红柿该有的味道嘛。"

扎特里拜大叔说,栽种的过程中虽然发生了很多麻烦事,但是现在想起来,觉得那些都是宝贵经验的积累。他毫无保留地把这些经验分享给我,让我少走弯路。

针对羊粪的问题,早在去年九月我就着手准备,在山坡上挖了一个一米深、两米见方的坑,挑战自制发酵肥料。

土坑的底部铺上蓬松的骆驼刺，上面交替铺入羊粪、落叶和制作手工皂时剩余的紫草残渣，还有平时收集的果皮、菜叶等厨余可发酵垃圾。上面覆盖防雨雪的厚实油布，过上十天半月掀开翻一翻，搅拌一下，好让堆肥接触空气，以便发酵。发酵时产生的热量，会让堆肥变得暖烘烘的，杀死原材料中隐藏的病菌、虫卵和杂草种子，达到堆肥无害化的目的。从制作堆肥到开始种地，期间足足有七个多月，堆肥的营养已是非常充分了。

在山坡上开垦菜园，虽然听起来有些疯狂，事实上掌握了其中的诀窍，并谦虚请教扎特里拜大叔，还是可以做到的。

"我先给你示范一下，后面你自己弄。"撒种子时，扎特里拜大叔现场指导。他首先教我把收拾妥当的菜地，划分成六块差不多大的长条块，再用脚踩出一条小径，并且堆起土埂，把从地里翻出的有平面的石块挑拣出来，码在上面，以防杂草长出来。这样即便是下雨天去菜地，鞋子上也不会粘上泥土。这些分好的地，无论站在左右哪个方向，都可以伸直手臂触摸到地的中间，很方便间苗或者采摘蔬菜。

他还教我用尖头小铲在松好的土地上，挖出两指深的小沟，将水萝卜、小白菜、生菜、香菜、菠菜的种子分别撒进属于它们的沟里，然后用土盖住。就这样，小菜算是种进地里了。

过了几天,扎特里拜大叔又教我一招。他让我在雨后散步时,记得带一个袋子,捡一些蚯蚓回来,随手扔到地里。蚯蚓的日常活动,就是吃掉土里的腐烂落叶,然后排便。这么一来,土质还会朝更好的方向改变。

此后,我每个清晨的第一件事,就是到菜地里观察小菜是否露尖了。啊?又长草了!柔软的小草用锄头锄过,翻起草根,让阳光暴晒就能灭除。但那些死命扎根的可恶野草,就得一根根连根拔起了。拼命拔草时,我发现蔬菜的嫩芽已经挣脱泥土,露出小尖。再过几日,菜芽就会绿叶繁茂——它们青绿色的尖头仿佛正在我眼前寸寸拔高。"哎呀呀,发芽啦,发芽啦——"我挥舞着指甲缝里嵌满泥土的手,高兴得直想唱歌,几乎是疯癫着跑回家,把这个好消息告诉正在做早餐的妈妈。

真好啊!最有乐趣的莫过于自己动手的过程!我的双手,大家的双手,都是了不起的工具。

令我讶异的还有春天的夜晚。牧场夜的宁静,被我以温暖的方式感受到了。透过窗口,我能看到月亮晃晃悠悠从窗棂下方爬到窗子中央,再升至窗顶,让我仿佛身处婴孩时期的摇篮。

人间最美妙的时刻,当数拂晓。我在黑暗离去的最后时刻醒来,起身眺望明月高悬的寂静夜空,一颗流星划过窗口向黝黑的山谷疾驰而去,"嗨——再见!"我朝着它消失的方向挥手。

这绵绵不绝的幸福究竟是什么?

"幸福"这个神圣又平凡的词,千变万化,难以捉摸,不时调整它的边界。你不去争夺时,它慷慨馈赠。你拼了命去抓、去抢时,它又绕着你、躲开你。就像现在,我在拂晓收到了鸟儿为我准备的礼物:一只栖身树间的夜莺,以它婉转的曲调划破夜空,唤醒一只又一只小鸟。听,它们共同歌唱,千回百转的歌声飞入云端,邀请更远一点儿的小鸟加入其中。然后,再看那天空——青蓝中带着玫瑰红的黎明之光被它们唤醒,悄无声息笼罩住草场林地。而此时,小鸟们依旧陶醉在自己的世界,还在忘情歌唱,引得牛羊、骆驼、马儿纷纷走出棚圈,一起迎接白昼的到来。

虽说种菜我是个外行,收获却格外让人欣喜。"早饭吃生菜,去摘点回来。"说着,妈妈递给我一个篮子。

送到妈妈眼前的生菜,像是一捧绿色玫瑰。"难以想象,几粒种子,竟然会变成这么大把的蔬菜,真是厉害啊!"我不住地夸赞自己。妈妈微笑着点头,算是对我的肯定。

刚采摘的生菜,叶子又脆又鲜亮。简单冲洗之后,咀嚼起来可以听到腮帮子那儿的咔嚓声。不需任何调味料,生菜本来的味道瞬间在嘴里扩散开来,真是人间美味。

为了避免浪费和保证每个时间段都能吃上小菜,我在有了种植蔬菜的经验之后,还特意以两周为一个时间段,错开几种小菜的播种时间。

同样是小菜,每种却有着微妙的不同。小白菜的多汁,水萝卜的脆辣,菠菜的柔和,小葱的香鲜……我每天换着花样享受这些小菜味道的差别,体会亲自收获美味的幸福。

尤其是清晨站在土埂上,望着那些舒展着带着露珠的绿色,我就能感觉到它们在向我们昭示:阳光、雨水还有微风,这些大自然的美好并非不能享受。

当你自己种植果蔬花卉,你会视土地为上天所赐。因此,你一定会放弃使用除草剂、杀虫剂和化肥。因为,这些不仅对你的身体有害,也会伤害野生动物和昆虫,还会污染地下水资源。

进城拜访朋友时,拔一把绿菜,用麻绳捆着送去。看着朋友们的笑脸,想到健康食物给朋友带去的愉悦,更有其他给予所不能体会的乐趣。

倘若你没有在大自然中居住过,你的精神世界会有一种缺失。那就是,你会认为一切饮食来自超市。也许是在远离大自然的环境中长大,让你形成了一种奇怪的行业分工明确的思想,认为种菜的事交给菜农去做就好了,外行负责吃菜就行。你的这种依赖外力的本能,会让你错失了解最后进入你胃里的一切食物的成长历程,更会错失观察它们从嫩芽开始,到长出一片绿叶,最后到果实成熟的生长过程的微妙幸福感。

在牧场的艳阳下,兴趣一点点涌现。单从种菜来说,从开始尝试,一点点制作肥料、翻地、锄草,看着小小的种子在土地里生根、发芽,变成桌子上的美食……虽然穿着沾满泥土的衣服,蹲在地里,脸被日光晒得黑黝黝的,但我仿佛离幸福更近了一些。

与大自然为伴,在繁杂琐碎的生活中忙忙碌碌,却又为自己的力量所能创造的美好而欢欣雀跃。也许某一个清晨,我的蔬菜被冰雹,或是被无意闯入的小牛摧毁,但我会把这当作重新开始这场幸福历程的又一个契机。

牧场的生活虽然无趣,却容纳着自然万物的生长,令我深切感受到"让餐桌顺应四季的节奏"这件事的重要性。同时深刻领会到,播种不仅是表面上的栽种植物,更蕴含着与地球、太阳、月亮等万物共生的伟大梦想。

夏日生灵

在牧场,你能随时享受到与自然相通的喜悦。温度合适的日子,门和窗户都开着,飞蛾、螳螂、蟋蟀……任何生灵,只要喜欢,可以随时进出。

夏日夜晚,透过石墙仍能感觉到酷热白昼的余热。我和妈妈把食物搬到屋外的长条桌上,布置好餐桌,在屋外吃饭。那是非常简单的晚餐,只有奶茶、酥油、馕和小碟的蜂蜜、果酱。房子内外没有一点儿灯光,只有我们燃起的篝火照亮夜空。

我们的影子在墙上舞动时,蚂蚁军团排着长队出现了。它们爬上桌面,四处奔跑,匆忙收集食物。如此高的温度下,蚂蚁们竟然没有变成干儿,实在是不可思议。碟中的蜂蜜和黑加仑果酱对蚂蚁有着无穷的吸引力,否则它们才不会成群结队,跨越土丘山石匆匆赶来。

每天晚餐后,我们都要吃上一块酸奶酪。今晚的酸奶酪味道不同寻常,这得感谢我们的老朋友阿依旦大姐。十年前,阿依旦大姐将自家院子改成小餐馆,专做哈萨克族美食。年龄大了,干不动了之后,她关掉餐馆,只做奶茶和酸奶酪。她说:"不能太忙,闲点才能做自己喜欢的事,过好自己想要的生活。"每次她到镇上买茶叶时,都会顺便到我家坐坐,送我一小袋酸奶酪。我路过她家时,也会送一块自己做的羊脂手工皂。在我最初呼吁本地应保护及延续游牧非遗慢食文化时,她是第一个站出来支持我的。她积极配合我的宣传,拿出自己所有空闲时间,给身边人宣讲保护游牧传统美食的意义,鼓励他们传承古老的纯手工奶制品和肉类加工技艺。同时,她认真做好自己的手边事,把游牧非遗美食酸奶酪和奶茶做到极致,成为本地慢食文化的标杆。

猫咪对付酷热的法子,就是懒懒地躺着,要么伸长四肢贴在院子的石丘上,要么蜷缩成一团躲在树荫下。等到晚霞从天空散尽,暮色四沉之时,小家伙们便精神起来。吃点食物,喝足水,抽动鼻头冲着空中吸风中的花香。太阳彻底落山之后,猫咪开始在我的脚踝间蹭来蹭去,提醒我,该出去撒欢了。

我只好拿上手电筒,带着它们去屋后的林地草场散步。

我们走过一片苜蓿地,空气中弥漫着温暖的草香味,还有晒得焦干的泥土味,干燥又辛辣。在乡间,除了常见的蜻蜓、蝴蝶、蜜蜂、蚂蚁还有让人生厌的苍蝇,其他的虫类则很难引起人的注意。就像现在,那些看不见的小生灵,沙沙穿过草秆的缝隙,纷纷从我们身边逃离而去。对我们而言,虽说这些虫类多半隐而不见,但是有它们环绕身边,还是挺不错的。毕竟,是它们给鸟儿当了食物,而鸟儿又给了我们音乐。

一定有只夜莺栖身路边那棵沙枣树上,它的婉转鸣啼划破了寂静夜空。夜风把远处窗户里冬不拉的低低弹奏声、杯盏声和谈笑声吹送过来。苜蓿地尽头灯光闪烁,那是飞机场。

回到家中,脱下鞋子,脚下还有余热。

窗外,月亮的周边突然模糊起来,星星迅速隐去,空气逐渐厚重,几乎让人透不过气来。乡野突然变得一片寂静,好像有人按下开关,将鸟鸣声统统关掉了。"热气该散去了!"妈妈话音未落,天边一道闪电,凌厉地划破厚重的夜空。我走到窗前,刚一探头,又急忙缩了回来——又一道闪电扎向地面。有几秒的时间,天边像是打开了探照灯,照亮了岩石、农舍和树木。雷声起初只在远山隐隐滚动,才一会儿就逼近耳边了。

雷电过后又起了风,狂风裹挟着大雨。门一次次被吹开,扑进一阵阵雨来,窗子也被吹得啪啪作响。我们熄灭电灯,拔掉电源,拴住门窗,躲进被窝。

阵阵阴风不知从哪个缝隙钻进屋内,如同鬼魅。我紧张得双手抓住被边,脚趾在被子下蜷得紧紧的。

此后的一个多小时,大雨就像决堤了似的哗哗冲刷屋顶和庭院。离我家院落不到五百米的后山,过量的雨水在寻找山路,发出古怪的咕噜噜咕噜噜的声响。那水声仿佛就在枕边,阴森森的有点可怕。

当暴风雨渐渐走远,黑色夜幕上居然露出了被冲洗干净、亮闪闪的星星。窗上好像有暗影,拉开窗帘,玻璃窗外竟然贴着一只蝙蝠。我怀疑自己在做梦,因此再定神看了一眼,确实是蝙蝠,或许是被风拍到窗上了,或许是被树摇落了。它的身子好像粘在玻璃上一样,头朝下,左右转动。湿漉漉的月光下,它正狠狠地瞪着我。我心里一阵悸动——"该死的家伙,千万别溜进来呀!"但它始终不走,而我的眼皮已撑不住重量,合得紧紧的了。

日出时分,它已不见踪影。我放松地躺在床上,倾听屋外大自然的声音。起先是一只鸟试探着叫了一声,接着第二只鸟也叫了,然后无数只鸟都叫了起来,直到叫醒羊栏里静寂的羊群。

令人欣慰的是,经过暴风雨洗礼的清晨格外美丽,空气也变得清新,弥漫着一股挽回生机的清爽气味。我打算到屋后的草地山林里走走,看看暴风雨在那里留下了什么痕迹。

那里的景象令人诧异。晃动的阳光斜洒在草地上,水汽蒸腾而上,缥缥缈缈,人们仿佛能听见几周来饱受烈日烘烤的草地喝水的咕咚声响。微风吹过,野花乱颤,成群的蜜蜂在野花间忙碌。

头顶啄木鸟咚咚咚的忙活声,总让人感到愉悦。那声音很是响亮,不知疲倦似的,还带着一丝急切——简直就像客人的敲门声,让人不禁想要回应。

有些年头的旧木围起的羊栏,坐落于绿意盎然的斜坡上。牧人将每只母羊和它的小羊围成一家,家家相邻地排列在一起。

母羊刚刚被鸟儿吵醒,小羊羔就靠了过去,在羊妈妈的肚下蹭来顶去,要早餐吃。这时,勤劳的牧羊人已在木门外朝里张望。拉开木门时,整个羊群便躁动起来。它们从狭窄的出口一只只往外蹦,接着像是潮水一般漫向山坡。它们咩咩的吵闹声,因为匆匆拽食了满嘴青草而时断时续。

好奇的松鼠和蜥蜴藏身于此。这里的松鼠比起其他地方的松鼠体型稍大一些。它精致、发亮、柔软的皮毛呈深灰色,尾巴蓬松柔软,耳朵小而尖,黑溜溜的眼睛圆圆的,亮亮的,时刻留意人类的每一个动作。它的爪子纤长,方便随时游走在树枝间,检查松塔的鳞片间是否还剩几颗可食用的松子粒。它的尾巴摇摆不停,一会儿拖在身后,一会儿又优雅卷起。蜥蜴也没闲着,它蹲到石头的高处,瞪着鼓鼓的小眼睛,四处观察,从不担心谁会去伤害它。这些温暖而又单纯的、没有一点儿心机的小动物,只要你见过它们,都会毫无理由地爱上它们。

十年前,我有幸读到美国作家蕾切尔的代表作《寂静的春天》。蕾切尔是世界环境保护的先驱,我记得这本书首次出版是在一九六二年,她在书中提到一个重要话题:环境保护。

蕾切尔从杀虫剂出发,将近代污染对生态的影响,透彻地展示在读者面前,提醒人类,环境问题已经上升到了关乎人类能否继续生存的地步。她在这本书里,提到未来人类有可能面临的几种现象:有可能医生越来越为病人中出现的一些奇怪的病感到疑惑;有可能成人或孩子出现奇怪的死亡现象,比如突然倒地而死;有可能一种不知名的病毒突然袭击成群的牛羊鸡鸭;有可能人类会面对一个没有鸟没有蝴蝶没有蜜蜂的世界。

书如其名,"寂静"指过度使用农药后杀死了所有的生物,春天不再充满生机,没有任何声音,而是一片死寂。这本书不仅是唤醒人类关注环境问题的一本杰作,更是一部预言,将载入史册。

我家的菜地里面住着不同的小生灵,黄色小蜘蛛、蚂蚱、蚯蚓,还有七星瓢虫跟绿毛虫。天气转暖后,我家屋后树林里的野鸟种类逐渐增加,我每天都被鸟叫声吵醒,单是这些就让人觉得幸福。

如果鸟类能更靠近我的家,乐趣就更多了。我把盛麦子的小桶,挂在菜地旁边的树枝上。没几天,野鸟便开始不断飞来。

这些野鸟,不只让我们有观赏的乐趣,还会帮忙吃掉菜叶上的毛虫,并且还会留下粪便,改善土壤。

就让这些野鸟住下来帮我好了。我和朋友着手做了几十个鸟屋,挂在屋檐下和树枝上。如果它们愿意留在这里,那就等于免费雇了几个工人。

没几天,鸟屋就住满了居民。野鸟一进入菜地,就不断吃掉毛虫,发现毛虫的速度之快让人吃惊。菜叶上的毛虫刚一露头,它们便快速将其消灭了。在野鸟的帮助下,我栽种的菠菜、生菜、小白菜、卷心菜、花菜都未出现虫害,收获时,作物外观大都完整无缺。

燕子却不领情,它们坚持自己动嘴,在屋檐下建起了鸟窝。夏夜时分,关灯入睡前,我总会听到屋外燕子发出叽叽喳喳的叫声。那声音干净清透,有催眠效果。

让人不可理喻的是,我家那只名为妞妞的猫经过精挑细选,非要将有燕子筑窝的那片屋檐下的空地当成它晒太阳的地方,每天阳光正好时,都惬意地在那里不停地翻来滚去伸展腰肢。每当妞妞出现,燕子妈妈就会立即摆出一副领土被侵犯的模样,同时威胁妞妞马上离开它的领地。但妞妞又怎么会轻易屈服于它,于是,它们常常陷入僵持之中,彼此大眼瞪小眼地对峙。

终于,一天夜里,燕子的叫声带着急切和焦躁:喳!喳!喳!而且声音不断移动,从院子的不同角落传来。我们并没有多留意,以为这不过是求偶的声音。

第二天,我正打算去柴火房寻找木棍,修补歪倒的栅栏时,妞妞爬过屋檐进入我的视野。这在平时是常见的场景,但是这次完全不同,因为它两耳直竖、双目圆睁,蜷缩着前肢匍匐在那儿。

我的脑海中立即闪现出这样一幅场景——昨晚,妞妞爬到鸟巢上方的屋檐上,偷偷窥视。燕子妈妈为了保护雏鸟,早已对它心生恨意,而且还恨得相当火暴,于是发现它后立刻追着它满院子乱啄。

不过我没有太多时间沉湎于幻想之中。因为我突然意识到此刻燕子妈妈正在对妞妞实施俯冲袭击,而妞妞这是在不敌之下夺路而逃。大家都知道,母爱的潜能是不可限量的。我猜想妞妞虽在昨晚败下阵来,但经过一夜休整,心有不甘又跑来偷窥,被燕子妈妈逮个正着,又对它展开了狂风暴雨式的轰炸。

最后,妞妞踉踉跄跄后退着落到墙头上。逃离,这对于自卫来说确实是一个明智的选择。但是,它并未离开——一定是它的好奇之心还未消退。它又停下脚步,身子前倾,抻起脖子,抖动的嘴微微张着,盯着屋檐下的鸟巢。

燕子妈妈发起的空袭依然在继续,而妞妞只会朝着燕子妈妈飞来的方向凭空挥舞猫爪。最后,燕子妈妈降落到妞妞背上,朝着它的耳朵狠狠啄了下去。妞妞可能是只顾头而顾不上脚了,歪着身子从墙头掉了下去。

它在空中"飞翔"片刻,我还看到它转头看了我一眼,好像还递给我一个恐惧的眼神,然后挥舞着四肢坠入墙边装满水的水缸里。溅起的水花甚至将我的两条裤腿湿了个透,尽管当时我站的位置离水缸至少有三米远。

我如风般冲了过去,俯身提起妞妞一条露出水面的后腿,把它丢到地上。它全身滴答着水,摇摇晃晃躲进屋子。可怜我全身上下没几处是干的,胳膊上还血流不止,显然是在救妞妞时,被癫狂的它抓伤了。

红腹灰雀又来了,在我头顶忽高忽低地盘旋,像被风吹拂的彩色飘带。它们嘴巴很宽厚,头脸漆黑,而脖颈和腹部又呈现鲜艳的橘红色,背部和尾部呈现灰蓝色、黑色和白色。我记得某本鸟类资料书中介绍过,红腹灰雀是西伯利亚鸟种,每年冬季来阿勒泰附近过冬,来年春季再返回繁殖地。现在这个季节它们在这里出现,大概是爱上了这里,定居于此了。

既然它们决定留下来与我们共享自然,主动与我们相处,我们也不会亏待它们。多年来,阿勒泰地区各级政府组织干部群众种植了大量沙枣树和沙棘树,并严格管理,果实除成熟期可少量采摘外,多数留给野鸟采食。

短暂的夏季将要结束的最初征兆,是松鼠开始收集和埋藏松子。与此同时,牧人也开始为牲畜过冬存储大量的干草和青贮饲料。

许多来访的朋友告诉我,他们一到这里就会产生一种奇妙的感觉:"这才是大自然该有的样子!"他们在这里生活的每一天,都被多姿多彩的生命包围着,就像时刻被幸福环绕一般。这种与自然连通的喜悦,随着时间的推移越发浓烈。

修理老居所

大雨在八月的一天倏然而至,又持续下了整整一周。雨水不像夏天时那般温热大颗,而像是一袭灰色的水幕,从天空笔直垂落,冲刷着每一片树叶,压倒了黑加仑灌木丛,把收过两茬的苜蓿草揉进泥泞里,又把泥泞化作褐色的溪流,从高处流下,在低洼处形成一个个水坑。

在夏季的那几场阵雨中,我们居所的屋顶就受损不轻,可与眼前的惨状相比,那点儿损伤不过是大自然轻声细语的警示。

我们居住的是房龄超过五十年的冬牧场居所,黄泥外墙和门廊陈旧的棕褐色红松梁柱十分相称。原房主在世时,每年都会维修。如今,房屋日渐破旧,完全没了当初的风采。

毛坯外墙脱落得斑斑驳驳,浊黄的雨水顺着屋顶的缝隙一道道延伸至室内四壁，流到墙边，汪到地面上，一个墙角还鼓起一个神秘的大包。遇到大雨，家里脸盆、水桶全部排在墙边，用来接雨水。我和妈妈商量多次，终于决定花一笔钱，弄一些结实的玩意儿，修复这墙壁。

我打电话向布鲁汗大姐求助。最近这两年，她几乎成了我家的电话簿。我给她诉说坐在屋子里淋雨的悲惨时，她不住地"哎呀——哎呀——"倒吸凉气，表示明白问题的严重性，也很理解我的心情。话音未落，布鲁汗大姐便在电话那端开始罗列我的需求："石头，没问题；水泥，没问题；嗯？沙子，也没问题。还有……还有……把这些东西运到你院子里的卡车……"有一阵儿，我还听到了她在纸张上使劲划拉的声音，似乎在解决圆珠笔没墨影响记录的问题。终于，她记好了："好，好，这么着吧，我知道一位货车司机，除了拉运，还会干些粗活，手脚利索，要价还合理。他叫努尔兰，我让他明早就到你家去，有什么要求直接给他说好了！"

我马上提醒她，一般人找不到解忧牧场老院子。

"这我知道。"布鲁汗大姐说，"他熟悉阿勒泰所有牧场，哪儿哪儿都去过。"她这么说的时候，我仿佛看到电话那头她正冲着眼前的空气指指点点。

第二天清晨，我被丁零当啷的噪声吵醒。把手挡在额头上,朝院墙外的牧道张望时,我看到一辆装满沙子的破旧货车和高低不平的路面纠缠在一起,我还清楚地看到司机在驾驶舱里不时地用脚蹬踏板,身体僵硬地左伸右探,想要和汽车一起越过坑坑洼洼的路面。熄火之后,他还叉起腰回望牧道,像一个越野车选手到达终点那般,酷劲十足。

布鲁汗大姐昨天在电话里反复强调,既然修理就要修得彻底,以免冬季出现状况,会很麻烦。为了证明她的观点,她还举例说:"比如,牧场冬季温度都在零下三十摄氏度以下,手都拿不出来,更别提干活了。"

修理。这个词我喜欢。房子或人,都可以修复。来到乡村居住之前,如果把时间花到种植蔬菜或维护花园的事务上,我肯定觉得自己是在浪费时间。我会认为,比这重要的事儿,比比皆是。比如,参加无休止的朋友聚会,逛街买衣服,镜前孤芳自赏,寻思别人的一个眼神是否另有含义……不是吗?这已占去大量时间,哪有时间摆弄花草果蔬?可为什么现在的我,戴着遮阳帽,从早到晚蹲在地里拔草掐枝,哼着小曲,乐此不疲。即使洗衣做饭,也兴致盎然。此外,我的手机备忘录里总有未完成的工作:加固沙发底座的隔板;下次赶集别忘买小电池和门把手;壁炉需要做个小门挡住火星;去废品收购站寻找小铁桶清理旱厕……将来,院子里每一根木栅栏和每一块砖,甚至每一块石头,都会像我自己的身体一样，为我所熟悉。

这些改变连我自己都感到惊讶。难道因为居住乡村的目标，就不管整个生命过程的意义了吗？还是因为短暂的兴趣高涨，阻止了我思考自己行为的意义？不是的，我心里头清楚着呢。把我逐渐吸附到这些琐事上的，是过往那些醒着或熟睡的日子里，慢慢地、渐渐地自我修复的过程。我在与最初的自己相处的过程中，逐渐获得重新选择的权利和对自然四季的敏感。就像修复满是漏洞的房屋，让它重新发挥其有生命意义的功能和作用。于是，我租下这个只有一间破屋的五亩院子。我喜欢院子背靠的山坡，这或许是我的思想和居所与大自然重新连接的一种外在形式。我有一种感觉——这个地方，将与我融为一体，难以分割。我将用修复过的思想，将它逐渐恢复成一座游牧非遗老院子。

正如布鲁汗大姐说的那样，努尔兰干起活儿来像和仇人打架，不到中午，就备好了修理房屋所需的建筑材料。

左邻右舍闲在家里的妇女，发现我家有干活儿的迹象，三三两两聚集过来，在了解我们的计划之后，开始出谋划策。有人热情提醒，墙外包石头，必须水泥多放点，沙石少加点，这样才能"让它们结结实实待在墙上"。有人建议，下面的石头垒得宽点，越往上越窄，据说这是"底盘扎实"。还有人发起了牢骚，因为她娘家刚维修了房屋。她伸出食指点点那堆石头："你知道吗，干活那几天你整天脑瓜子都会嗡嗡响，就连晚上睡觉耳朵里都是砸石头的哐哐声。"她又对着那堆沙子不停地点啊点："啧啧啧，到时候哪儿哪儿都落灰，吃饭都能吃出沙子。"她摇着头，很明显，对维修房屋的事情头疼得很。

除此之外，就是给一大堆忠告，这可不仅仅是一两个妇女，所有在场的人都会这样。而且，那些忠告都是些奇闻逸事。比如，我小姑子家用石头垒墙，那些个傻瓜啊，一直垒一直垒，没等下面干就往上垒，最后塌了，幸亏只是砸断了工人的腿。或者，我老头子家的大哥，为了省那么几袋子水泥，用泥巴垒房子，坐在他家吃饭，用手指头就能把砖抠出来。等着瞧吧，过不了两年，还要重盖。说了他们根本不听，以后花钱的地方多了去了……大家谈兴很浓，滔滔不绝，我把做中饭的时间都错过了。

中午的时候，布鲁汗大姐赶来了，带着新烤的馕和煮熟的风干牛肉。用她的话说，干活儿的人要来点荤的，有劲。

正商量着如何施工，努尔兰手机响了，"来急活了！"话音未落，他已跳到车上，疾驰而去，好像他的工作就是要让尘土飞扬起来似的。

我以为墙外包石片不是什么难事，只要找到合适的石头，用水泥将其和红砖墙体黏合住，用瓦刀敲实就行了。

我想错了，先后请来的几位经验丰富的泥瓦匠，都说这是一件看似简单实则复杂的工程。"盖一座红砖房子都比这简单，"泥瓦匠们摇着头，几乎是异口同声地说，"这种没干过的活，心里没底，费时又不出活。"

努尔兰帮忙找来其他泥瓦匠的联系方式，终于有人答应下来。不过，他们中有两个人表示，包这石头外墙，两个人干，需要半个月，报价一万。而另外两个人，开的价是这个的三分之二，还算合理。此外，他们还有一个好主意：用多色鹅卵石，在石墙中间拼出花纹。我认为能干好活就行，当然，有花纹再好不过，但努尔兰说他们可能是疯子。我希望这活尽快开工，因为到入冬还剩两三个月，而房子维修好之后，还要留下墙体干透的时间。如果墙内潮湿，冬季费煤，屋子还烧不热，指不定还会让人得关节炎之类的疾病。努尔兰提醒我说，看他们没干活就花里胡哨说话，一定不是踏实干活的人。可是，他的话我没听进去。

约好的周一开工，可是周一过去了，周二、周三也过去了，都不见人影。直到周四，干活的人来了。他们一到便清理外墙，不到半小时，就在屋后争吵起来了。片刻之后，包活的那人过来找我。"这不是常规活，复杂得很。"他和前面几个泥瓦匠一样的说辞，"好好琢磨了下，这不行，赔钱买卖。"说完，他带着工人走了。

我被寻找泥瓦匠的事儿搞得焦头烂额。打听之后,我了解到,到我们这里做泥瓦工的,多是四川或者江苏的外来务工人员。每年春季,他们大量涌入本地,但他们喜欢到建筑工地做常规的泥瓦工作,并不愿尝试有创造性的短期工作。他们希望在一个建筑工地做到秋季收工,既不耽误工期也不窝活。终于,我弄明白了,为什么他们给我的报价比建筑工地高出很多,还不愿干。

我没了主意,接着给努尔兰发信息,让他再介绍一个。"我最近手头忙,有些活你能干的就慢慢干,"努尔兰回电话说,"有大活时,我过来一起干。"他说的大活,是指我干不动或有技术含量的活。两天后的傍晚,努尔兰出现在我家院子。"昨天我上去看了,"他指指屋顶,"邻居布鲁汗大姐帮我开的门,说你们赶集去了。"

"那,怎么弄?"我有点着急。

"屋顶用泥巴抹一遍,上油毡就行。关键就是这雨水冲过的外墙,要费点功夫。"他跺了一下左脚,说道,"还有,这屋顶边沿要好好修整一下,昨天我这脚差点陷进去。"

"啊,天呐!"

努尔兰笑了笑,拍拍腿,"我走到那里,崴了一下脚,身子歪向外面,布鲁汗大姐在下面吓得尖叫一声。"他拿出量尺,走过去测量屋外墙的长度和高度,"明天你先铲掉外墙旧泥，抓紧时间，必须在九月份前搞定。"

努尔兰认为，最先要做的是在墙外包石块。努尔兰拉来的是城里工地上挖地下室或者清理院子时打下的石头，大小合适且坚硬，最主要的是这些石头是建筑商准备拉去倒掉的垃圾，免费送，我只需付点运费便可以了。

我用了两天时间，将外墙斑驳的泥巴铲掉，露出红砖墙体。但是面对堆得跟山头似的石堆，还有没完没了的将石片分门别类的工作，我开始担心长满水泡的红肿双手。为了更快更好地完工，我特意买来几双厚实的帆布手套。因为，将大石头分一堆，小石头分一堆，再把薄的和厚的分开放置，都是大工程。更何况，还有一座房子等着我去垒石墙，想想还有点望而生畏呢。

胳膊上的肌肉一日日见长。一周后，石头被我分成几堆。我对石工很感兴趣，虽然很累，但这种砌石墙的古老手艺令我跃跃欲试，能够大干一场更叫我兴奋不已。

这里砌石墙一律为干垒，石头外不用水泥涂抹，裸露着石头的本来面貌。使用石块之前，首先要用铁锤把石块的一边敲出一个平面，这是我的工作。努尔兰负责把水泥和沙子搅拌到一起，并顺着墙体一块块把石头垒上去，然后用水泥粘好。为了保证下部的承受力，水泥和石头的厚度保持下部四十厘米，朝上慢慢减少到二十厘米，形成斜坡。光是码上去的话倒是很快,可是大小不合适的地方,必须贴合墙壁的直线把多余的部分用榔头敲掉,这很费时间。

牧场的天气辜负了我们,原本秋高气爽的好天气,突然间变了脸。最令人头疼的风来了。人们常说阿勒泰的土很轻,经不起风吹。风一刮来,灰褐色沙土便如燃烧干草时的烟雾一般翻滚。冰雹也来了,肆无忌惮地砸在石墙上,像爆米花般噼啪作响。冰雹过后的大雨移动得太快了,透过窗口,我看到强劲的大风把雨柱推出草场,卷入山谷。

太阳一出来,我们又提起榔头和铁铲冲出屋子,继续干活。暴雨来时,再退回屋里,围坐在炉火边擦干头上的雨水。

每天干完活儿,切开妈妈用手推车在村头路边买回的甜瓜,吃到嘴里香甜多汁,简直是世间美味——我一直不懂如何挑瓜,妈妈用手一拍便知瓜是否成熟,可我学不来。妈妈挑的瓜,努尔兰就连瓜皮上的白肉都吃得精光,只留下一层薄薄的外皮。看着他黝黑脱皮的双手,我心中莫名地感动。

努尔兰干活从不偷懒,就算我忙别的事不在场,他也依然如故。有时候,材料用完了,又暂时无法备货,他就去忙自己的活计。如果他没有别的事可做,就去车里拿出工具,帮忙修家具上的把手或者歪斜的门板。到后来,我又请他搭建了一个棚圈。他很能干,什么都会做,而且速度很快,比我见到的其他工人要快两到三倍。

断断续续,费时一个多月,我们终于搞定了房屋外墙。码好的石头齐齐整整跟拼图般排列在墙上。虽然胳膊像破布般疲软地耷拉着,腰也断了一般,可是看着建好的石墙坚固耐看,我心里真是说不出的高兴。我们在窗户外还搭建了一块石板,伸出的部分可以摆放花盆。窄小的阶梯,也换成了整块的石阶。从下往上看,房屋巍然高大。看惯了满是流水痕迹的破墙,一时还有点不适应呢。

外墙完工以后是做屋顶的防水。努尔兰拉来防水沥青油毡,先把屋顶清理干净,抹上新泥,然后铺上油毡。为了让油毡和屋顶结合,我们必须要用喷灯把油毡烤化,粘到屋顶上,最后在屋顶的边缘垒砌一圈两层高的砖块,固定住下面的防水油毡,防止它被风卷起。

屋顶防水做好,终于让家有了一点儿安全的感觉。不过,房子内部需要粉刷一遍。这不难,把墙皮脱落处和漏水冲刷过的墙面抹平,再用石灰水粉刷,整个工作应该花不了多长时间。

窗框迟早会被白灰污染,还不好擦拭,所以提前刷油漆毫无意义。于是我把窗框拆下来,刮去旧漆,为日后重新刷漆做准备。

修补了破损的墙体之后,我们开始粉刷房子——不是跟现代人那样用滚筒刷,而是用以前老人常用的刷墙刷子。先粉刷一遍,等第二天完全干透之后,再刷一遍,再次干透之后,墙壁已经白得晃眼了,还散发出一股石灰消毒液的味道。

刷完墙的第二天,我和妈妈终于有时间去收拾凌乱的菜园,接着进城四处寻找窗框和门上需要的合页、钉子,又去挑选漆窗框和旧柜的蓝色油漆。

我们还在家具店发现了四把原木做的椅子,虽然从腿到坐垫,再到椅背都是实木的,但十分笨重,所以没人买,店家一折处理给我们。等椅子送到家,我才发觉坐上去又稳又舒服。

与上一个秋季不同,这个秋季雨水很多,暴雨频频。坐在坚固保温的屋子里,听着雨啪嗒啪嗒拍打在玻璃上,我们心中异常平静。我和妈妈把四把椅子隔着餐桌摆好,在餐桌上铺上印有羊角图案的桌布,放一个插了野花的罐头瓶,就可以美美地享受由奶茶、包尔萨克、生菜、牛肉辣酱组成的佳肴了。假如是凉飕飕的夜晚,我们就在壁炉里生一把柴火,把寒气驱逐出去。

燃起壁炉,妈妈提醒说:"炉子里最好弄一个烧烤点心的部件,这样冬季我们就可以烘烤一些食物了。"用这个轻量级但有点技术含量的活计去打搅努尔兰,我有点开不了口。但得知这个情况,刚从外地出差回来的好友池梅安慰我说,不必担心,有她在,一切不成问题。

这里有个采石场,就在牧场往北走三四公里的地方。池梅说那里的鹅卵石堆成了山,足够我们高高兴兴垒上一百个炉子了。但是,喜欢手工活儿的池梅告诉我,如果去那里找石头,会有人围观,打听我们要建什么,然后指手画脚一通。我明白,她是想把这份快乐的工作当成秘密。"他们又会像你们给墙壁包石头时那样,跑来看热闹,到时候,关于垒炉子,你能听到几百种不同的垒法。"她用手上的铅笔敲着额头,继续说道,"你们垒墙壁时剩余的小石片就可以办到!"

她坐在餐桌边画着炉子的图纸。按照她的设想,重建炉子,最主要的是在先前已有的基础上增加它的实用性,不仅可以在上面煮茶,还要在壁炉上部固定一根类似晾衣架的铁杆,更主要的是在炉膛和最下面的落灰层之间增加一个烤箱,烤肉、烤点心、烤土豆、烤红薯,随便烤什么都可以。如此一来,不仅可以取暖、煮茶、烧烤,壁炉上方还可以悬挂、烘干洗过的衣服、被单。

"可以和厨房的炉子轮番使用。总之任何一个炉子出现问题,另一个炉子就会马上派上用场。"她继续描述着,

"在寒冷的冬季,那是家人或好友能够围坐在一起的最重要空间,那是无法替代的美好时光。我们可以边聊天,边在炉子上煮上一壶香喷喷的奶茶,气泡溢出壶盖,滴在炉圈上吱吱作响,空气中飘着奶茶馋人的香味儿。"她描述着,我听得入了迷。看来她是真的爱上了我的小屋。每次说到"我们",她都会停一下,把"我们"换成"你们",似乎无意冒犯属于我的一片美好的想象。但我希望她明白,其实就应该是"我们"。牧场需要她这样的人参与其中,才能更健康地走下去。她身上最值得我学习的是她的勤劳节俭和尊重自然的天性,我想,在心灵深处,她与我非常接近——我们都能在对方身上清楚地看到自己的影子。

我和池梅一起在石堆上挑选合适的石片,然后搬入客厅。垒炉子之前,先要按照一比二的比例将水泥和沙子搅拌到一起,这是我的工作。池梅说我是她的小工,得听她指挥。她负责用瓦刀把石块的一面敲得平坦一些,然后用水泥往上垒。虽说她自己给自己安排了一个大工的头衔,可是体力活比我这个小工一点儿不少干。光是按照图纸摆放石块的话倒是很快,可是大小不合适的,必须贴合炉子外壁的直线把多余的部分敲掉,这很费体力。花费了三天时间,我们总算把这事搞定了。虽说我们全身都是泥,可是看着垒得整整齐齐的炉子,心里真是有说不出的高兴。

炉子完工之后，轮到安装烟筒了。由于我们生的是明火，为了不让石片的缝隙处溢出烟来，池梅还在炉子的内壁加了铁板做保护，用掺了羊毛和盐的泥巴把石块和铁板黏合到一起，堵住所有缝隙。烟筒从炉子的后壁拐了一个直角的弯道，沿着墙壁，贯穿屋顶，突出到屋外。屋外的部分由小的石片紧贴烟筒环绕叠砌而成。顶部选三个点，在水泥未干时插入三根手掌长短的铁棍，上面固定一块能够为烟囱口遮风避雨的石片。

炉子是否垒得成功，取决于炉火的烟能不能通过烟筒排到室外。如果炉子垒失败了，烟就不能顺利通过烟筒排出室外，只能从开着的炉口排到室内，弄得满屋子都是烟。好不容易垒好的炉子，到底是成功还是失败，不到点火那一刻根本不知道结果。

完工之后，看着池梅点火的那一刻，我紧张得心怦怦跳。

火慢慢燃起来，炉膛里溢满灰黑色的浓烟，并冲出炉门，让周围一片浓黑。我和池梅看不清彼此，只扔下手里的柴火，捂着嘴往外跑。半小时之后，呛人的浓烟势头转小，开始顺着烟道往上爬升，在屋顶的烟囱口飘逸开去。我和池梅这才返回屋内。我们用力咳嗽着，兴奋地议论点火的错误之处，最后确定是从室外刚搬进去的柴火有些潮湿，火燃起来着实有点困难，才会发生前面的倒烟状况。

刚开始我觉得木柴很难点着，经过几次试火，已经可以轻松办到了。首先要准备碎一些的干燥树枝。如果是潮湿的树枝，需要提前搬进屋子里，让它干燥，才方便使用。点火时，将平时收集的废旧纸箱撕成碎条，架空着放进炉灶的最下方，上面放上干燥的小树枝。在碎纸片下点火，火燃之后，再慢慢往上加粗木柴。

点着火之后，要经常添木柴。燃尽的炉灰可以埋进院子的土里，作为土壤改良剂使用。这样的生活让我们有了一种融入自然循环的感觉，所以觉得格外开心。

新炉子的第一次烘烤

石头炉子垒好之后,我们打算好好休息两天,第三天开启新炉子的第一次烘烤,邀请城里的朋友来参加新炉子的烘烤仪式,就烤我们最拿手的酥油饼干。

我请池梅邀请城里的朋友,告诉他们,请他们来参加烘烤聚会。"一定会来的,他们真是想你了呢。"很快,池梅传话过来说,大家非常期待此次聚会。

我开始维修烘烤的必备工具。饼干铲的把手已经松动好久了,每次都是凑合着用,铲头转来转去的,好几次差点把烤好的饼干扔到地上。我把铲头取下来,将后面尖锐的那截把手敲入一块板子里。那板子是松木板,长约三十厘米,我用菜刀一点点把板子削成圆形的把手,最后用砂纸抛光,这就成一把新的饼干铲了。我又找来麻绳,将一把晒干的芨芨草绑紧,就有了新的炉扫。

在单位上班时,我和池梅一天到晚都不得空闲,只在有事需要交流时草草打个电话,聊聊家里和手头工作的近况。这几日,我和她一起劳作,为了一个小小的共同目标而努力,情谊又深厚了几分。"为什么在工作单位时,就不能多给自己点时间?"我们不约而同问对方,却都不知道如何作答。

来到乡村,过起了不同寻常的日子之后,我才能客观地评价过往的一些事情。我常自问很多问题,比方说,为什么我和池梅能成为如此交心的朋友。

即使到几年后的今天,池梅仍然是我最好的朋友。但每当我和她在一起聊天时,我还是禁不住思考这个问题。也许是因为我们的个性完全相反:池梅是一个精力无穷的人,因此她常求变化,而我却是一个痛恨改变的人。朋友们都称赞她聪明灵活,因为她常会想出很好的主意——当然,其中也不乏一些古怪的构思,比如往酥油饼干里面添加干果,她就喜欢每次都做一些改变,而我却对这些改变抱着很大的成见。

池梅跟我商量,除了蜂蜜、鸡蛋和牛奶之外,再放些什么好:"碎核桃仁还是葡萄干?要不就加点黑加仑果干?"她什么事儿都追求完美。不过,再怎么变动,坚决不改的配料依然是酥油。

要知道,酥油可是游牧民族的经典美食之一。大概二十公斤牛奶才可以提取一公斤的酥油。酥油不仅不含低密度胆固醇,而且有助于提高高密度胆固醇的含量。以前,在牧民转场途中,妇女还用酥油护肤,以防皮肤干燥,并隔离紫外线和抗氧化、抗衰老。当然,添加酥油,烤出的饼干外脆里酥,这才是最重要的。

我把从鸡窝里找来的鸡蛋敲开,再将它们打碎。"上次我在饼干上撒了一些葡萄干,结果烤得焦成石头粒,我的牙齿差点崩掉。"

"你真笨啊,"她不置可否地大笑,"那是你的技术问题,我烤过很多次都没有遇到这种情况。"

"我相信。"我说,"你了解我,我对做食物的知识学习得不多。"

"老天,这根本不需要用脑子,就连最笨的人都会。"

"可是对我来说,太难了。"

她拍拍我肩膀,脸上泛起爱的微笑,"看来,这次需要我亲自动手了。"

有人愿意出手,当然是最好的啦。

朋友们如约而至,他们盘腿坐在杨树下的榻榻米上,面前的矮桌上铺着蓝白色格子桌布,摆着一壶刚熬煮好的红茶和一摞有红黄蓝相间的羊角图案的陶瓷碗,还有牛奶、酥油和塔尔米——这是我们喝奶茶的必备品。在熬煮了一两个小时的红茶里,按照自己喜好添加牛奶、酥油或塔尔米,口感香甜,悠长得让人陶醉。

"来,想怎么喝,自己搭配!"我笑着说。

奶茶是我们本地生活中不可缺少的热饮。对于我们来说,喝奶茶最讲究的,不在于奶茶的成分,也不在于酥油提取的纯度,而在于喝茶的氛围,在哪里喝,和谁在一起喝。我无法想象在中规中矩的餐厅或人们穿着笔挺礼服的宴会,或不允许随意说话、笑闹的地方喝它。那样喝就不对劲了。对我来说,喝奶茶,一定要和亲朋好友,或者是多年相识的挚友一起喝,才叫够味。

此时太阳刚刚落山,天空燃烧起来,周围的世界开始涌现出斑斓的色彩。黑加仑早已成熟,留给野鸟的紫黑色浆果在深绿色的叶片中若隐若现,深秋红色的白桦树叶在微风中发出细碎的沙沙声,陈旧的木栅栏和磨损的砖石地面渗透出岁月的记忆。

这样的生活,正是他们中大部分人心向往之的生活。他们早已自称"原生态者",只是因为种种原因而没有付诸实践。他们羡慕我已经拥有这种生活。

绽放的野花,作为大地无私的馈赠,同傍晚鸟鸣一样令大家心花怒放。我给大家聊起过去在城里居住那段时间,常会梦到与眼前类似的场景,但梦中的我永远无法体会到它有多美。在那遥远的世界里,你品味不出什么叫恬静,什么叫与自然融为一体。挤在一片高楼大厦中,我的想象力也无法招来那一片绿意盎然;置身于电脑打印机包围的办公室内,我的嗅觉更失去了鉴赏花草芳香的能力。

正当我眉飞色舞地向大家讲述乡村生活的好处时,一位崇尚城市生活的"便利论者"打断了我的话,在话题里引入身边的案例:"很多牧民想要安稳的城市生活,孩子上学、老人就医是他们迫切需要解决的问题……"

有人立即反驳,她说真正的进步在于回归原生态的生活,她认为那些掉了墙皮、木纹陈旧的老屋,融入游牧民族的民俗文化,是那么诱人。她很早就想买下一个院子,猫狗在院子里转着圈奔跑,春夏种菜,秋季收获果实,冬季在半米厚的积雪中铲出一条通往院门的小径。

奶茶的热气袅绕在他们之间,双方争论不止。"便利论者"还得出结论:老旧的骆驼托运的牧民转场方式被卡车托运的转场方式所取代,老一辈牧民赖以为生的各项手工技艺遭到年轻一代的鄙弃。有些年轻牧民不再放牧而进城买房,他们用实际行动证明,城市的生活才是最便利、优越的。

向往原生态生活的朋友,他们和我相同,不仅是身体,内心也完全融入了乡村。但也不乏富有且高学历的人,仅仅是喜欢简单生活的外表。曾经,一对夫妇在这里购买了一座农舍,因为他们迷上了这里的游牧非遗文化以及保持了旧日风情的居舍。石墙,木栅栏,低矮的房屋,小小的窗户和门,烧牛粪的石头炉子和冒烟的烟囱,他们清楚地认识到,这些非但不是落后和缺点,反而是别具魅力的民俗文化。于是,他们决定远离枯燥乏味的城市生活,来到这里定居生活。

这类朋友,并不该买院子长期居住,他们适合在此短暂度假。因为繁重的房屋维修以及夏季院落植物的打理,成了沉重的负担,让他们无心享受眼前的原生态生活。还有,当他们清晨醒来,发现自己竟然和一只绿色蜥蜴共享卧室时吓了一跳;生火做饭时,被灶口冒出的浓烟呛得睁不开眼睛,却找不到冒烟的原因;穿门而过时,忘记了弯腰,多次差点被低矮的门楣撞成脑震荡,所幸最终安然无恙;冬季房顶上和院子里没完没了铲完又落满的大雪……如此这般,还没过完一年的四个季节,他们就变卖房屋,"逃"走了。

对此,"便利论者"立马分析,逃离的这类人,爱上这种生活的原因是想回到小时候吧。"听我说,别总活在记忆里。"他们认为,人要朝前看,住在现代化的城里,不用扫雪,不用清理院子,更不用把煤块或者是柴火往炉子边搬运。随时打开煤气,端一杯热茶,尽情享受便是了。

他们就是这样,总是直接且诚恳地表达自己的思想,但从来不会简单粗暴地说:"你一定脑子有毛病,才会到牧场弄这些。"

我租的这个民居的屋主,在这里生活了一辈子,去世前,把这里交给了自己的孩子——一对年轻的夫妇。而这对夫妇,现在正在细想自己多有福气。因为他们把老屋租了个好价钱,搬进了城里一座现代化小区,房子里有地暖和设备齐全的上下水。把三岁的孩子送去出门只需走几步的小区幼儿园,男人在城里找了一个开大车的活计,女人找了一个社区协管员的工作,这可是他们梦寐以求的生活。他们丝毫没有迷恋过往的乡村时光。有关过去,他们记忆犹新并常常嗤之以鼻地给别人诉说,他们说院子里的水井,一整个冬天,都要赶在寒风把手脚冻僵前把水打出来,乖乖,如果是水井口冻住了,那就有你受的了。还有洗澡,得一桶一桶提水,用大锅烧水,在大盆里洗,洗完还要一桶桶倒出去,想想就头大。最重要的是,去镇上集市赶一次集,要走上几公里的雪路,万一滑倒了那就麻烦大了。每天都有干不完的活计。这就是你们城里人说的诗意?才怪。

而"原生态者"认为,方便和享受一般得付出代价,生命中很难找到什么享乐到头来不会导致高血压、高血脂、高血糖、腰椎疼、痛风或心脏病的。

不管走哪条路线,坚持和勤奋都是最重要的。

他们的争辩，开启了我少年的记忆。成长在小县城的我，外出求学，大城市的吸引力不容小觑，一旦接触，立即觉得自己活得憋屈，恨不得彻底离开县城。可是，随着年龄的增长，岁月的沉淀，乡村牧场摸得着土地的日子，却成了我的理想生活。

自从开始种地并且自己烘烤每天所需的馕之后，周围没有商店也不觉得不方便：夏天努力储备冬天所需的蔬菜以及果酱，下大雪的时候去森林里散步，寻找动物的足迹。

当大家还在热烈讨论时，我突然想起火炉上的木柴，"炉火该翻一翻了！"我冲进屋里。

我戴起厚厚的防烫手套，拿起炉钩，拨弄那些被烧得通红的木柴。点点火星噼啪作响，鼻子烤得发烫，应该可以了。我去厨房看面，它已经发酵一个小时了。池梅忙碌起来，她用小铲子铲出一半的火炭平铺在落灰层里，再用炉钩把火炭扒拉开，平铺在底部，以保证烧烤层上下都有火炭，均匀受热。我在烤盘里涂匀酥油，把饼干坯子一个个拍进烤盘里，再把烤盘塞进烧烤层里，用火钩子把炉门碰上，只等它们变成今天得意的作品了。

从烤箱到嘴，趁热即食，便是餐前点心的魅力所在。第一盘酥油饼干出炉了，我吸着鼻子不停嗅闻，直勾勾盯着表皮焦脆的茶色饼干，馋得浑身颤抖。"你啊，一盘喷香的饼干就能把你迷得神魂颠倒。"池梅说,"你是最让人有成就感的食客了。"

池梅头也不抬地忙乎着把剩下的面拍进刚刚清理干净的烤盘里,"端出去,好好陪朋友们聊两句!"她吩咐道,熟稔得就像是我的亲人、姐妹。

有那么一刻,我脑中突然流出独吞的念头:要不要端着盘子躲进屋后的柴火房里去大快朵颐,把托盘里的饼干一扫而光?当然,我没这么做,我在诱人的芳香足以叫每个人即刻心醉的酥油饼干前忍住了。朋友们笑吟吟地望着托盘里热而爽脆的饼干,轻拍我的肩膀:"太棒了!"我们彼此间这样亲切而自然。我喜欢这个感觉。

有人等不及分发,自行捏起一块饼干在奶茶里蘸一下,送进嘴里。我把托盘放到矮床中间,大家聚拢过来,时不时就有手伸过来,捏走一块。很快,盘中空空,只剩下散落的饼干碎屑。一位朋友伸手过来,端起托盘,把它们聚集到盘边,倒进嘴里。

嘴闲下来,大家开始热烈讨论酥油饼干的最佳调味方法。和面时是放发酵粉还是打蛋清发面比较好?面稀了好,还是稠一些好?烤制前,上面涂一层蛋黄液会不会更完美?烤盘先烧热了再涂酥油,饼干会不会就不容易粘盘底?几个不同话题同时激烈进行着。很快,话题从牧场的土炉子是否更胜于城市里的电烤箱这个问题又切到"便利"和"原生态"的争执上来。

"便利论者"表示那些陈旧的红松衣柜和木床,笨重得像又老又倔强的石头,哪里有城里美观轻巧的家具好看?有人还形容,以前在奶奶家衣柜找衣服时,好像钻进了树洞,又黑又深。"原生态者"则表示如今在城里吃什么都没以前那种感觉了,他们说汗流浃背劳作反而好,面前的食物吃着才香甜,还会像个孩子般睡眠,他们说这才是生活本来的模样。他们想过的生活,正是我希望过的生活,我明白他们理解的"慢"不代表懒惰、迟缓,对生活来说,"慢"主要包含对生态环境有益、可持续发展等含义。

我听得入了神,就连屋子里池梅叫我都没听到。

"小七——"池梅从窗户里探出身来,栗色的头发蓬松散乱,脸庞被炉火的热气熏得通红放光。她笑嘻嘻地望着我,手里又是一盘刚出炉的酥油饼干。她的侧脸被傍晚最后一点儿暮色勾勒出金黄色的轮廓,有一抹灰沾在她鼻尖上,额头上也有。她的眼睛不大,满是善意,今天尤其明亮,仿佛被深藏在自然界的某种秘密所照亮——恐怕她都不知道自己有着这么美丽的一双眼睛吧。

手工集市

从牧场去往阿勒泰市的途中,有一片光秃秃的岩石地带,主要用作来往车辆停车休息的场地。夏季人多的时候,周围的杨树底下停着三五辆车,人们在树下休息的同时还不耽误观赏周围风景。不过,每年中有那么一段时间——通常是丰收的季节,这里将另有他用——本地牧民会把手工制作的食物和生活用品,拿出一些来卖。每个摊位后面还搭起白色简易毡房,累了随时躺进去休息,还可以储存货物,免得没人看摊时丢失货物。当然,还有一些推着小车,背着自己缝制的布包,只是售卖一件或者几件手工产品的牧民,他们的摊位被大家称为流动摊位。

传统集市之所以这么吸引人,有很多原因。有些人单纯为了购买到无污染、无添加的手工产品,有些却涉及社交、学习乃至民间质量监督。在超市购物,你面对的是销售员,到集市买东西则不同,卖东西的基本都是生产者和加工者。他们卖的面点或者奶制品如果不是好到挑不出一点儿毛病,就会惨遭逛集市的家庭主妇的大声数落。她们觉得奶疙瘩太酸,发酵时间太长了!馕硬得硌牙,烤了有一天以上吧?牛肉肠里放的牛油比例太大……"哼!休想逃过我们的眼睛!"临了,她们还会抛下这么一句让摊主心悸的话。这还没完,因为她们还会跟声音可及范围内的每个人分享自己的不悦。

因此,这些摊主每次都在众目睽睽下,接受彻底的民间质量检测,要是通不过,那就打脸了。

外地人来这里,当然是为了买些手工产品,可是有时候,他们在集市里走走停停,与其说是为了买东西,不如说是为了感受浓厚的游牧文化在这里的自然流淌。

本地人从附近赶到这里,也不仅仅是为了购物,还顺带着会见朋友或洽谈生意。手工艺人之间呢,会根据自己的需求相互交换产品。每个手工艺人的生意都是由个人运营,绝对不会和企业或者政府有任何牵连,这样也不会发生利害关系。

摊主们贩卖的都是自己的东西,奶疙瘩、酥油、风干肉、香肠等,都是用牧场的牲畜产出的奶和肉手工加工的。牧民直接将食物从原始的形态转化成最天然、不含任何化学添加剂的食材。比如说，牧民给牛接生，小牛在原始草原上奔跑，吃遍牧场的野生中草药，长得高高大大，然后被屠杀。牧民把牛肉腌制之后，高高挂在透风凉爽的晾房里，让其在牧场的微风中摇摇晃晃。

这样的话，大大减少了中间环节所产生的费用。牧民在出售东西时，包装得非常朴素，完全在必需的限度之内，并且会考虑好这些包装在使用后该如何处理——在完成它们的使命之后，可以丢到地里腐烂后做堆肥，或烧成灰化为田间养分，不给环境增添负担。装在布口袋里的奶疙瘩，没有任何标识，人们可以在采购时直接听牧民亲口介绍。奶酒和骆驼奶是灌到再利用的矿泉水瓶子里的，风干牛肉和熏马肠则用手工纸简单卷一下。所以，在手工集市购物，几乎不会产生什么包装垃圾。

显然，牧民是货品从无到有再到手工加工的所有细节的实践者，如果你想在集市上学习农牧知识，只需两三小时，便可以完成一系列真实短小的丰富课程。摊主就是你的老师，他们乐于告诉你他们卖给你的每种货品的来源和加工过程，还会教你如何烹饪。

起初，我就是在集市学习到如何煮风干肉的：冷水洗肉，大火煮开，冒着小泡用微火煮两个小时以上。保存手工羊毛毡，需要把莫合烟分成小份，放到透气棉布袋子里，再放到毛毡下面,防虫又没怪味。还有,酸奶疙瘩切成小块和酸杏干、葡萄干熬煮,再放入冰糖,每天清晨喝一碗,可以在很短的时间内提高老人、孕妇或小孩的身体抵抗力和免疫力。你休想在超市学到这些知识,它们既实用又极具乐趣,但这只是在集市购物、消磨几个小时的乐趣之一。集市还有一种特别的氛围:大家都是一副好脾气,熟悉的陌生的人都可以随意闲聊,你很少在这里看到不痛快的脸,也很难看到有人行色匆匆。

熟悉的人在集市相遇,还会拿出一点儿时间搜罗搜罗新鲜事儿,说说村里谁家男人和女人打架了,谁谁的孩子考上了城里公务员,或聊聊天气状况。其实,聊什么无关紧要,重要的是交际,这让集市之旅又添了一点儿趣味。

这个星期天,擅长奶疙瘩制作的阿依旦大姐交给我一项重要任务——在她去集市售卖奶疙瘩时,我负责推车。

我们走在树荫下,手推车上有几个大草篮,上面盖着干燥的纯棉蓝白格子布。篮子里是过去一个来月阿依旦大姐手工制作的奶疙瘩。

车上的奶香味十分美妙,还伴有甜丝丝的蜂蜜味道。我问阿依旦大姐为什么在酸奶疙瘩里添加蜂蜜,她解释说这样可以保持酥软口感。她说奶疙瘩从沥干水分晾晒到芨芨草席子上那一刻起就开始变干,晾晒得久了,奶疙瘩会过于坚硬,甚至会崩掉你的牙齿。

不到十点,我们到达集市。看情形,附近百里内的传统游牧文化爱好者都来到了这里,有二三百人聚集在此。那些早早赶来的人,早已坐在食物摊位前,用奶茶和包尔萨克补充了能量,现在正抹着嘴在各个摊位前晃悠。

牧场集市的乐趣之一,就是没有专业与否的限定。只要你足够勤奋,并且拿得出让自己满意的手工产品出售,就可以跟那些顾客过过招,试试运气。

我就看到一个哈萨克族女孩悄悄走到一个看似游客的人身边,左顾右盼一番,然后从背包里拿出一卷薄毡。她展开薄毡,好美的一幅羊角图案的刺绣!女孩侧过身子努力挡住薄毡让游客看。她是想避开竞争者的窥视,还是防止别人抄袭她的图案?我不确定。

"来,看一看,"女孩说,"从擀毡子到捻毛线,到染毛线,还有绣这个自己设计的图案,都是我一个人完成的。"

游客弯腰仔细看手工活儿,然后看着女孩,满脸惊艳。"我敢肯定,"他说,"这个太完美了,是你做出来的吗?"

就在这时,他们的交易被装满甜玉米的货车喇叭声打断了,我赶紧跳到一旁,免得压着脚。只见半个身子探出车窗的货车司机,张望着周围的人群,牙缝里挤出一声口哨,然后大声嚷嚷:"嗨,嗨,借道!借道!借个道——"随后一路挤过人群密集的路段。他身后还跟着一辆小货车,满载一罐罐的蜂蜜,匆匆忙忙找寻合适的摊位。我四处寻找安全之处,以躲闪这些高调前进的丰收果实,情急之下,连人带手推车扎进一片撑着遮阳伞的冷饮摊里。

难以想象,如此狭小的空间,居然可以容纳三家冷饮摊位,并且只卖一种货品——酸梅、杏干和葡萄干熬煮的冰糖水。喝这种糖水一定要阳光明媚、满头大汗,才够劲。

遮阳伞下,随处摆放的折叠餐桌上喝空的杯子和吸管还没来得及收掉。即便如此忙碌,摊主们也不甘心只卖糖水给你,还要长篇大论地讲解一番:怎么搭配配料,怎么熬制。全然不顾后面的人排成了长队。

我注意到,旁边树荫里坐着一位卖黑加仑的妇女,她总是挪动面前的巨大篮子。后来我明白了,她在哪儿坐下来,完全取决于太阳。她得避开阳光,为的是保护篮子里的黑加仑,让它们不会因为炎热而坏掉。每隔几分钟,她便会掀开篮子上的白色麻布,小心翼翼地翻看一番,然后扯开嗓子,用抑扬顿挫的哈萨克语喊上几句:"牧场的野山果!早上摘的,自己摘的,新鲜的,带露水的。"要是有人前来买黑加仑,她便会递过去几粒果实,请别人品尝,直到对方笑了,她才会突兀地冒出一句:"知道了?"对方笑得更灿烂了,完全理解她话的意思:知道了吧?这就是最原始、纯天然的味道！她知道，对方肯定能够明白的。

我走过去看时，她递给我一把，紫黑色的黑加仑闻起来略带酸味，一尝，一股清凉的甜涩味顿时在嘴里弥散开来。有人走过来，表示对我们手推车上的东西感兴趣，我回头看见阿依旦大姐点头示意，便掀开盖布，将其中一个篮子里的奶疙瘩拿给那位穿着短裙、满头卷发的中年女士。她几乎将鼻子贴到了奶疙瘩上，肩膀随着一连串深呼吸上下耸动。她抬起头来，微笑着不断点头，然后掰下一小块，放进嘴里仔细品尝。一般来说，奶疙瘩的油越大，营养就会越丰富，也越招人喜欢，价格自然会更高，因为价格和牛奶里的油脂有关。换句话说，是否提取过奶疙瘩里的油脂，是购买者最看重的。

这位女士把奶疙瘩放回篮子，再次点头，看样子非常满意。我盯着她的手，等着她掏钱，她却拍了拍手，"我再看看。"说着，就走开了。显然，她打算看遍集市上的奶疙瘩，再决定该买哪一家的。逛集市的，大都这样。

事实上，阿依旦大姐在多年的奶疙瘩交易中有些固定顾客。他们不喜欢双手提满东西逛集市，等到他们转完这里的角角落落，我们就会看到他们了。趁着眼下没什么事情做，我们也去四处逛逛，看看，听听。

一位白衬衣衣领上绣着红蓝色羊角图案的瘦高个男

人,突然从一个摊位后面冒出来,穿梭在人群中,举着的木杆上挂满了牛皮编制的手环。他高声喊道:"牛皮手环,牛皮手环!快来买!不买没有后悔药哦!"之后,他又晃了晃手上的树枝,上面的手环也随之哗哗作响。我认识他。他叫叶林,称得上我们这里最著名的主持人了。从新人的结婚典礼到草原上的任何节日庆典,无论事情大小,他都能担任主持人,时不时还穿插着唱一首哈萨克族民歌。我真想建议他朝脱口秀演员方向发展,把我们牧场的趣事说出去,把我们优美的歌儿唱出去。

我们沿着小路闲逛,集市的一头,好些女人围着堆满干枣的货车,将大而饱满的干枣挑进手上的袋子。旁边,一位农妇在卖土鸡蛋和活鸡。再远一些的马车上,高高堆着葡萄和蟠桃,还有罐装的黑加仑果酱——在阳光的照射下,每样东西都新鲜诱人。扎特里拜大叔也在其中,他的马车上满满当当地载着甜瓜,诱人的瓜香弥漫在周围的空气中,一闻便知是几小时前才从地里采摘下来的。开春时,我见他在苜蓿地旁开垦出一块地种植甜瓜,如今看来已是硕果累累。

平日里不善言辞的扎特里拜大叔,说起靠自己双手收获的丰收成果,立即兴奋起来,一副行家里手的架势。在挑选甜瓜的空当,他从阿勒泰夏季气候干燥、炎热、日照时间长,适合种植甜瓜开始,到如何挑瓜、吃瓜,认真讲解起关于甜瓜的常识。一旁的古丽娜大婶满脸崇拜,连连点头。

扎特里拜大叔说,挑选甜瓜时须眼观、手敲、闻香、听声:选瓜顶有突起,尾部有尾巴的;瓜捧在手里要沉甸甸的才好;用食指弹弹,声音空洞;鼻子靠近尾巴,闻一闻,要有清新甘美的气味;尾巴得和瓜身其他部位同色,瓜身要有皴裂的小缝,小裂缝中要有偏红色的糖分结晶小颗粒。

准是看到我们流露出了钦佩之色,扎特里拜大叔将手中挑好的甜瓜,用小刀均匀切成方块,摆到马车上的搪瓷盘子里,说道:"这个甜瓜已经通过上述种种考验,可以确定为极品甜瓜了。来,尽情享用。"

奇怪啊,刚刚还不渴的我,见到饱含水分的瓜块,喉咙一下子干掉了。我和阿依旦大姐每人拾起一块,整个放进嘴里,闭上眼睛,甜蜜的瓜汁立即充盈口腔。在我们大快朵颐时,扎特里拜大叔又指点说,甜瓜除了直接吃,还有很多种吃法,可与别的水果拌沙拉、晾成干、做成果酱或者果脯、熬糖水罐头、榨果汁。最后,他还建议将甜瓜搭配上好的紫葡萄做成果酒。至此,这场极负责任的解说才算尽善尽美地结束。

这两年,随着来阿勒泰的游客越来越多,食品添加剂过量的食物也来扰乱手工集市。它们的秘密武器是厚重的调味与精美的包装,在卖相、味觉上都占有优势。不过,有一个重要的不同之处,那就是这些光鲜亮丽的产品比正儿八经的手工产品要便宜得多,并且里面过量的添加剂不会为人体输入营养,长时间食用,反而对健康有害。

从理论上说,区分一件物品是否是纯手工制品并不困难。货品摆在那里,一眼望去,应该不存在无法辨别的问题。比如纯手工的奶疙瘩,是牧民随意捏成或切割的,它们大小不一,呈不规则形状。如果从这还不能完全确认的话,就要从味觉上辨认了。手工奶疙瘩并不是奶味十足的,对于疆外的朋友来说,甚至还有一股酸膻味。但添加过香精的奶酪入口会有一种浓重的奶精香味儿,给人一种不真实的感觉。

手工集市起初的交易过程相当缓慢。顾客和一个卖家不断地小声讨价还价,商议具体价格,然后再换一家继续商讨价格——这里没有官方定价,一切都是经过协商确定。卖家也一样,假如对顾客提出的价格不满意,还可以等待下一个顾客,做成更好的买卖。所以,卖家也不急着出手。

大概两三个小时之后,交易开始升温。我站到一个买卖双方正在交易的摊位前。

"这一根是哪个部位的肉?肉怎么腌制的?腌制几天灌的香肠?肉必须是手切的,如果是机器切的我可吃不惯!

对了,你现在不放一点儿切碎的肥肉在肠子里了?有煮熟的吗?我必须尝一块。"

一看便知,这是一位本地识货的主。

这个男人比家庭妇女还要挑剔,他大力嚼着,挑了挑眉毛,摇了摇头,"没办法确认是不是我满意的那种,那个……对,那边那个,再给我来一块。"他指着那截香肠的另一端。

这些只是这位挑剔顾客品尝的一小部分东西,还有妇女烤制的各式小点心须细细品尝,黑加仑野山果要去翻检,对了,还有奶疙瘩呢。估计离开集市时,他一定撑得够呛。

"我要那根,最左边的那根。不,不,不要那根歪七扭八的。不是,也不是那根,不是,那根更糟。对了,是这根,就这个吧,勉强凑合吧。"他终于提着自己满意的那根香肠转身去另一个摊位,开始他的下一场品尝。

一位朋友曾向我抱怨,说就连你们偏远的阿勒泰也快跟其他地方一样了,越来越城市化。我真想把她拉到这里瞧瞧,只要看看这些牧民的外貌,就知道他们过的是怎样原生态的生活,或许我自己也不例外。他们的皮肤和身躯像被艰辛的游牧生活加工过似的,黑黝黝的,瘦而结实。就像现在,他们将自己的态度毫无遮掩地表现出来,保持着生活的本来面貌。

我强忍住笑,取出手机拍照,发觉有人探头探脑,便转过身，差点碰掉他的帆布帽子。他正越过我的肩头，偷偷瞄我在拍些什么。他盯着我，丝毫不觉尴尬，反而哈哈大笑起来，大张着掉得还剩几颗牙的嘴。我敢肯定，他一定好奇我是否发现了什么商业秘密。他要是了解到我只是随意拍些集市的场景，看是否有可能用到后期的书上，该多失望啊。

由于一直在收藏手工雕刻的物件，所以集市上我最喜欢去的就是那个卖木雕的摊位。摊主将近五十岁，是位矮小精悍的牧民。据说他是利用放牧间隙，捡拾山上融雪冲下来的木头，手工雕刻成碗、盆或者动物模样的小摆件，拿到集市上出售。每次赶集我都会注意到他。他不但和气还善于开玩笑，好像有把周围人都吸引过去的魔法，并且总是喋喋不休地给那些围观的家庭主妇热情讲解。

今天，他依然是一会儿说和集市没任何关系的笑话，一会儿拿起手边的木碗或木盘向人们吆喝着介绍、喊价格。没人买时，他就往下落价。落到差不多时，所有想买他东西，而又围在旁边等待最后价格的家庭妇女才开始从口袋往外掏钱。人人都买一份，人人都很满意。

我看得高兴，正想仔细研究摊位上摆着的动物小摆件时，忽然注意到一位头发参差不齐，戴着耳环，穿紧身衣裤、尖头皮鞋的小伙儿。他跟在一位中年男人的身后，那男人一看就是经历过风吹雨打的牧民。小伙儿不会是盯上中年男人的钱包了吧？我立刻想到这点，并留心他的手是不是放进了男人的口袋——那可是牧民辛辛苦苦放牧挣来的血汗钱啊。我观察了一会儿，才看明白，他是陪着中年男人来的，并为他看上的一件领子上绣着金色羊角图案的黑色袷袢，跟卖家讨价还价呢。

我为刚才突然冒出的想法而脸红，又忍不住想象，如果这个小伙儿穿上那件袷袢会是怎样的。想想看，非主流的小伙儿，穿着严肃的具有仪式感的袷袢。我不禁笑出声来。

交易逐渐进入高潮，周围吵得要命，一位顾客转遍奶疙瘩摊位之后，返回我们的推车前。他身材高大，肚子和声音跟身高简直成正比。他扫视一圈集市，向我靠过来，抬起一只手挡住嘴角，以防别人听到他的低语："嗨，这回什么价？"

没等我回应，他已经从我的眼神中看出我不是手推车的老板。于是，他又走到阿依旦大姐身旁，抬起两只粗壮的胳膊，用手一左一右拢住嘴，一副要防止机密泄露的样子。

我以前见过他。他在阿勒泰城里开有一家商店，专门出售本地手工土特产。他在集市上所做的事情是，以批发的价格收购几家手工产品，之后拿去自家商店慢慢销售。我猜他这是多年做生意养成了习惯，谨慎成瘾了。我好奇的是，这习惯是否会延伸至他与朋友的聚会中。他和朋友们正常交谈吗？难不成总是靠低语、眨眼和推肘来沟通？

我想象着他们喝酒时的情景:"嗨,再来一杯!""嘘,小声点,来,干杯!嗞——"

经过气味嗅闻、掰开品尝和色泽检验之后,他从摩托车后座掏出两个帆布袋子,把篮子里的奶疙瘩全部倒进去。小心翼翼地将袋子放到手推车尾部的电子秤上,阿依旦大姐和他同时把头凑过去仔细读数,然后相视一笑,点点头。重量确定了。顾客嘴里咕哝默念几句,又把手兜到嘴边冲着阿依旦大姐耳朵报了一个数字。又是相互对视,相互点头。顾客的笑容比刚才更明显了一些,一沓钞票随即递到阿依旦大姐手中。

太阳西沉,影子拉长。此次在集市出售奶疙瘩,算是完美收工。

孤独的幸福

我家住在村边一个拥有五亩地的大院里。一座外表抹泥的屋子对着木栅栏大门，每逢清晨光线交替之时，屋子外墙就会相应地变成金黄色、土黄色或者棕褐色。太阳下山时，原本的泥土墙壁又会渐渐模糊成深红色，像是被雨水慢慢浇湿，颜色越来越浓，越来越透露出房屋自己的情感。有几处墙皮脱落了，墙体裂开，露出里面粗糙的石头，使墙壁原本的模样隐约可见。裂痕没有使屋子显得破旧，反而增加了厚重的年代感。

我称这座屋子为"走在阳光下"。走在阳光下，是由行走和阳光两个含义构成的。是的，我常常提醒自己，要始终行走在阳光下。

低头看时，一条灰白黄相间的鹅卵石小径已经蜿蜒至你的脚下。走过泥土屋子，再朝前走，直至院子尽头，是一座利用乡野随处可见的石材建造的屋子。石墙经历风雨的冲刷,显现出一种介乎铁灰与赭黄之间的颜色。

十年前,租下这个院子时,它只有这间小屋。后来,随着一年年的扩建,如今已成为一栋外形不甚规则的囊括民俗旧物展示厅、书房、卧室、厨房、洗浴间的功能全面的建筑。虽说没有先期设计,后期是根据进出便利及生活习惯搭建的,但每个房间都给外人一种"刚刚好,就该是这样啊"的感觉。就连手指触碰到拐角矮柜上的茶碗时,他们也会惊呼:"啊,太对了!茶碗一定是放到这里才方便取用嘛。"

卧室和书房的墙体足有半米厚,完全可以抵御寒冷的西伯利亚寒流。据说,那寒流可以冻死在雪地里迷路的人。

房子后面是外墙包了松树皮的煤房,旁边则是用石头砌起的水井。房屋前方成片的草滩上开满了黄色和紫色的野花,还有一丛丛黑加仑灌木和几棵十几米高的杨树。黄昏时,落日透过树影细细碎碎洒进石屋半开半合的窗户,如同梦境,那诱惑令人难以抗拒。

几年前,一位外地朋友找到我,说想在村里租一个小院,开民宿或者是弄个土特产店,靠出售手工奶制品挣钱。在走访一些院落的过程中,她变了好几个做事的方向。一会儿听说卖葵花子挣钱,就跑去倒腾葵花子。过几天又听说卖服装挣钱,又去摆摊卖服装。因为不熟悉这些业务的供应链,她前后赔了两万多。每次找到我,她的开场白总是悲叹自己一辈子没有找到过一个让自己满意的工作,就连家人都瞧不起她。"这段时间,我觉得自己太幼稚了,"有一次她说,"居然以为在这里可以找到安宁的感觉。"

我想告诉她,其实内心的安宁根本就与地域无关,前半生你去过无数个地区,接触了无数的工作,都无法感受到宁静,又怎能指望在这里找到呢。但是,我什么也不想说。

"是因为你,你让我相信我能成为另外一个人,让我觉得什么都是有可能的。"有一次,她突然说道。

"我是一件事坚持了十几年,并且还将继续坚持下去。正是因为抱着一生只做一件事的决心,我才会有现在小小的成绩。你是每年都会变换无数次目标、方向,换无数次工作。你一直在浪费时光。就像今天这个美妙的日子,你却无动于衷,轻易放弃,在这里唉声叹气。你以为还有多少光阴可以用来哀叹?"我终于忍不住说出这些话,转身离去。

幸福,真的是一种选择。

不知从何时开始,我不太愿意去村口等班车,我更愿意骑脚踏车进城。我常在途中停下,心怀感激地凝视眼前的群山、绿地、阳光,或是抬头仰望一只老鹰在空中翱翔。有时,我会斜躺在路边歪倒的树干上休息。浓密的草叶围绕在身边,唰唰作响,仿佛水面上泛起了涟漪。我仰起头,轻闭双眼,沉醉在这静谧的景致中,几乎要进入梦乡。温暖的阳光把我的脸颊烤得发烫,和风把花草香吹送到鼻端。

这种自我陶醉的享受方式,已是我生活的一部分。此时,我仿佛暂时步出了生命的洪流,让自己成为花草山石的一分子。

不远处的石墙上,一只黄咖色狸花小猫正在睡觉。我的动静居然没有打搅到它。它把身子蜷成一个圆圈,前肢抱紧后脑,将头藏进肚子里。

石墙就地取材,用本地的石头、石片堆砌而成。这种石头在本地漫山遍野都是,质地不像大理石那么光滑坚硬,是多孔且有点磨蚀的。可是它有自己的优势:暴露在阳光下的石头起初是灰白色,随着岁月流逝,色调会逐渐加深而越显高雅。牧场随处可见这种石头搭建的石墙、石屋,看似随意堆砌,实则牢固结实,与周围树林、牛栏浑然一体,俨然艺术品。

站在这高出周边草场的岩石地带,越过低矮的石墙眺望杨树林。林间有几棵树或许扎根到了浅岩石上,长得特别矮小,没到落叶的季节便已黄了树叶。但多数树生机勃勃,树干银光闪闪,周身繁茂翠绿,为山鸟提供了安全的栖息之所。树下岩间长有开满紫色和黄色花朵的骆驼刺,还有蘑菇藏匿其中。

九月,总让人感觉是春天。令人眩晕的热浪已逐渐消退,夜晚清凉如水。这个月份,我家院子里的植物依然热闹。玫瑰、雏菊、薰衣草、野芍药,这些花还会招来蜻蜓、蝴蝶和蜜蜂。然而此时,自然界中一切的生命都不再生长,而只是延长。夏季的生命之神,注视着它带来的成果,不再前行,静静等待着冬季从北方赶来。

我坐在电脑前写稿。我椅子周围的地毯全被羊驼和猫咪占满了。它们彼此依偎,此起彼伏的呼噜声,更添了一份温馨。我的书房旁就是厨房,妈妈常把土豆埋进木柴燃烧后剩下的灰烬里。难怪我的工作效率不高,因为厨房里妈妈翻转土豆的噗噗声,总引诱着我去厨房看个究竟。那些从灰堆里扒拉出来的土豆,表皮烤出焦黄的小泡。掰开一个,香味爆炸般喷出来,让我顾不上烫嘴,急切地品味那一刻奇妙的滋味。

一个清晨,我从窗户望出去,秋雾在晨曦里开始消退——这将是个大晴天。但是屋里由下而上的冷意却提醒着我炎夏已经过去,前头等着的是寒冬腊月。

我突然吃惊地注意到,已经有一段日子没有跨过柏油路进城了。可我并没有一直坐着写作或者看书,而是会花点时间带家里的羊驼和猫咪去草地散步,还会去常邀约我的古丽娜大婶家聊上几句。

从我家后院出去,一条鹅卵石小径沿着山坡蜿蜒,通往草场。当我想要独处,不需要同伴时,就会从后院出发,沿着弯弯曲曲的路面散步。我坚信,人们会在独处时经历一切。在这个过程中的感受会更强烈,也更新奇。

一路景色千变万化。前方是阿尔泰山连绵的山体,前景一片墨绿,往后依次是山体岩石的灰黑和被积雪覆盖的山尖的雪白,直至天空的湛蓝。左面是一大片平坦的紫花苜蓿地,绿意无边无际地伸展开去。春季,我常到这里散步,用手机把地头的野花拍下来。我在画家廖跃赠予我的油画作品集里夹满了长在地头水边的风铃草花、柳叶旋覆花、野芍药以及一些我不知道名字的花。我发现黄色和紫色的野花品种繁多,单凭手中的《阿勒泰植物图鉴》已难以辨认,因为许多都长得大同小异。

往右看,旧木栅栏围起高高低低的民居,有一列列牛栏,还有草垛间低头咀嚼干草的牲畜和挥舞草叉的人。另外,我还能隐约听见牛叫声和阵阵犬吠声。风吹过时,夹带着一股牛粪味。以前有人说这个味道让她呕吐不止。可对我来说,这就是香水味。

小径杂草丛生,我心却毫无杂念。这个美丽的早晨,安静无风,碧空如洗。渐行渐远中,城市消失在遥远的记忆里。脚下的泥土松软舒适,我越走越慢,这不是因为疲劳,而是因为身临其境的愉悦让人如痴如醉。

小径在一座草丛掩映着的木头房屋前到达尽头——这就是扎特里拜大叔和古丽娜大婶夏季居住的简易房子。这个房子不只房前屋后，就连屋顶都长满野草，开满野花，看起来孤独而温暖。

秋季打草之后，他们又会搬去冬牧场适合过冬保暖的房子居住，而这个房子里的简单生活必需品不会带走，房门更不会上锁，羊栏里还会留下应急草料，随时准备着给任何一个转场遇到难处的牧民和他的马匹牛羊提供遮风避雨的场所。牧民在没有主人的木屋过夜后，都会尽自己所能，为主人补充柴草。对于常年在草原不断迁徙的游牧民族来说，这是一种最基本的生存道德。

他们任何时候总是不紧不慢从容劳作。正如现在，扎特里拜大叔正把打草的钐镰抵在一截树桩上，慢吞吞打磨刀口。他的脸被太阳晒出了裂纹，皮肤也被烤成紫红色。他在这个牧场出生，从不曾离开，可能也将终老于此。

两米多的钐镰柄因反复使用变得油亮光滑，刀体的后部插入把柄的木头里，上面一圈圈齐齐整整绕着铁丝，瞧上去结实又利落。让人讶异的是，这钐镰居然是扎特里拜大叔自己做的。常年打草的痕迹，让它像件艺术品，简直是它主人辛苦劳作的岁月写照。

羊栏是扎特里拜大叔最喜欢的空间了。那里有二十几只羊,其中有一只小羊羔正轻推着母羊的乳房,要奶喝。羊栏里头散发着干草的清香,跟阳光和羊粪的味道混在一起,是一种令人安静的气味,一种充满生命的味道。

扎特里拜大叔很爱他的羊。他每天黎明起身,用草叉从干草垛上叉下草料,铺到木槽里。然后,再清理地面的羊粪,用铁铲把它们堆积起来,铲到手推车上。这个手推车是他父亲传给他的,在他父亲手上就工作了四十年,到他这里也有三十多年了。松木车身修修补补还能用,只是轮胎换了无数次。白天,他还会抽出时间去羊栏转悠几次,去看看他的羊,确保一切正常。

他们夫妻平时除了侍弄这些羊和两头母牛之外,还种植了一大片紫花苜蓿。这片地一眼望不到头,有五十多亩的样子,所有活计仅靠夫妻二人双手担起。除了冬季,其余季节他们就住在地头,像把合页一般弯着老腰,引水浇地,打草牧羊。他们拒绝使用化肥。有人问起,他们会说:打完草,把牛羊赶进地里,啃啃草之余还会留下粪便改善土质。使用这种良性循环、顺应自然的劳作方式,我猜他们是乐在其中吧。

或许是常年离群索居的缘故,扎特里拜大叔不苟言笑,严肃而迟缓。他的表情是面对天地万物时最自然的表情。

他用深邃如鹰的眼神打量我一眼,点点头,算是打了招呼。

谁能想到如此的外表下却有颗热情的心。有一次,我问他手推车轴承如何更换,他二话不说载我去找他的弟弟——一个在邻村的电焊工。电焊工不仅帮我把轱辘轴承收拾利索,上了机油,还把手推车车体裂开处焊接到了一起。

古丽娜大婶围着黑底灰花的围裙,正把干牛粪添进树下的石头炉膛里。灶台上的茶壶溢出气泡,溅到炉圈上吱吱作响。她的皮肤和丈夫的一样,被太阳烤得紫红。她的身材瘦小却耐力十足,看起来好像可以永远操劳下去。看到我,她高兴地直挥手,又指指灶上的壶,意思是待会儿有奶茶喝。

炉前是一把用倒了的朽木掏的凳子,旁边是一桶刚挤好的牛奶,上面漂浮着几根草屑。古丽娜大婶把灶台上的壶提下来,端上一个大铁锅,又取出一块纱布给我,示意我帮忙撑开盖在锅上。接着,她拎起奶桶往纱布上倒去。灶台上立即弥漫开浓厚的乳香,其中还夹杂一丝特殊的甜味。

本地的生活常识是,烧开牛奶之后,熬煮十几分钟,主要用于杀灭牛奶里有可能存在的细菌。除了留一些用于当天喝奶茶和制作酸奶之外,其余的都会做成酥油和奶疙瘩。

"来,看看小牛。"古丽娜大婶领着我往毡房后走去。她家黄白相间的奶牛,便是名声在外的本地土牛,产奶量不大,但奶液浓稠,是她家一年四季奶制品的主要来源。奶茶、酸奶、奶豆腐、酸奶疙瘩,任谁都难以抗拒。

一头母牛卧在那儿静静地望着我们,嘴里还不停地磨嚼着。看那神情,好像对现有生活很知足。毛茸茸的小牛,刚产下没几天,像模像样地蜷着前肢,卧在牛妈妈身边,黑溜溜的眼睛盯着我们。"老天,它真是头好牛,每天都挤得出一大桶鲜奶,现在又送我们一头小牛。"看得出来,古丽娜大婶对母牛心怀感激。

这几年,扎特里拜大叔和古丽娜大婶的年龄大了,村委会特意把他家的草场换到村子附近,算是离村子最近的草场了。而其余家庭的草场基本都在四五十公里以外。

来村里的外地人都很纳闷:除去冬季,其余季节为什么在村里也很少见牛羊的身影?而且,村里定居的牧民也并未外出放牧。原来,每个村里都会有一两户牧民去偏远山区的草场放牧,其余牧民家的牛羊全部交给他们代牧,代牧费一般用牛羊来抵。所以,这些牛羊大多时间都是在天然草原奔跑采食。它们比普通牛羊更健壮,挤出的奶制作的奶制品更加有益于身体健康。

烧牛奶的当儿,古丽娜大婶从旁边晾着奶酪的木头架上取下一块,从中掰开,看了看,又把两块合到一起塞进我手里。"吃,还不太硬,还要晾两天。"她说,"不干的话,下雨天就发霉了,白忙乎;干了的话,放一年没问题。"说完,她又立刻忙开了。

眼下是打草的季节。扎特里拜大叔收拾利落,走进深草间,挥舞起钐镰,节奏如同钟摆,一片片苜蓿随即倒下。他身穿的棕红色夹克,像旗帜一般在绿草上舞动。为了防止草茬儿划破双脚,草屑飞进眼睛,他还特意穿了一双过膝的破旧皮靴,戴着护目镜。这位日复一日辛勤劳作的平凡人,所有的努力只是为了不让自家草场荒废成一片陡坡。

吃了奶酪,我发现炉边有把短把镰刀,便捡起来帮忙割草。我的速度很慢,水平很差。半个小时下来,几乎还在原地踏步。古丽娜大婶提着壶过来送奶茶,我也就借着机会停下来喘口气。

她瞅瞅参差不齐的草茬儿,又瞄一眼我手中的镰刀,冲我笑着摇头。"你抓镰刀的这个姿势不对,割草的方法也不对。你们会写字的人,不一定会割草嘛。"

我在空中挥舞几下割草的动作,又惹来古丽娜大婶一阵摇头。看来,她准备给我上一课了。

她把筒裙挽到膝盖那儿,蹲下来,接过镰刀,甩动手腕,袭向最近的一堆苜蓿草。镰刀所到之处,一片片草倒伏下去。在我看来,时间这个敌人并没有使她老迈,乡野的牧人即使六十多岁了也还身手敏捷。不出五分钟,她轻松地追上了我。她把镰刀递给我,叮嘱我,动作要快,是手腕用力把镰刀甩出去,不是胳膊使劲,那样劲用得不对,但是也不能甩过头,小心割到腿。我点点头,表示明白了。

看似简单的事情,做起来却没那么容易。我在膝盖上擦干手汗,第一刀下去,依然只割倒了几根草茎。这哪里是割草,分明是啃草。第二刀下去,又过了头,刀尖差点扎进靴子里,如果不是皮靴,估计已经扎进腿的皮肉里。古丽娜大婶不放心,站在旁边不肯离去,大概一定要看到我姿势对了才安心。

躺倒的草,晒干之后,捆成草垛,堆在一起,是牛羊冬季和来年春季的草料。一提起牛羊吃着这么健康的苜蓿干草,扎特里拜大叔就很骄傲。

离开时,扎特里拜大叔提来一捆草,让我带给家里的羊驼吃。

当我扛着草往家走时,已是下午两点左右。太阳就在我的头顶,不浓不烈,让人从头到脚感受到一种刚刚好的温暖。我肩上的草沉甸甸的,散发着苜蓿草饱满丰盈的气息,还带着秋季的芬芳。

打开院门,羊驼早已等在门边。草捆散开的瞬间,它立即将头埋进草中,大口咀嚼起来。

下雪的季节

十一月初的某个傍晚,羽毛般的雪片悄无声息坠向大地,铺满阿勒泰的每一个角落。

漫长的雪季开始了。

一觉醒来,万籁俱寂。窗棂上好似铺上了厚厚的糖霜,玻璃上也结满雪花或树叶形状的冰纹,使得室内光线暗淡而神秘。

透过玻璃上方没被冰纹封住的地方望出去,院子里,往日的树桩和石桌,如今看上去仿佛是大小不一的雪蘑菇。屋顶被白雪覆盖。雨季里滴滴答答响个不停的屋檐,神奇地挂满了晶莹剔透的冰锥。似乎在一夜之间,大自然就把乡野风光重新做了装饰。

人们起床后的头一件事,就是用铁锹挖出一条通往前院大门的路。不过,大家清扫得并不干净。一是由于见多了的镇定,二是也许明天又得从头再扫。

雪又干又脆,脚踏上去便发出破碎的声音。早起的牧民,骑着马到镇上的集市赶早市。马蹄踩到雪地上的咯吱咯吱声,清晰、尖锐又刺耳,对于早起赶路的人,能起到提神醒脑的作用。

透过被雪包围着的屋舍窗户,可以看到灰暗的屋内亮起了昏黄的灯,像一颗暗淡的星,散发出孤寂的光,好似正在举行某种简朴的冬季晨起仪式。

下雪的季节,室外温度始终在零下十摄氏度以下。一般情况是,下雪天,气温会逐渐回升。雪停之后,温度会在几个小时内迅速降至零下二十摄氏度甚至零下三十摄氏度以下,连个让人做好心理准备的时间都不给。从西伯利亚刮来的寒风更是恶毒无比,吹得人耳朵都要冻掉了。

时间一个星期一个星期地过去了。往日里的小河,逐渐凝结出坚固的冰面。而那种能够在"水"面上脚踏实地的感觉,真的是充满了无尽的诱惑——脚下,深冰下,水中的游鱼清晰可见,水底的鹅卵石更是反射着五彩的光芒。

我们每个人的心底都有一种童真的渴望,那就是想要走在如这冰面般美丽却又充满危险的地方。而那种在冰上行走的感觉,是仿佛踩在波浪之上,同时又讥讽了脚下的流水——反正就是走在平常不能去的地方的得意感觉。

这种感觉更是深深吸引了居住在河边的布鲁汗大姐家那两头小牛——它俩在春季出生,还没来得及经历冬季。

走在前面的小牛先是将一条前腿搭在冰面上,然后试探着放上去另一条腿,最后才将后面的两条腿挪上去。有那么一瞬间,它停下来了,好奇地盯着冰面,仿佛在思考,前些天还在这里喝水呢,怎么这回却可以站在上面了?

走在后面的小牛,突然停下了脚步,惊奇地盯着前面的牛,看上去一副大惊小怪的样子。难道它注意到了什么不可思议的事情,所以才会一脸困惑的表情?

没错!自己的小伙伴,它正走在"水"面上。

后面的小牛一定意识到了!我对此非常确信。虽然,我不知道它在想什么,而且我也没办法知道,但是,我知道在它的眼里,它的小伙伴竟然可以站在"水"面上。

显然,它是一头胆小的牛。它在冰的边缘东瞧瞧西瞅瞅,但它始终不肯迈步踏上冰面。最后,它回头瞄了一眼正在观察它的我,尾巴习惯性地摆了两下,转身朝岸边灌木丛走去。从那以后,我注意观察,发现它每天都去河边转悠,却从未踏上冰面一步。

神秘迷人的雪野绵延数公里,放眼望去,白茫茫的一片。觅食的动物穿过小径,留下一串串足迹,提醒着我们:即使是在冬季最寂静的时候,自然界的生物都时刻充满活力。

最多的是野兔的脚印,这不难看出,在乡村待过的人都会知道,它的脚和猫的差不多——后脚比前脚大很多。但是它并不像猫踮着脚走在雪地上,一步一个梅花印,兔子是跳着走的,所以前脚和后脚留在雪地上的印子往往并排在一起——前腿落下的瞬间后腿落在前腿的两侧,后腿助力,前腿再跃出。

野兔的脚印在茫茫雪色间弯弯曲曲伸展开来,又在灌木丛周边交错纵横——它去那里寻找灌木上的野果。

整个雪季,乡野沉寂无声,树林里几乎没有人的踪迹。从未踩踏的积雪深达半米,在一些洼地,积雪甚至深达人的腰部。这里,除了偶尔听到树枝扛不住积雪的重压折断的声音外,万籁俱寂,让人几乎以为时间停滞了一般。

冬牧场酷寒的日子里,有一股独特的气息,浓浓地弥漫在清冷的空气里,那就是家家户户烟囱里飘出的柴火味。这种自然淳朴的生活气息,在都市早已难得体会。

在寒冷的雪季,炉灶和火墙周围是家人或好友能够围坐在一起的最重要空间,或煮肉熬茶、围聚畅谈,或烤烤冻僵的手脚,总之都是美好而无法替代的享受。炉火整日不熄,烧的是春季山坡融雪带下的大量枯树干枝。

秋季存储了大量牲畜过冬的草垛和青贮饲料,雪季时的劳作自然就减了一大半。但即使有大把时间,人们也绝对不会出门滑雪,或是旅游度假。那么他们会做什么呢?

他们会慢慢享受美食!

冰天雪地的夜晚,屋外如剃刀般刺骨的风雪摇撼着任何它能找到的东西,比如,门、窗、大树,还有屋顶,甚至小孩和羊羔,让他们随时都有飞走的可能……它把人们囚禁在了屋里。可是,大家一点儿也不沮丧,反而顺应气候变化,自找乐子。是啊,有什么比一桌热气腾腾的美食更能慰人肺腑的呢?

一天早上,库齐肯奶奶来电话,邀请我晚上去她家做客,那是在经历了一整夜不停的降雪之后。

傍晚时分,通往库齐肯奶奶家的小径已被雪橇碾压得光滑似镜子。走在上面,要么跟跟跄跄弯腰向前,要么歪歪扭扭仰面朝后,像是正在溜冰的醉汉。虽说不时跌倒,可是一股不服输的冲动使我又自得其乐爬起来,继续享受大自然赐给我的考验。

库齐肯奶奶家的炉子几乎占了整面墙的一半。我对这个炉子印象深刻。记得第一年来牧场居住时,因为不熟悉本地的环境,我被弄得手足无措。库齐肯奶奶常常招呼我去喝茶聊天,使我了解到许多本地的习俗。

除了最炎热的日子,这个炉子一直燃着。左边,连接炉子的是一个土块砌成的火墙,旁边有一个带靠背的小木凳,与对面另一个小木凳相对而立。炉子里总是慢吞吞地燃着干牛粪,灶上总是那个冒着泡的深绿色茶壶,房间里总是充满茶香味儿。晚上,库齐肯奶奶坐在炉边的木凳上捻毛线,或者绣花毡。可只要有人来,她就立即活跃起来,先塞给客人一个羊角图案的搪瓷碗,往里面注满清茶,再去凉爽通风的小库房端来烧好的牛奶,给茶碗里添进牛奶。

一进门,小小的屋子人头攒动,七八位邻居刚刚坐下。他们见到我,又立即起身招呼:"坐啊!坐!"我对他们说:"我坐在门边就行。"没想到,接下来,座位问题引起了一阵争议。大家认为我是作家,必须坐到最中间。而我认为我的年龄比大家都小,坐在旁边正合适。最后,我被按坐在一张靠近炉火的椅子上,其余邻居也在餐桌旁安顿下来。

这是我终生难忘的一顿慢食晚餐。准确地说,应该是好几顿——无论是食物数量之多,还是就餐时间之长,都极具特色。我之前从未经历过。

这顿大餐以奶茶开始。不过不仅仅是奶茶,还搭配了足足一桌子的点心、果酱,看起来相当让人心动。点心有巴哈力、蜂蜜饼干、沙琪玛、馓子、包尔萨克、杏仁面包。果酱是黑加仑、树莓、杏干等熬制的。当然,还有酥油、奶酪、奶皮子、奶豆腐等奶制品。库齐肯奶奶解释说,点心很重要,是小女儿专门提前一天从城里赶回来烤制的,主要是搭配着奶茶吃。

　　餐桌上这些食物,都是我残存的小小意志抵挡不住的。我坐下来,铁了心要克制,不断提醒自己要吃喝适度、注意减肥。可是,我却克制不住手和手中的勺子在盘子和碗之间飞舞。时不时的,还有人催我多吃点,一样塞给我一点儿,使得我胃口大开,反而感到越来越饿了。一小时之后,我还在那里细细品尝每一种美食。把果酱认真涂抹到面包上,用勺子挖起一小块酥油融化进热奶茶里——我对面前的美食毫无招架之力。我觉得这不是贪吃的问题,而是满屋子的人全心全意吃喝的氛围影响了我,让我无法抗拒。他们吃着美食,谈的还是美食。他们不谈政治,不谈经济,只谈眼前盘子和碗里的东西。比如,沙琪玛还可以烤得焦脆一点儿,口感会更爽一些;比如,我家树莓才栽种一年,明年结了果之后,也熬制几瓶果酱;比如,现在有一种新型的奶脂脱离机,只要插上电,就不用像以前那样费劲捣好几个小时的酥油了,大家如果想买,可以凑在一起购买,价格会便宜得多。此时此刻,外面的世界和他们毫无关系,吃才最为重要,我也在这种环境中放松身体,轻松进食。

　　面前的美食,每个品尝一小块就会有饱腹感。但是,正餐还未开始。库齐肯奶奶撤下这桌食物,又为我们奉上了一大盘热气腾腾的手抓肉。煮肉,是她的强项。大火煮开,撇去浮沫,在炉火中压上保持恒温的干牛粪,就着小火,让锅底噗噗冒出小泡煮肉。三四个小时之后,仅是闻那开锅的肉香味儿,口水便由舌底溢满口腔。

盛肉的盘子大概有桌子的三分之一那么大,风干牛肉、牛肚和马肠,搭配着装得满满当当。随后,库齐肯奶奶又端来一碗泡在肉汤里的洋葱碎块和一盘蒸熟的胡萝卜、土豆。"来来来,亲戚们,邻居们,用餐快乐!"

邻居扎特里拜大叔站起来削肉。这段时间里,大家停止了聊天。原因是牧民自家打磨的刀非常锋利,为尊重客人,削肉人的刀口方向永远对着自己,因此,大家以保持安静回敬对削肉人的尊重。当扎特里拜大叔将削好的肉块摆满盘子边缘,再一层层浸满有肉汤和洋葱碎片的浓汁时,人们才在座位上挪动身子,换个姿势。

这道牧场式美味在别处是根本吃不到的。蘸着浓厚香醇的汤汁,配上蒸熟的胡萝卜、土豆,肉片和肚片瞬间滑过舌尖进入肚子。大家脸上露出了光芒,兴奋得把眉毛挑出额头,相互对视,频频点头,嘴里不时发出赞赏和感叹。

"怎么样,吃得好吗?"库齐肯奶奶仍不忘抽空过来给我们添茶。我说太喜欢她的风干牛肉了,还故意大声嘬着指尖上的汤汁,说那可是世间少有。

半小时后,我们推开眼前的碗盘,往椅背上靠去。谢天谢地,终于报销了眼前的食物。谁知,喝茶的碗又被抹亮,一盆热气腾腾的麦粥端上了桌。我不由暗暗叫苦,犹豫着接过库齐肯奶奶双手递来的麦粥。她的眼里满含期待,我只好再次上阵。

我在库齐肯奶奶的注视下,喝下一口麦粥。原以为舌头已经麻木,可是我的味蕾再次受到暴击。刚到牧场时,我对这种粥怪异的原料搭配感到诧异,可是智慧是随着见闻而增长的,后来我发觉大胆地将麦片、碎肉、肉汤、酸奶这几种食物搭配到一起,那滋味是无与伦比的。

这时,扎特里拜大叔拿起冬不拉,不紧不慢弹唱起来,大家也跟着跳起了黑走马。总之,不用去管时间,顺其自然便是。大家的笑声慢慢平息时,已是凌晨两点多。返回时,我的肠胃可说是满载而归,丝毫觉察不到来时的寒意。进入家门,我再没有一丝说话的力气,像木头一样倒在床上沉沉睡去。

整个冬季,我们仿佛被放逐于风景如画的雪海之中。白天一切美好畅快,铲铲雪、散散步,一碗接一碗地喝放了酥油的热奶茶,丝毫不觉寒冷。但到了夜晚,即便穿上厚厚的毛衣坐在火炉边,还是能感觉到寒气透过脚下的砖块和四周的石壁慢慢侵入身体,直冻得脚趾麻木、肌肉僵硬。

我常常不到十点就上床休息。而在清晨,又棉衣、棉帽、棉靴全副武装,扛起铁铲冲出房门,将通往前院大门路上的新雪清除干净。猫咪们很快适应了雪地。它们如同土拨鼠般在雪堆上打洞,翘着结了霜的胡子在松软的雪地里相互追赶、玩闹。

第三部分

老努尔旦和玛依拉

老努尔旦盘腿坐在地毡上,手舒服地放在桌子上,他在等待老婆子玛依拉往面前的桌子上端肉汤面片。

清晨,一起床,老努尔旦就开始抱怨。"哎,老婆子,你整天忙乎乎的都在干些什么?"他皱起眉头,瞄了玛依拉一眼,一心想找点碴儿出来,"难道你就没发觉我好几天没吃上肉汤面片了吗?"

"你说,你多少天没吃了?"玛依拉知道他要找事,干脆先给他找点事,压压他。

"这应该是我问你才对嘛!"

"要是我知道你多少天没吃了,还用得着问你吗?"

"你个老太婆,"老努尔旦抖着肩,喉咙深处发出咯咯咯的笑声,"你,不许学我胡搅蛮缠。这是我的!"你瞧瞧,他心里头清楚着呢。

"呵呵……"这种找碴儿的事儿,玛依拉忍了大半辈子了。虽说一点儿也不开心,但她还是勉强回笑了几声。

"哎,老太婆,说真格的,今天到底能不能吃上肉汤面片?"老努尔旦弯着背,抬头望玛依拉。显然,他觉得他们夫妻的感情从未因为他无休止的唠叨受到任何影响,他的笑容给被太阳晒出裂纹的脸上又画上了两道弧形。

"别这么看我,"玛依拉边清扫地毯上的馕渣,边咕哝着说,"我每天挖空心思伺候你,你却每时每刻都在找事儿!"说完,她走到毡房门后面,从上面悬着的木杆上取下一块风干肉。接着,她又去柜子上取下一个白瓷盆子,把肉放进去,倒了一些清水,清洗上面的尘土。

老努尔旦盘腿坐在桌子前,喝一口奶茶,把掰下的小块馕送到嘴边,边嚼边摇头:"哎哟喂,这什么馕呀!啧啧,你看看,硬得像石头一样,简直是,这日子,唉,这日子简直是没法过了……"他把那块馕在奶茶里蘸一蘸,用勺子尖挑一小块酥油抹到上面,瘪着嘴继续嚼,"喂,玛依拉,晚上你必须好好弄一顿肉汤面片!唉,这个馕真的是咽不下去,啧啧——"他面带痛苦地停止了咀嚼,然后两眼一闭,像是下了大力气似的把嘴里的东西吞了进去。

玛依拉往茶碗里舀了一勺奶皮子、一勺牛奶,提着壶兑了半碗清茶,发愁地瞄了老努尔旦一眼。哼!老神经!老东西!这两年,孩子们大学毕业,都在城里上班,没什么负担了,这老家伙反而整天变本加厉、没完没了找事。真是年龄大了,越老越糊涂啦。等着瞧吧,就算晚上好好给他做一顿肉汤面片,他也能找出事来!唉,没他找不出的麻烦,她边喝奶茶边想。

中午时候,玛依拉炖了一盘子库尔达克。老努尔旦嘴里吃着炖得烂烂的羊肉块和土豆,又开始发表他的言论:"这个土豆嘛……嗯……简直不是土豆。"他哼哼唧唧撂下这么一句话——他就是这样,常常把简单的事情搅和成糊糊。他的话,已经没有一句能进到玛依拉的脑袋里头了。对了,她早就习以为常了。

下午到傍晚这段时间,肉在灶台上的铁锅里煮着,侧耳倾听,锅里咕嘟咕嘟的声响让人心生温暖。

玛依拉手里缝着花毡,眼睛还在时刻注意着肉汤——她担心溢出来。而老努尔旦整天除了吃喝以外,就是在不远处山坡上守着家里那十几只羊。"四条腿的狼好防,两条腿的狼防不了……"他念叨着这句话,盯着羊,"瞧,这简直不是人干的活儿。把我整天困在这里,我就是有再大的本事也发挥不出来嘛……啧啧!简直叫人无法忍受!"他嘴巴叼着一根草叶,斜坐在草地上,抖着腿,发着牢骚。

肉在铁锅里咕嘟咕嘟……这对于玛依拉来说是件

大事。

过了一会儿,她放下手中的针线,走近炉子,掀起锅盖。蒸汽扑到她脸上,半天,她才看清锅里的情况。对她来说,煮肉的过程似乎有些漫长了,因为她关心锅里的肉汤——这些肉汤决定着老努尔旦接下来要说什么话。

接近傍晚时,玛依拉想起该和一些面了。做肉汤面片,和面是一个重要环节。她把白瓷盆子涮了涮,取下架子上的半袋面粉,抖开袋口,伸进双手捧了两捧——一人一捧足够了,这是她多年的经验。她用一个生了锈的铁碗盛了一碗水,这也是她多年的经验:两捧面,一碗水。她把水倒进面粉里,用手搅拌均匀,然后把沾上水的面粉使劲揉到一起。她反复揉面,直到出了一身汗,这才拧了一个湿毛巾盖在面团上,醒着。

毡房里被玛依拉收拾得舒适、温馨,物品摆放得整整齐齐。墙上的挂毯,黑红色的底子上浮雕般绣着清晰明朗的红、绿、蓝、黄各色的花和叶子图案,桌子、柜子上铺着四周挑着粉色羊角边纹的白色桌布。床角的被子叠得方方正正,还有钴蓝色底子上绣有线条流畅的红色羊角图案的靠垫——这些,都显示出玛依拉是个生活有品位且勤劳的妇女。这确实是一个可以抵挡风雨的家,它使得老努尔旦在这个家里为所欲为。

"噼啪——"炉子里传来火星爆裂的声音，一些灰从炉口飘了下来。玛依拉搓搓粘到手指头上又干了的面，走到锅边，仔细听锅里的动静。咕嘟声小了许多。此时，她感到自己身负重任。她敏捷地蹲下，往炉洞里添进几块碎木。红色的火头从干柴缝隙间蹿出来，舔着锅底，映照得她红光满面。

现在，只有等待，等待浓浓的肉汤和醒透了的面。

时间走啊走，老努尔旦回来了。他在羊栏外吆喝着，把羊弄进去，时不时还和羊较劲。当羊低着头，死抻着脖子，不肯进羊栏的时候，他要么说"喂，小老弟，不想在这儿混下去了吗？"要么抓着羊角哈哈大笑，把羊吓得不知所措。但是事后玛依拉问他什么事这么好笑时，他又想不起来了。

羊群终于被老努尔旦弄进羊栏，它们把里面的空间挤得满满当当。老努尔旦隔着栅栏，瞪着那些闹哄哄的羊，他认为它们太不听话了。它们也回瞪着他，冲他不停歇地咩咩叫唤。"你们这些多事鬼，看吧，都把你们给惯坏了！"他把外套脱下来，抖掉上面的灰尘，又从裤子上拍下不少草渣。"好好伺候你们吧，你们却给我苦头吃。我嘛，早就该好好休息休息了！哼！都是给你们这些多事鬼闹的……"他把外套扔到晾晒奶酪的架子上，蹲到毡房边，用洗手壶洗手。

擦干手之后，他从口袋掏出一支烟，仔细点燃，靠在羊栏上深吸一口。"听着,有一样你们永远给我记住——你们永远斗不过我!"他用夹烟的指头指点着羊圈里逐渐安静下来的羊,"这世界上各式各样的捣蛋玩意儿,都不是我的对手。听明白了?"他眯起被烟熏着的那只眼,突然间笑得连身子都晃动起来,仿佛被他自己说出的话给逗乐了。

"唔,好了,好了,给你们说多了也没什么用……今天,就这些话了。你们嘛,也闹够了,好好休息一下。"终于,他咽下了嘴里的喃喃自语,转过身,面对夕阳,尽量地伸展四肢,活动筋骨。在这夏日的薄雾里,他可以清楚地看到整个草原,起伏的山丘连绵不断地向远方伸展而去,最后消失在逐渐暗淡的山体之下。他呼吸着干净的空气,同时让甜暖的微风把他吹了个够——他的心里有了莫名的满足和放松感。

走回毡房时,天已经黑下来了,"呃,又是一天过去哩!"他吁出一口气,"只有这里才舒服嘛!"他盘起腿,坐在地毡上,把手搭在桌边,轻轻敲击桌面,无限满足地哼起不成调的歌——他在等待肉汤面片,也有可能在酝酿接下来的唠叨。

毡房前飘浮着白色的雾气,浓浓的肉汤像鲜活的生命。玛依拉把醒好的面切开,用擀面杖擀薄,用刀子划成一块块面片,放进肉汤里。煮了一小会儿,热热的肉汤面片出锅了。

玛依拉把肉和面片盛到盘子里,在上面撒了一些切碎的洋葱,端到老努尔旦面前的桌子上。

"吸溜——吸溜——"老努尔旦用手抓起软软的面片,猛吃了两口——他真是有些饿了。"嗯……"因为面片还是热的,他用舌头在嘴里翻动面片,咽下去了,才用手在嘴巴上抹了一把,接着上面的话说,"这不就对了……嗯……不过……这面片简直是……真是……真是不想多说了……唉……太应付差事了吧……"他又抓起一些,把头伸过去,张大嘴接着,"吸溜—— 吸溜——"继续吃,头也不抬,嘴里却还在唠叨,"算了,管他呢……就这么凑合着吃吧……"

他就是这样,越老事越多,时而无理取闹,时而自说自话,就看他想闹哪出了。

玛依拉抓了一些面片,送进嘴里,完全没有理会他。

两个老伙计喝酒聊人生

老努尔旦和扎特里拜是阿勒泰草原上的两个老伙计。两人的共同点是善良、淳朴、执着,并且都老得厉害。不同之处呢,就是前者话太多,瘦得像个影子,以自我为中心;后者呢,又过于沉默,宽肩膀大骨架,愿意随时倾听别人的内心。不过,对于扎特里拜来说,老努尔旦就像是他在石头堆里发现的一块红宝石。他从未想过要丢弃老努尔旦,也没有真正排斥过老努尔旦。其他的人难以理解这两个老头儿的融洽,因为他们的性格和表现看上去是那样对立。但是,他们就是喜欢凑到一起,放牧,喝酒。

这天,扎特里拜带了一壶马奶酒。这两个老头儿用胳膊肘撑着上半身,斜靠在山坡上,抖着腿,看着羊群,酒壶在他们手中传来传去。喝着酒,他们聊到一个严肃的话题——人生。

这话题有些大了。不过,没关系,他们从一些小事聊起。让我们做观众的,来听听,看看有什么有趣的事儿发生。

"这辈子,值得庆幸的是我做了我想做的事,任何事,我很知足。是的,到我这个年龄,图的就是知足嘛。"平时不怎么爱表达的扎特里拜,喝了些马奶酒,话多了起来。他说,回顾过往的那些日子,他可以确定,是他的好运气使他渡过生活中的许多难关,做到了他想做的事儿。

"任何事?算了吧!话别说得太满。水太旺,会溢出锅的。这个任何事,包括所有事吗?包括给女人接生?哇哈哈!面对惊慌失措的女人,接生,你会吗?这个,运气会帮你解决吗?我是说,假设遇到这种情况,哇哈哈哈哈……"老努尔旦是话痨,而且爱挑刺。对,他总能在别人的话中挑出刺来,虽然这刺挑得毫无道理。他抖着干瘪的身体干笑,老不正经。

"呃,你这个老疯子。"老努尔旦的话,逗乐了扎特里拜。

"看看,接生这事就不会吧。那是一项技术活,干不了就别说大话——什么运气!什么有了运气,想做什么就能做到……亏你想得出来!再有运气,给女人接生你也做不到吧?还知足呢,算了吧,你把我的牛都吹死啦。"老努尔旦像根树枝一样干枯的胳膊滑出袖子,举起酒壶,一点点抿着马奶酒。每喝进一口,他就陶醉地发出吱的一声,接着吧唧一下嘴,很享受的样子。"嗨,扎特里拜,我坦率告诉你,在别人面前说大话可以,在我面前得悠着点,我可是辩论专家。我的能力,嘿嘿,你清楚得很……嗯——咳——"扎特里拜对人生的一句感叹,勾起了老努尔旦的话瘾。他把手捏成拳头,堵住嘴,干咳一声,清了清喉咙——他在为接下来的长篇大论做准备。

"呃?"扎特里拜微笑着,看着相伴大半辈子的老伙计。他在不想讲话的时候,就呃一声。

"你确实需要听我谈谈人生啦。人生嘛,它根本不靠什么鬼运气,最主要靠自信。是自信使我面对一切面不改色。看在你是我老伙计的分上,我才会给你讲这些。如果说,坐在我面前的是别的什么人,想要听我讲话,我根本就不理会他。嗨,给你说句大实话,就算是有人花钱请我去给他们讲关于人生的课,我也不一定去。"老努尔旦撇着嘴,嘴角堆满皱纹。他用手指对着面前的空气指指点点,好像那里真的有许多人,巴结着他,等着他去讲课似的。

"呃。"扎特里拜比老努尔旦小三岁,但是对于老努尔旦的表现,他总是能够理解。他眯起眼,看老努尔旦,像一个哥哥看调皮多嘴的小弟弟。

"说起面对人生的自信,话可就有些长啦,扎特里拜,你得静下心来好好听我说一说。"老努尔旦把自己草地上的身体摆得舒适一些,俨然一副准备开口演讲的学者相,"我要说的,都是掏心窝的话。你瞧,我也弄不明白,为什么总是对你这么坦诚。"

"呃。"扎特里拜笑着,脸上分明写着:这个下午,我将要饱受折磨。

"我和老婆子结婚前,那时候,你了解的,我和你一样,穷困潦倒,但我自信。我的自信赢得了老婆子的心,她愿意跟着我,和我一起过苦日子。那段时间,是最困难的时候。有人说自信不能当饭吃,我的自信不仅可以当饭吃,还让我们全家吃得肚子滚圆。"老努尔旦拍拍深陷下去,无论如何也吃不起来的腹部。

"呃……你……"扎特里拜盯着他的腹部,揉搓着下巴,"你还真是厉害啊。"

"行了,行了,别说这些没用的赞美。我猜,现在你的脑瓜子里一定在想,'什么?自信能当饭吃?'哈,这正是我接下来要说的。"老努尔旦侧过身子,伸出手,拍拍扎特里拜的肩膀,摆出一副自信的模样,以显得自己占了上风。"有件事,可以说明我的自信能够换来饭,咳咳——咳咳——是这么回事——"酒壶轮到老努尔旦手中,他又仰头吱了一口,"是这样,你听我说,有几次转场,遇到暴风雪,我凭着自己的自信,果断决定前行的方向,每次都没出任何差错。你知道,在风雪中确定前行的方向是多么艰难的事啊!可我却做到了。说实话,是我的经验决定了我的自信。看吧,最后的最后,还是我勤勤恳恳得来的经验,让我的牛羊没有任何损失。如此下来,我的牛,我的羊,会发展得非常壮观,这让我们一家吃喝不愁。你听懂我的意思了吗?也就是这样,我的自信能当饭吃。"他停下来,看着扎特里拜,等待赞许。

"呃,有道理。"扎特里拜点点头,他对老努尔旦自有一套的人生哲学表示赞同。

"哈哈,看吧,我说得没错吧。"得到扎特里拜的肯定,老努尔旦越发得意啦,"而其他很多人,在暴风雪中丢失牛羊,迷失方向。有些还滚下山坡,摔断了腿,还有些人丢了性命。这些,你都听说过的,咱们这里有许多这样的事情发生。哈,可我就能凭多年的经验换来的自信,顺利渡过这些难关。嗯,现在你知道了吧?也就是因为我是一个自信的人,我的人生才会如此顺利,没有发生任何不好的事儿。"老努尔旦挑了一下稀疏的眉毛,嘿嘿干笑两声。

"呃,也是啊。"扎特里拜一直在点头。

"我不是吹牛的人,是的,我最讨厌那些吹牛的人。不过,只有我才知道人生是怎么回事。人生靠的是自信,对吧,自信就是我丰富的经验,没有人有我这么多的经验……"羊皮酒壶又轮到老努尔旦手中。这回,他又吱吱两口,看酒壶的眼睛好像有点迷离了,"而你还说人生就是运气。听着,我可是不喜欢教育别人……可是除了我,没人可以忍受你胡说八道。你在别人面前这样说话,人家会收拾你。那些话,会把年轻人教坏吗,对吧,你这么说话,年轻人听了都不去奋斗了,也不去积累自己的经验啦。嗨嗨,想想吧,他们像我们现在这样躺在草地上,聊着天喝酒,馕就能从天上掉下来吗?还有,奶茶会浇到他们头上吗?会吗?会吗?哇哈哈,你简直在胡说八道——"老努尔旦越说越快,甚至有些语无伦次了。

"呃……"好脾气的扎特里拜继续听着。不过,让他弄不明白的是,老努尔旦是如何做到像年轻人那般,一口气说出那么多话的。他那面部肌肉萎缩得该是很难将发出的声音送去该去的出口的呀!

"看看,不得不服吧?每个人都会对我心服口服。老伙计,现在我要郑重警告你啦,以后嘛,不要再说什么好运气了,那是多么可笑又可怜啊。瞧!天呐!草都笑掉牙齿啦。嗨嗨,幸好羊群在那边。"老努尔旦拍拍手边的草地,又指指远处的羊群,"如果我的羊听到你说的那些笑话,都会哈哈大笑。哇哈哈哈哈,你要笑死我了,我的扎特里拜呀……好了,好了,行了,行了,我原谅你。不过,只能原谅这一次,以后不准再胡说八道了啊！还是好好过日子吧，别吹牛。对了，你的这个想法……就是那什么……"他停下来，拍了拍脑袋，"噢，对，就是那……穿上小的靴子……世界再大也没用……"老努尔旦终于憋出一句哈萨克族谚语——他时常这么卖弄一下，说一些谚语啊成语啊什么的，以显摆自己的口才。

"呃……"扎特里拜看着面前指手画脚的老努尔旦，不知在想些什么。

"哈哈——"老努尔旦一把抢过扎特里拜手中的酒壶，吱吱两口，"嗯……我得多沾几滴才能好好给你说道说道……瞧，没有人能说过我吧？没有人能像我一样自信吧？哈哈，这片草原，只有我肯沉下心积累经验，所以我最自信，所以我才能说服任何人，所以你们都要乖乖听着，是这样，必须是这样，哇哈哈哈——很显然，你所说的运气不仅可笑又可怜，还幼稚，像我怀里抱着的孙子说的话。对，幼稚，可笑，哈哈哈哈哈哈——你这个老傻瓜呀！"老努尔旦放肆地笑着，伸出手，按在扎特里拜的头上，抓挠了几下，扎特里拜的头都被他按到草地上了。

在老努尔旦喝过瘾之后，他的"自信"膨胀了，同时内敛也完完全全隐退了。这时候，他的"自信"不仅仅表现在嘴上，也有可能表现在手上甚至脚上。这也就证明老努尔旦已经在"老努尔旦式"的道路上愈行愈远了。

"呃,唔——唔——"扎特里拜挣扎着抬起头,从垂落下来的混乱的头发缝里瞪了老努尔旦一眼。

"嘿嘿,你个老傻瓜……看看……啧啧……还说运气……人生啊,人生啊,你太委屈了……竟然有人在背后说你的坏话。对了,老天爷,你也来说说,你是靠运气过日子的吗?……简直是胡扯淡!我只用几句话就说得他无话可说了吧。瞧瞧,我用我的经历说话,我的经历就是经验和自信,没有人可以和我相比。算了,不跟你说这么多了……说多了,你也不懂。嗯……只知道……谈论运气的人能懂这么多吗?嘿——瞎扯淡——"这会儿,他把酒壶紧紧抓在手里,丝毫没有再递给扎特里拜的意思。接着,他花了好大功夫才将酒壶举起来,把剩下的马奶酒缓缓倒入自己的领口。最后,他严肃、认真地闭起一只眼睛,用睁着的那只看了一眼壶口,使劲晃了晃,仰起头将最后一滴酒倒出来。与此同时,他的嘴还吧唧了几下,做了一个吞咽的动作。

酒壶从老努尔旦手中滑落后,他像个梦游的人,傻笑着,嘴里咕哝着,更加卖力地胡乱抓拍扎特里拜刚刚抬起的头。

"唉……唔……"扎特里拜想说什么,只是始终发不出声。因为他的头在老努尔旦手下,像皮球上下摆动。

"我……只是警告你……下次……不许胡说……还运

气呢,现在……想一想,我还生气……刚才……只是很客气地警告你……以后……不许……这样……没有……任何……根据说话……尤其……不能在我面前说……"老努尔旦说着,舌头在嘴里打转,得意之情浮现在脸上,手还在不停敲打扎特里拜的头。

"行了!"扎特里拜终于把头从老努尔旦不知轻重的手下躲了过去。

"啊哈……你知道……害怕了……以后……自信……一点儿……就不会挨揍……知道吗……不会……挨揍……不然……我会把你的头……摘下来……当球踢……"老努尔旦说着,好像满嘴都是舌头。

"够了!"扎特里拜晃了晃被拍晕的头,两手撑在草地上,站了起来。

"哈哈……就……知道……只有……我……哎呀……哎呀呀——"老努尔旦干瘪而佝偻的身体开始上升,他的领子在扎特里拜手中——他被提起来啦。哈哈,快看呀,老努尔旦的腿软塌塌的,微微纠缠在一起,脚上的大皮靴晃晃悠悠。很显然,老实巴交的不轻易动怒的扎特里拜,被这个多嘴多舌的老努尔旦给激怒啦。

接下来……接下来……老努尔旦被扎特里拜按到草地上,狠狠揍了一顿。

扎特里拜满山坡找马

"给伏尔泰拴上马绊子,好吗?我觉得它不会安生。"前一天吃晚饭时,古丽娜给扎特里拜建议,把毡房外的马拴住。那是一匹青灰色的马儿,名字叫伏尔泰。

三年前,扎特里拜在刚得到这匹马的时候,就已经在心底为它取好了名字。他的灵感来自他最喜欢的一部名叫《黑郁金香》的法国影片,影片中有一匹青灰色的漂亮马儿,名字就叫伏尔泰。那匹马在电影中刚一露面,就令他目眩神迷。它矫健的步伐,充沛的精力,还有作为一匹马对主人的忠诚,都给他留下了不可磨灭的印象。他指望有一天,这匹来自草原的小马,也能拥有它自己的魔力,甚至和电影中的伏尔泰一样让人痴迷。他常常暗自得意,这名字取得真是太棒了!

扎特里拜听妻子这么说,反问道:"把你的腿拴起来,你愿意吗?"接着,他还饱含深情地说,"拴住了马儿的腿,就绊住了它的自由。"

古丽娜就欣赏丈夫这一点儿,她觉得他这么说话的时候,像个诗人。"你不拴住我,我还不是跟你生活了三十多年,一步都没离开。"古丽娜耸着肩,瞥了扎特里拜一眼。

"嘿嘿。"扎特里拜被妻子逗乐了。

"我的意思是好几天没有看到家里的黑犍牛了,"古丽娜再次提醒,"明天早一些骑马去草场四处找找,怕被人偷了。"

"嗯,我也正想着这事儿呢!"扎特里拜把奶茶喝干,一只手撑着地毯站起来,"你把家里的事情管好,马的事情,不用你管。"家里别的事他都听古丽娜的,牲畜的事他有自己的想法。

"把马拴好,需要的时候骑上就走呗。"古丽娜说,"不过我无所谓。我就是提醒你,不拴马的话,明天你先去把马找到,再去找牛吧!"她收拾着桌子上的盘子,把碗摞到一起。她的表情似乎在说,你的事,我操什么心呀?我把话先撂到这儿,找不到马的话,别说我没提醒你。

第二天清晨,伏尔泰果然不在毡房前。

露珠儿还在草尖上挂着呢,扎特里拜就已经把羊群赶到山坡上了。接着,他爬到山顶,把手搭在眼睛上方,四下观望。

没费多大功夫,他就发现伏尔泰在草场另一端山坡下的松树林里,低着头,悠闲吃草。

他不慌不忙返回毡房,拿起马笼头,"嗨!伏尔泰就在松树林里,它在等我给它套笼头呢。"古丽娜坐在小板凳上,把头侧靠在牛肚子上,膝盖夹着桶子挤牛奶。一群小鸡仔围在她脚边,叽叽喳喳凑热闹。经过她身边时,扎特里拜朝上挥了挥马笼头,看着一哄而散的小鸡仔说:"看看,这么好的天气,还是让伏尔泰和它们一样,到处跑跑的好。"

"好吧,好吧,"古丽娜说,"算我多嘴。"

扎特里拜下了山坡,拐了一道弯,朝松树林方向走去。那里有他的伏尔泰,还有其他几匹马儿。这会儿是早上九点多,阳光渐渐温暖、明亮起来,草场上有一种慵懒与安详的气氛。他的心情好得像是要飞上天空。

没费多大功夫,扎特里拜便找到了伏尔泰。它在树底下有一搭没一搭地啃草,明摆着是吃得太撑,再随便啃着玩玩。离伏尔泰不远的松树下,还有另一匹棕红色马,那是努尔兰家的马——这片草原上的马是谁家的,大家心里都清楚着呢。

"噂——噂——"扎特里拜冲伏尔泰弹舌头。

伏尔泰停止吃草,但下巴还在左右磨着。它慢慢抬头,用看见熟人的眼光瞥他一眼,又低下头去。扎特里拜踢着脚边的石子,装作随意散步的样子,慢悠悠朝伏尔泰靠过去。这时,他手中马笼头上镶着的金属片发出了叮当当的细碎声音。伏尔泰的耳朵动了动,四肢上上下下踩着草地,身子朝后挪动了一些。听到这个声音,马儿都会条件反射般地想要逃走——毕竟,任何一匹马都喜欢自由。

出乎意料,伏尔泰并没有表现出慌不择路逃窜的样子,反而在一瞬间的惊慌之后,定在了那儿。它把四蹄稳稳地插在草丛里,直视扎特里拜的眼睛,目光里满是气愤。如果马儿会说话,那么此时伏尔泰绝对会破口大骂:"走开,讨厌的人!"这都怪扎特里拜平时对它的纵容和娇惯。

扎特里拜很清楚,现在绝对不能让这匹骄傲且冲动的马儿受到任何一点儿刺激或者兴奋起来,要让它保持平静。但是要怎么做呢?他的脑中迅速制订各种可行方案。

可是,就目前的情况来看,唯一能做的只能是好言相劝。

"嗨,伏尔泰。"他脸上尽可能地堆满笑容。

大概是他说话声音太小了,伏尔泰根本没听到他和它套近乎——或者是根本不想听。它就站在那儿,目光从扎特里拜的眼睛慢慢移到上半身再移到脚上,最后把目光定到他垂在腿边的手里拿着的马笼头上。

它脖子前倾,双耳竖起,一动一动地继续寻找声音,以再次确定它之前的判断。

一人一马就像是对峙中的警察和罪犯——伏尔泰是警察,它在侦查扎特里拜是否带了行凶工具。

很快,它从东西的形状上确定那确实是让它讨厌的马笼头。于是,它跳起来,一个转身,翻开四蹄,旋风般朝山坡上狂奔而去。扎特里拜被它突然的反应吓了好大一跳。

看着伏尔泰摆动的尾巴越来越远,扎特里拜的嘴巴都干掉了。他从牙缝里吸了一口气之后,干咽了几下口水,然后扶着膝盖,迈开大步,气喘吁吁跑去爬坡。终于,他来到山坡上。"喂,伏尔泰,"他压抑着喉咙,用能够发出的最温和的声音呼唤它,"喂,我的宝贝儿,我的伏尔泰。来吧!"直到伏尔泰站住之后,他才开始缩着头,大气不出地一点点靠近它。

他背过手,把马笼头藏到身后,还用食指和拇指捏住笼头上的金属片,防止它继续发出声音。

伏尔泰停了下来,冷冷地朝他乜斜了一眼——这可是正儿八经的"斜",因为它的头并没有随着眼光转过来。它的眼神中带着一种"别想来烦我!"的威胁之意。仅过了一小会儿,伏尔泰便已断定出情况还是不妙。它的头偏向一边,铁灰色的耳朵高度警觉地竖着,黑圆眼睛瞪着扎特里拜藏在身后的手臂,一步步后退。它的尾巴左右甩动,表达着内心的不安。它始终和扎特里拜保持着几步的安全距离,一直退到一块岩石边。这一次,扎特里拜不用担心它会转身跑掉了。他站在它的前面,抬起手臂拦住它。起初,伏尔泰后退了几步,直到臀部顶住岩石不能再退,接着它像是做游戏一般,低头一钻,穿过缝隙又朝山坡下奔去。

三岁多的伏尔泰,是一匹上好的赛马。扎特里拜驯了它不到半年时间,现在它还处于成心和人作对的阶段。和它结实、健壮的四肢较量,企图追上它,这对于六十来岁的扎特里拜来说,那是不太可能的事儿。看来,只能依靠自己的智慧,才能取胜,他想。

"嗨!伏尔泰,看这里!"扎特里拜大喊一声。它果然转头望了一眼,但随即便继续朝山坡下跑去。该死的,现在该怎么办?唉,怎么办?扎特里拜皱起眉头,拖着脚步朝它走去。

太阳慢慢爬高,温热转变成炽热,蜜蜂们在扎特里拜眼前穿梭忙碌,嗡嗡声让他越发烦躁。

他来到山坡下,终于等到伏尔泰安稳下来。他站在那儿,想起以前结识过的一位驯马师。现在他终于明白了那位驯马师曾经告诉大家的一个真理:让马儿自愿到你身边之后,才有可能控制住它。而秘诀就是,让自己比马低。这样马就不会因为你高于它,而感觉到来自你的威胁。然后呢,假装做某件比马正在做的更有趣的事儿。

想到这儿,扎特里拜蹲了下来,在快速深吸几口气之后,用更加轻松的语气诱引它:"咦?伏尔泰,快看呐!这是一种什么草啊?"他伸出一只手,假装在草地上翻来找去,摆出一副像是突然间发现一堆沾满露水的鲜嫩青草的模样,让伏尔泰觉得他并不想伺机抓住它。他的动作果然引起了伏尔泰的注意,它停下来,谨慎地望着他,然后朝他走近几步。

有些马的脸很容易让你一眼瞧出它的脑瓜子里在想些什么,伏尔泰就是这种脸。它的脸看上去好像在说:"你还能耍出什么把戏?"见伏尔泰如此表情,扎特里拜干脆将手里攥着的马笼头丢到身后,用一只胳膊支撑着脑袋,斜靠在草地上,如同在草地上晒太阳一般轻松随意。他蜷曲的腿抖动着,另一只手随意搭在草地上,用一根根手指,从小拇指到大拇指,上上下下敲打草地,嘴里喃喃自语:"哇!好草啊!好草!没错,我没看错,这里有一片上好的青草啊!来吧,我的伏尔泰,我最听话的伏尔泰,我最温顺的伏尔泰,我最亲爱的伏尔泰,来吧,品尝一口吧!"他的声音温柔得好像一片树叶飘落到地上,连他自己都佩服自己像是一个掩饰情绪的大师。

看到他现在的模样,伏尔泰倒是停下来了。它眼睛半眯着,斜着头偷偷观察,那姿势,看起来还像是随时要逃跑的样子。扎特里拜突然想起什么似的,把头埋在草丛里,翻找着,过了好一会儿,他大叫道:"哇!这是什么呀?!"然后,他用兴奋的口气又说了一次:"哇!你看看,我找到了什么!"说着,他朝着伏尔泰的方向举起一大把圆叶青草——那是马齿苋,有着丰富的汁液,对马来说那可是大自然中的一种兴奋剂。

于是一切都变了,伏尔泰张开鼻孔对着马齿苋的方向使劲吸气,眼睛一下子睁得很大,每闻一次它的兴趣就增加一分,慢慢地,它把斜着的头扭转过来,接着,身子也转了过来。如果是平常,伏尔泰的这个表情和动作绝对不会让扎特里拜有什么情绪上的波动,可是现在就不一样了,他激动得全身颤抖,差点儿笑出声来。

他双手举着马齿苋,用余光偷瞄伏尔泰。他发现伏尔泰一脸好奇,于是小心翼翼地用脚蹭着草地,顺势朝它的腿边滑动几下。"只要抓住一条腿,你就逃不出我的掌心啦,嘿嘿……哈哈……"嗯?伏尔泰开始慢慢变形,马笼头套住了它的头,它一脸甘愿认输的模样走在自己身边——扎特里拜的眼前甚至出现了幻影。

让人沮丧的是,就在此时,不远处的棕红马上下弹起了蹄子,跑动了几步。伏尔泰听到马蹄声,耳朵立即警觉地往后一收,就像是按下开关一般,蹄子左跳一下,右跳一下,动了起来,还喷着鼻子,扬起调皮的马尾巴。然后,它突然改变主意,朝棕红马方向闪电般开溜——马的动作是会传染的,一旦有马跑动,其余的马都会跟着跑动起来。

扎特里拜只能就此作罢。

他叹口气,把手中的马齿苋朝伏尔泰的方向狠狠砸出去,拍掉手上的草屑。他望着伏尔泰,琢磨着,又突然像是想起什么似的,抬起头,望着天空,"嗨嗨,快看,那是什么?"他指着天空飞过的老鹰,做出惊喜的表情。这个点子根本算不上是什么点子,而像是小孩间无聊时的没话找话。这会儿,伏尔泰似乎连看都懒得看他一眼了,自顾自地跟在棕红马后面兴奋地跑跳。

"好吧,好吧,让我再想想……"扎特里拜假装扶住脑袋,"哎哟哟,头疼着呢。"他喊叫着,希望博得同情。伏尔泰扭过头用嘲讽的眼神瞄了他一眼。

扎特里拜已经不知道该怎么办了。他随手折了一根树枝,歪着头一蹦一跳,在伏尔泰面前跑过来跑过去。"哎呀,这又是什么? 呀,快看看,这又是什么啊?"六十多岁的扎特里拜无奈得像是六岁的小孩,跳来跳去装可爱……唉! 他是真的想不出别的法子了。

伏尔泰本身就具有调皮和无拘无束的特质,扎特里拜在驯它时又总是毫无怨言地任由它尽可能地保留这些本质,结果造就了现在这个随心所欲的伏尔泰。而且,好像它还从这当中体会到了浓厚的游戏乐趣呢。

扎特里拜觉得自己快透不过气来了,就像刚跑完马拉松的运动员。他弯下腰,在膝盖上擦干手汗。这时候,他才感觉到他的腿好像被谁拿棍子打了好一阵子似的,肿胀得疼。他干咽了一口唾沫,嗓子里像憋着一口气,嘴巴干张不开,心里也像揣了块铅。同时,他还感到太阳穴那儿的血管乱跳。现在,如果说他气得快要昏死过去,都算是轻描淡写的了。唉!都是你这匹疯马闹的。

"随你去吧!"

扎特里拜疲惫地跌坐在草地上,低下头,冲伏尔泰挥了挥手。他明白,自己对伏尔泰的耐心,还有对自己情绪的控制力,正在一点点地失去,也有可能已经完全丧失。因为,突然间他在自己嘴里听到了不由自主的暗骂,把他自己都吓了一跳。如果伏尔泰能够听懂人话,早就被他的话恶心到了。

他这么着,伏尔泰反而站住了,它甩甩头,回转身,颠着小碎步,跑到刚才他扔马齿苋的草丛里,喷着鼻息,嗅找着。那样子,明摆着是故意和他作对嘛。不过,它仍是警戒的。

它撕扯着草丛时,耳朵依旧不停地起起落落。

扎特里拜转过身,看着山脚下白色的毡房和矗立的桦树林,那一片安静的景象和他现在的心情正好形成强烈对比。他咬着牙,一面把一只手捏成拳头向另外一只手的掌心死命地捶了一记,一面充满怨气地用力蹬掉脚上的靴子,把自己放倒在草地上。他把腿在脚踝处交叉起来,搭在上面的脚上的袜子被靴子带了下来,挂在脚尖,露出松树皮般粗糙的脚后跟。

太阳明晃晃地挂在头顶。"快一点了啊!"他自言自语。他不用看钟就能知道时间。"唉!你这个家伙,你要了我一上午!"着急和沮丧,加上一上午满山坡打转转的疲累,难怪他头昏脑涨呢。他摇摇头,嘲笑自己傻子似的疯跑了一上午。但是跑了这么久,他的肚子一点儿都没觉得饿。

正在扎特里拜恼羞成怒地喊爹骂娘时,远处隐约传来有节奏的马蹄声。坐起身时,他看到一个人骑着马翻过山坡,沿着通往山顶的小径飞奔而来。还未看清那人的脸庞,他就已经认出了那是老朋友老努尔旦的姿势。来人越来越近,没错,是他。

老努尔旦窄窄的斜着往下滑溜的肩膀朝后耷拉着一晃一晃,脸上是一副"终于让我找到你啦"的神情。"喂!扎特里拜!听说你的马跑掉了,我赶紧过来给你帮个忙。"老努尔旦一手抓着缰绳,一手挥舞着,干涩的眼睛睁得大大的,像是要把所有的热情都释放出来。"哈,怎么样,还是我这个老朋友攒劲吧?"他挑着眉毛高声说着,嚼着嘴里含着的什么东西。他身子下面的马儿,也像是见到了老朋友,绕着扎特里拜跳跃着,还用嘴在他的肩膀上碰来碰去。

"呃……"扎特里拜仰起一张像是牙疼的脸,哼出一声,与其说是在叹气,还不如说是在出怨气。同时,他火气挺大地拖过靴子,朝下抖了抖草屑,往脚上套去。

老努尔旦仔细打量他,有点不太相信自己刚才从扎特里拜的声音中听出了一丝哭腔。他又看了一眼不远处的伏尔泰。这位极度热心的老头儿立刻明白是怎么回事了,"哈!小小的事儿。"他冲扎特里拜打了个响指,拽一下缰绳,脚后跟朝马肚子一踢,朝伏尔泰冲去,"伙计——站住——你竟敢欺负我的老朋友——"

伏尔泰见有马儿追过来,更加兴奋,甩着头,嘶叫着,忽左忽右地躲藏,还跑过来蹦过去地用四拍的节奏奔跑,好像有意在玩捉迷藏似的,故意不让老努尔旦追上它。看来,这家伙已经把这场追逐转变成了戏耍别人的游戏,并且还玩得挺开心呢。

"嗨!努尔旦——不麻烦了——"扎特里拜挥挥手,"不用了!"

"喂,说什么呢,这算什么麻烦。咱们的关系……好了,好了,一会儿就帮你把这小子捆起来!"老努尔旦边说边往手心吐了两口唾沫,嘴里还一直嚼着那个东西,"不要急!这事儿,让我来给你一个了结。"看来,他来了兴致。

"行了,行了,"扎特里拜郑重其事地摆摆手,"既然不那么好追——嗨,那就不用麻烦了。"

"什么?你是说我连一匹马都追不上?"老努尔旦较上劲了。

"这样!你的马儿借给我,我来追,你这个样子——伏尔泰一害怕就跑得更厉害——"扎特里拜追过去,喊叫。

"听着,我不像你,我可不是随随便便说放弃的人!我一定把它捆起来……嗨!嗨!别跑,别跑,等一等……让你尝尝我的厉害……你这该死的马,要是你不立刻给我站住的话,我要让你没好日子过……我可是说话算数的……"老努尔旦越发激动起来,他拽着缰绳,扬起马鞭,脚后跟一下下踢马的肚子。"该死的小鬼……看到我的厉害了吗?"他用怨恨的声音说话,"还跑……还跑……你以为我闹着玩儿吗……嗨,你会知道我的厉害……噢……喂……我敢打赌,你……等等……"他的脸上是下了狠劲的样子——他跟什么事较上劲时的表情总是这样。

之前十分平静的草地,由于老努尔旦的不停嚷嚷,顷刻间热闹起来。

"好了,好了,"扎特里拜虽然被伏尔泰气得差点晕过去,但老努尔旦这么恶狠狠地训斥自己的宝贝马儿,他还真有些心疼。"别这么麻烦,真没什么。喂,别用鞭子抽我的伏尔泰——别追了,嗨!你吓着它了!别,努尔旦,别,你的鞭子会抽坏它的。别那样——别——"扎特里拜跟在后面,挥舞着胳膊,跑过来,奔过去,追赶老努尔旦,甚至比刚才追伏尔泰时还要卖力。

"就要抓到你了!哇哈哈哈哈!"老努尔旦停止了咀嚼,用舌头把嘴里的东西抵到前面齿缝那儿,发出一阵狂喜的笑声。他把伏尔泰挤到一处三面是岩石的角落里,用手中的鞭子点着它的头,像是随时都会扬起马鞭,给它一点儿厉害瞧瞧。

"别——"扎特里拜终于追上去。他心疼得抑制不住自己的冲动,不管不顾地抓住老努尔旦骑着的马儿的尾巴,"别用鞭子抽我的伏尔泰,它吓得可不轻……别……"

马儿有时会在瞬间失去控制,这一点儿让人不可思议。牛虻的叮咬,飘过的塑料袋,突然闯入视线的兔子,反光的碎玻璃片,一阵风,来历不明的一些声响,这些都会让一匹老实巴交的温顺马儿突然发作,瞬间变成一匹疯马。更何况是站在马屁股后面大喊大叫,并且还拽着马的尾巴。如果那么做,再温顺的马都会瞬间疯狂。

而扎特里拜现在不但抓住了马的尾巴,还狠狠地往后拽着不放手——他把自己放到了一个挨踢的理想位置。刚才甩着蹄子松松垮垮驮着老努尔旦跑的马儿,不明白身后发生了什么事儿,哪能不警惕?你瞧它,突然低下头,翘起后腿,背和地面形成四十五度的角,在蹦出一长串响屁的同时,朝后甩出蹄子。就在一瞬间,扎特里拜的脸上就满是被马屁带出的屎渣子,与此同时,他的肚子也被重重踢中。"哎哟哟……我的老天爷……"这位具有诗人气质的牧羊人,还未来得及抹去满脸的屎渣,便捂住肚子,滚躺在马屁股后面了……

暴躁的阔孜

阔孜的名字翻译成汉语是"羊羔"的意思,可他的性格和小羊羔一点儿也不相符。他不是你听到名字之后期待的那一种人。

他是阿勒泰草原上有名的刁羊高手,他惊人的力量和善战的勇气没人能比,骑术也是草原一流。这让他得到大家的敬畏。可是,他的坏脾气却远近闻名,让人难以捉摸。

大家暗地里取笑他,叫他凶狠的羔羊或者干脆叫他恶狼。当他听到这些时,就会老大不高兴。心情不好时,就会大发脾气。所以,尽管他是草原上最有名的刁羊高手,那又怎样呢,人们照样不理他。

每场刁羊比赛,需要大家团结合作才能获胜。而阔孜呢,从不感谢配合他获胜的骑士。与其说他是去参加刁羊比赛,还不如说他是去报仇雪恨。因为他骑在马背上奔跑时,总是恶狠狠地咬着牙,像对待仇人一样瞪着对手,好像那羊是别人欠他的。

不过,他在马背上,倒是想到了自己的妻子和女儿。五月初,她们就回娘家了,已经两个多月没搭理他了。她们离他而去的原因正是因为他的性情反复无常,经常大发脾气。他皱着眉头,随心所欲批评妻子做的饭菜太淡,讽刺她挤起牛奶慢慢吞吞,贬低她缝的花毡没有比这更差劲儿的。还动不动呵斥女儿吃起饭来磨磨叽叽,或者是在他说话时,她在做别的没注意听他说话之类的。只要稍不顺他的心,他随时都会冲她们大吼着发火,就像是心里有多恨她们似的。她们不管做什么都是不对的,不管说什么都是错的。他就这样,想说什么就说什么,就看他想演哪一出了。而且她们不能有丝毫反驳。一句话没说对,他就大发雷霆。他在家的时候,她们都是压低声音讲话,如果不注意碰到什么了,发出点大些的声音,她们便缩着肩膀迅速对视一眼,露出紧张的表情。她们在他身边,过得真是挺不容易的。

他记得清清楚楚,妻子离开前一晚他们之间发生的争执。他清理完畜棚里的羊粪,捡起一块鹅卵石,把落满墙壁,陶醉在羊粪气味儿里的苍蝇碾死。"该死的苍蝇。"他边猛碾苍蝇边骂,干得满头大汗。她给他倒茶时,茶漏不知放哪儿了。他瞪了她一眼,眼神像是要杀了她,吓得她慌里慌张倒了一碗浮着茶叶的奶茶——因为他口渴的时候,没有及时端上奶茶会让他发火骂人。同样,这次依然没有阻止他的质问。

"你弄得满碗的茶叶,"他抻着脖子咳了一下,吐出一根茶叶梗,一甩手,把碗往妻子身上砸去,没砸中,摔到对面墙上,"卡在我喉咙里了——这到底怎么回事儿?"他怒吼道。

阔孜嗓音粗哑,说话时从来不会压低自己的嗓门儿。也许,她刚嫁给他时,他曾经试图压低过嗓门儿吧。

"又发疯。"他的妻子开始反抗。

"只有你会给忙碌一天的男人喂草根子,"他用手拍打桌子,"你是想让我死呀?"

他的女儿站在一边惊恐地望着他。她的身体慌乱地颤抖着,心脏跳得厉害的,像是风中树枝上的小鸟——他把她们娘儿俩的心都伤透了。

毡房里,他的头顶上,悬着的椽子上挂着妻子走之前晾上去的风干肉。如果他想吃,就会拿一块,洗都不洗扔进锅里煮。锅边沾着黑黢黢的油脂和灰尘的混合物,他直接就着锅吃。煮奶茶时,他要么忘记放茶叶,要么浓得发苦——妻子走后,他的情形变得有些失控。他的衣服没形没样地挂在身上,上面沾满汗液和泥土的混合物。盆子和水桶里堆满油腻腻的碗盘。毡房的地毡上杂七杂八地摊着被子、衣裤、袜子、钳子、铁丝,还有飘来荡去的羊毛和尘埃结成的团,看起来像是刚刚被小偷洗劫过的犯罪现场,散发着类似很久没晒的旧靴子里的酸腥味儿。还有,碗底在桌子和碗柜斑驳脱落的漆面上留下一坨坨茶渍,脏兮兮的。

夜里,他总觉得什么声音吵得他难以入睡。后来,他发现是以前从未注意过的墙上挂着的那个钟。白天,无论外面多明亮,他总是点着灯。一个小灯泡悬在桌子上面——妻子走后从未拉开的墨绿色窗帘和扬起的尘土吞没了房间里的光线。

妻子的离去,让他的日子挺不好过的。阔孜穿着裤脚沾满牛粪的裤子,独自一人在这个毡房里,在这片草原上,过着一种乱七八糟的生活。他越来越觉出有妻子的好处。他站在毡房后面的大石头上(只有那儿有信号)给妻子打电话,但她接着就挂了。她知道是他,她能感觉到他的嚣张正沿着电话线传过去。"喂!喂!喂!"他喊叫着,依然是颐指气使的语气。等他反应过来,那边早已没人了,只剩下"嘟嘟嘟"的忙音。"你个死老婆子!"他冲着手机大声嚷嚷。

看看,他就是这样的人。有时候她觉得他已经疯了。有时候又觉得是自己疯了。现在,她连话都不愿跟他讲,更不用说再回来跟他过日子了。

她认为和这样暴躁的人共同过着垃圾一样的生活,可得有必死的决心。简直是太荒唐了!

而他却把这些都归结于父母给予自己的一副凶狠模样。他常常解释说坏脾气都是相貌惹的祸。他可真能想着法子推卸责任。

草原上的哈萨克族牧民大多脾气温和,性格沉稳。大家不认为他的坏脾气和他的长相有任何关系。和他打过交道的人总会渐渐疏远他。对此,他并不感到遗憾。他认为作为一名刁羊高手,就得凶一些、狠一些,才能吓退一切对手,哪怕这只是一项体育运动。他还暗自得意,就凭自己这股子凶狠劲儿,在阿勒泰草原,甚至整个新疆,都不会遇到任何对手。

不单单跟他有过交集的人对他反感,就连偶尔出现在草原上的流动售货车的老板都不愿搭理他。有一次,他在售货车上买了一包雪莲烟。因为老板忙着给几个小孩翻找五毛钱的塑料玩具车,没来得及给他找钱,他便嘀嘀咕咕埋怨起来。老板解释说:"他们要玩具呢。"他马上接茬儿:"我还要你立即找我钱呢!"说着,摆出架势,一副马上要动手的模样,还将嘴里叼着的烟头狠狠吐到地上——就差那么一点儿,就吐到小孩的头上了。他则大发脾气,大声喊叫:"这算哪门子事儿!还有完没完!什么都他妈的是小孩!小孩!小孩!"这是他的原话。你看看,就这么一点儿小事儿,他连"他妈的"都用上了。他就这么不负责任地向孩子们展示了儿童不宜的成人语言。

又是一年的草原盛会,他早早出现,脸上的表情写满不屑和孤独。实际上,他长相挺帅气的。高高壮壮,一张大大的方脸,无论眼睛、眉毛还有鼻子或者嘴巴都长得浓厚而宽大。不过他总是夸张地拧着又粗又黑的眉毛,凶巴巴地拿腔拿调,想让人明白他不是好惹的。现在的情况,最有可能的是,他一个人待得时间太久,没人和他说话,他感到寂寞难耐,所以忍不住第一个出现了。

以前,每次草原盛会,大家见到他时,总会充满信心——认为随着年龄的增长,他会成熟起来,改掉身上的坏脾气。但他总让大家失望——人们对他早已不抱希望。他们像是没有认出他似的,目光从他身边滑过,然后继续交谈。他们呵呵笑着。除了阔孜,每个人都身处朋友之中,相互推搡,捶打对方的肩膀,说着好久不见。看起来,他们是把这儿当成了聚会的好场地了。

热闹的刁羊比赛结束之后,在获胜的阔孜身边,也不会有热烈的祝贺和掌声。在他面前,人们的谈话都无关痛痒,浮在表面。凡是真正热闹的玩笑和打趣,都得等到他走了之后才会进行。

这次,他还未走远,就听到了笑闹声。曾经,就在不久之前,大家还会等到他听不见了再笑再闹呢。"呼——"有人从肚子里吐出一口长长的气。

"走了——嘿!"

"嘿!嘿!"有人站起来,拍拍屁股后面的尘土。等到把大家的目光全都吸引过去时,他捏起拳头挥舞了几下,"我会给你好看!会给你好看!"他惟妙惟肖地模仿起阔孜的模样。大家的笑声一浪接着一浪,有人按住肚子笑翻在草地上。

笑吧,笑吧,看谁笑到最后。孤独的阔孜想象着这副场景,禁不住冷笑一声。他笑这天地万物中他是多么地被人漠视,他笑那些人总是背地里口无遮拦、污言秽语。虽然他脾气暴躁,却向来无法忍受背后哄笑的人群。在他看来,还不如有人站出来真刀真枪地跟他干一架来得痛快。这种嘲笑、冷漠、拒人千里之外的感觉,让被孤立的人不寒而栗。他也同样。

他一个人孤零零地回到家里。无论在山上放牧或者回到毡房里,他总是无所事事。这使得他心情抑郁。可是,放牧时遇到其他牧羊人,他又表现得爱搭不理。瞧他那副架势,仿佛他的身边聚集了许多朋友和家人似的。

在毡房里的时候,他永远弓着背,盘腿坐在地毡上。那副样子,总会让人想到某种凶狠又孤独的野兽。不过,他的眼神还真的挺像狼的。有些时候，他斜靠在被子垛上，从小布袋里捻出一小撮烟草，然后把烟草撒在一张薄薄的长条烟纸上，两只手小心翼翼捏着纸的两头，卷着，舌头飞快地轻舔纸的一侧，封起来，点上。他听到毡房外有踢足球的小孩在那儿争吵，便立即甩出一句："到别处去，你们这些蠢货！"他就这么扯着嗓子大喊大叫，"能不能安静点，你们这帮吵闹的蠢孩子！"

天哪，他到底想要多安静啊？按照他的思维，这一片草地、岩石、树林子，还有空气和河水都是他的？哼！

孩子们回家把类似的场面讲给大人们听。阔孜脾气无常的故事，在草原上所有人当中真正地传了个遍。他用脚把孩子们的足球踩了个稀巴烂；他把提水用的空皮桶朝玩耍着的孩子们摔过去，差点砸着他们的脑袋；他站在毡房门前用恶狠狠的要吃人的眼神瞪着孩子们，像是随时要跳起来，用爪子扑倒他们的恶狼；他朝一个冲他扮鬼脸的孩子走过去的时候，吓得那孩子慢慢后退，仿佛中了魔似的腿一软瘫倒在地。其他孩子拖起腿软的孩子一哄而散。孩子们说他叼着半截摇摇欲坠的烟卷，嘴角和鼻子里喷出白烟。那张发怒的脸，像是那个被踩坏的足球一般，嗞嗞漏气。他的暴力似乎与生俱来。他脸上的表情，除了愤怒以外，别的什么可能性都没了，就好像这是他仅有的选择一般。大家都这么说。妈妈们长长地倒吸一口气之后,对自己的孩子说:"有什么大不了的事儿,非要经过那儿啊,我可不想听到你们出什么意外的消息。"

那还能说什么呢?他的毡房变成了一个封闭的空间,像个铁笼。外界的欢声笑语并没有被严格禁止,但越来越难以传送进去。

"我妈说别从那儿过。"

"对,让他自己蹲在窝里。"

"啊?为什么说是窝?"

"狼窝呗!"

关于阔孜的话题是每个家庭都爱讨论的话题。关于他发怒、骂人、恶狠、瞪眼的关键词,时常出现在牧民聚会时的闲聊中。他越来越不受欢迎,就像是一座孤岛,又像一座危机四伏的火山。巨大,阴沉,愤怒,顽固。以至于,他的整个毡房变成了暴戾和阴森的化身。那些孩子都不敢正眼看它了。每次迫不得已必须经过时,总把脸看向相反方向,放快脚步,嘴里低声念着不知谁写的打油诗:"阔孜不要发火啊!一会儿就给你安静!一会儿就给你安静!"仿佛经过他的毡房是一件冒险的事儿。

对于方圆百里的牧人而言,阔孜的坏脾气只不过像是腹中的一阵肠胀气,引起的不安和躁动只在瞬息,很快就被他们抛在脑后。可是,对于日夜与他相伴的妻子和女儿那就不同了。

一天,凌晨三点的时候,他被一只从毡房下面拱进来翻找食物的土拨鼠闹醒。他认得它,就住在离毡房不远的地洞里。他起身走过去,俯身提起它的一只前肢,如同丢一袋垃圾一样把它扔出门外,目送着它逃入灌木。

总之,他真实的生活了无生机。因此,他恨不得天天参加刁羊比赛,享受战胜对手、高于对手的喜悦。人孤独,总是不好的嘛。

在他家毡房不远的桦树林边,有一户毡房,户主名字叫布喀。年龄和阔孜相仿。"布喀"翻译成汉语,是公牛的意思。可是,布喀的性格却一点儿也不像公牛那般威猛。他啊,腼腆羞涩。和阔孜完全不同的是,所有的人都喜欢他。

在这片草原上,布喀算是阔孜唯一的朋友了。不过,有些时候布喀也总是找着理由躲开他。

布喀长着一张尖而扁的脸,头发呈浅棕色,脸颊被牧场强烈的紫外线晒成黑紫色,厚厚的嘴唇,大大的眼睛里透露出谦恭和平和。他的胳膊有些长,垂下来能够到膝盖,上面挂着一双沉甸甸的大手。套在脚上的靴子也大得出奇,仿佛人觉得,此人在人群中绝对沉默寡言。比如,说话会脸红。

虽然布咔的性格温和,但他也热衷于刁羊比赛,而且还总在阔孜把抢到的羊儿压在马鞍上,催马奔跑时,尽心尽力地将对方追赶过来的骑手冲散,掩护阔孜,让他遥遥领先。每次他总是这样默默无闻配合阔孜,使他获胜。

在布咔面前,阔孜的坏脾气可以说尽情地发挥到了极致。真的有些像恶狼一般,凶巴巴地把温和的布咔指挥来指挥去,呵斥他为自己做各种各样,无任何报酬的事儿。而布咔的确脾气好得过了头。他从不发表自己的意见,他会说"好的",或者"是这样的",或者只是咻咻地笑、点点头。他认为多说没有任何意义。他对待队友和对手的方式基本上一样。他对任何人都很有耐心。他认为这只是一场娱乐活动,大家玩玩而已。

阔孜曾冲动地逼问过他,为何不对对方战队发表言论。他没有争辩,只是低下头咻咻地笑。"大家一起,乐乐就好。"他说。

阔孜却不这么认为,"不一样!根本不一样!"他挥着拳头,大喊大叫,眼睛瞪得像牛眼睛一样。

布咔不说话了,无论阔孜接下来说什么,他就只是咻咻地笑。

阔孜的怒火渐渐熄灭了,回到面无表情的茫然状态——布咔的态度让他找不到聚集起力气发火的理由。看起来,愤怒和沉默好像是他仅有的选择。

正是因为布咯这种宽厚友善的态度,才让阔孜在他身边为所欲为。布咯就是这样,对别的人极力不加干涉、不打扰、不建议,虽然在刁羊技巧和骑术方面,他都很不错。但他有一颗包容的心,从来不说任何人的坏话。同样的,任何人也不会在他嘴里听到一句关于阔孜是一个恶狼或者凶狠的羊羔之类的坏话,哪怕是一丁点儿的牢骚,他都不曾发过。是的,他从未说过。在他的妻子和孩子面前,也只字不提。

这次的刁羊比赛还在报名着呢,阔孜就大闹一场,还一脚踢翻放着登记表的桌子。原因仅仅是一位年轻人毫不客气地指出并希望他改掉那个该死的坏脾气。不料,这莽货立即给那人浇了一头冷水,堵住了和大家和解的门。他歪着下巴,揪住那人衣领,大喊道:"你他妈的不想活了啊?"在他挥起拳头的时候,那人大喊一声:"阔孜!有人会收拾你!等着瞧!"接着,旁边所有人都围了过来。他们把手中的马鞭一下下敲在另一只手的掌心。走在前面的那个人,还发出警告:"喂,阔孜,能不能好好说话?喂,你是吃牛粪长大的吗?满嘴粪便,嗯?"

哈萨克族人中流传着一句谚语:"癫狂的马儿容易闪失,慌张的人容易出乱。"这句话说的就是现在的阔孜。大家都这么认为。于是,大家齐心协力轰走阔孜,不让他再参加任何刁羊比赛。就是嘛,他总是在大家开心的时候,影响大家的好心情。

"我看是他的皮毛成熟了!"有人甚至捏着拳头,用草原上最恶毒的话来诅咒他。这同样也是一句哈萨克族谚语,来自古老的狩猎习俗。自古以来,哈萨克族猎人都不会盲目地四季随意狩猎。他们把狩猎日期定在每年十一月份的野兽成熟期,并且他们绝不会伤害雌性和幼小猎物。也就是说,野兽的皮毛成熟了,它们的倒霉日子就来到了。可想而知,这句话不但指出阔孜是一只野兽,还一语双关地指出他的坏脾气让大家厌恶地想要"灭掉"他。

刁羊比赛开始时,阔孜坐在草地上,表情狰狞却不知怎么着透露出些许无助。他看着主持人将一只刚宰杀的山羊放在场地中央。他狼狈地四处张望,看到大家骑在马背上,分成两队,头上包裹着代表自己队伍颜色的彩带。雄赳赳,气昂昂。根本无人理会阔孜的感受。突然,他注意到紧张待命的骑手中没有自己那位温和的邻居。直到现在,他还完全不肯承认布喀是为了维护他那点可怜的面子,而主动放弃了比赛。不过,他心里头还是明白着呢。

"喂——阔孜,你可以过来一下吗?"正想着,阔孜听到背后呼喊他的声音。回头看时,他发现布喀坐在不远处的树荫下,朝他招手。

阔孜装作若无其事的样子,走过去,坐在布喀身边。他无聊地捻着手边的小草,看着远处。刁羊比赛已经开始,大家在高高扬起的尘土中激烈争夺。这时,阔孜仿佛听到一个诅咒自己的声音:"阔孜,你是一个改不了恶习的恶狼!"这是谁呀?谁这么胆大?是来找揍的吧?让我给你来点好看的!他妈的,还没有人敢当面对我说过这样的话呢。他的额头暗了下来,他又开始愤怒,想要把诅咒他的人抓住,痛打一顿。他前后左右看了看,身边除了布喀,没有别的任何人。

　　一会儿,那声音又在耳边响起,他竖起耳朵静静倾听。怎么?怎么像是那个从来不说别人坏话的、憨厚老实的布喀的声音呢?阔孜不敢相信,他抬起头,先是左右看了下。然后,转过头,用他那双看着就凶狠的眼睛瞪着身边的人,鼻子里哼出一声:"嗯?"

　　"……阔孜!你真是一个改不了恶习的恶狼……"布喀的嘴又动了几下。阔孜看到了他脸上倦怠和厌烦的神情,就像是看多了小丑表演的那种。

突然的访客

我打开门,看到一张着急的圆脸,脸的主人是一位看不出年龄的女人。她的身后跟着一个皮肤白皙的瘦高小伙儿。

"请问,"我说,"有事吗?"

"我是库齐肯奶奶的亲戚,她介绍我过来找您。"我领着他们走到客厅。当说起为什么来访时,她的眉毛像是要起飞,"宝贝,这就是你想要见的小七老师,"她拍着小伙儿的肩膀,满脸慈爱和温情,"快说说,你想请教老师的那些问题!"我找了张椅子坐在他们对面:"好的,想了解什么,我会全部告诉你们。"

"他一直想成为一名作家,可是到现在,写的任何东西都没有报纸肯发表。他很难过。"她心疼地瞄了小伙儿一眼,"我陪着他,整夜整夜睡不好觉——如果他不开心,我也开心不起来。"

我看着小伙儿,他挺直腰杆坐在那儿,脸憋得红红的,眼中闪烁着光芒。"你有没有常常去感受和体验生活?比如,去大自然中,还有在生活和工作中遇到困难、克服困难。这些过程非常重要,都是写作的素材。"

小伙儿犹豫很久才含羞带怯地开口:"好像……没有……吧……"他说话时,看着我的领子或者低头看自己紧抓膝盖的手,就是不敢和我对视。

一看便知,他是一个内向且沉默的人。

我冲着小伙儿微笑。他侧身瞧瞧女人,又回过头来盯着我的衣领说:"什么事她都帮我解决了,所以……"

"不,我没有记错的话……"女人停下来想了想,"我这么说吧,小七老师,昨天他还洗碗来着。那时候,我看电视,他把碗洗得可以照出人影,还把地毯上的饭渣捡得干干净净。"

我愣了半晌,用手撑着脑门吐出一口气:"那是……他这个年龄该有的最基本的生活能力吧……作为妈妈来说,你该让他经历更多……"

女人脸上的笑容突然凝住了。"这个不重要,我们先不说这个。"她打断我的话,眼光从我身上扫到客厅后墙上的书架,又从书架扫到我的脑门。我猜想,她一定在掂量面前的我是否和大家传说中的作家是同一个人。她终于审视完毕之后,才下了决心似的说道:"你一定要帮他,我们回去之后想要写出那种可以在报纸上发表的文章。"

"抱歉得很,没有足够的生活经历,写不出引起读者共鸣的文字。"我摇了摇头,"如果写的话,只会是大话空话。"

"也就是说,你并不打算把怎么写好文章的秘诀教给他咯?"此刻,她那张圆脸上的圆眼睛变得尖锐起来。说话时,瞪着我的眼神也相当具有威胁性。

"嗯……"有时候为了安抚请教者,你必须说一些违心的话,"好吧,你只要把你在现有生活中看到的、听到的、摸到的、闻到的、感受到的写出来,便已经很好了。"

"他没有别的要求,只想写出和你一样的文章。"女人扬起眉毛,又瞪了我一眼,好像怀疑我在拿她寻开心,"你是怎么做到的,你只要把你怎么做到的诀窍教给他就可以了。"

"当妈的没必要管这么多,你只需把握大的方向,其余的交给孩子自由发挥,这才是最好的教育方式。"我突然想起,该把几年前出版的第一本书拿给他看看,"有一本书可以让他看看,我这就去拿!"

她把眉头皱得紧紧的,我看得出来她很失望。"好吧,你不愿意透露你的写作秘诀就算了……对了,你说的那是什么书?"她停了半秒之后,似乎是按捺不住了,又说:"还有,我并不是他妈!"

"啊?你不是……"

"不是!"她并没有进一步解释的意思,所以我满脸疑惑地离开了。

书房里,妈妈正在清扫窗台上的灰尘。我对她说:"刚才,我以为那两位是母子呢。嗨,弄错了。""我从窗户看出去,很明显,那是姐弟俩嘛。"妈妈头都没回地说。

我从书架上翻出要找的那本书。再进门,我就不时在嘴边挂着"你姐姐"或者"对,你作为姐姐,这么说很对哦",又努力把嘴唇朝两边拉出微笑,来掩饰刚才的不自在。

小伙儿红着脸翻书的当儿,脸上的表情并没有舒缓下来的姐姐又说话了:"小七老师,我就想知道,为什么你写作没几年就获得了那么多文学奖项,一定和北京的编辑老师有什么联系吧?或者,有什么写作秘诀或技巧,嗯?你懂我的意思!"

"我知道,我知道,你作为姐姐的心情,我很理解。"

"那为什么不告诉我们呢?"

我干咳了一下,决定开始一场演说:"我一开始就说过的,写作主要看写作者的经历。其中没任何技巧,编辑老师也不会因为什么关系用你的文章。因为,那会让她失去工作。还是那句话,作为写作者,必须要有丰富的生活经历。

如果你不能理解的话，我就拿自己的经历给你们讲讲。我在牧场居住了十几年，房子是我自己盖的，盖房子的材料是我推着拉拉车从城里拆迁房屋处捡的砖、旧木，垒院墙的石头是捡的城里工地挖地基打出来的石块。盖房子时我从房顶摔下来，差点送了性命。还有，为了省钱，我自己抬木头，太使劲了，导致眼底出血，左眼失明半年多。我经历了很多，而对于亲身经历的细节，真实地用文字表达出来，就很能打动读者，大家就喜欢看。这么多年，我每天去大自然观察植物，看它们从种子开始到发芽抽枝，到开花结果。我观察到许多植物的细节，不用你用脑子去想写什么，怎么写，文字自然会从你的内心流淌至笔尖。"

终于，冗长的演讲告一段落，"嗯，大概是这个样子。"说完，我看到小伙儿歪着头，用崇拜的眼神望着我。而他的姐姐依然是眉毛皱成一团，眼睛瞪圆，嘴巴紧绷，一副忍耐的样子。我猜想，她大概一个字都没听进去。因为她深吸一口气，提高嗓门大声说道："我真是受不了了！我们来请教的是如何写文章，就是说，我们想知道你是怎么'写'的。你说的这些，好像与写文章没什么关系吧？"

听了这话，我的脑海中立刻浮现出某个电视剧中的一句话——鸡同鸭讲，眼碌碌。意思是，彼此语言不通，对起话来就像鸡跟鸭讲话，各说各话，彼此都不知道是什么意思,只能干瞪眼,互相看着。

而在我张嘴呆愣时,一个景象飘到我眼前:一只圆脸鸭子呱呱叫着朝一只鸡嚷嚷,而那只鸡显得筋疲力尽。这句话太形象了,与不在一个频道、没共同语言的人周旋,实在是一件无趣又极其消耗体力的事儿。对我来说,简直比扛一天木头还累。

不过,我不能让自己失态。于是我暗自心理武装了一番,醒了醒脑,又清了清喉咙。"他应该听明白了,"我指指小伙儿,"你作为姐姐没必要了解这些。对吧,你又不写作嘛。"

我们并肩穿过院子。当我把姐弟俩送出大门外时,那位姐姐突然停下脚步,把脸转过来对着我,像是还想说些什么。"无论是父母还是姐姐,没必要管得那么仔细。放开手,让他们自己去做事。这样,反而会越来越好。"我蛮有自信地抢着说道,脸上还带着不与之计较的微笑。

"我只想告诉你,"她的声音里带着一丝挑衅的意味,"我不是他姐姐。"

我感觉我脸上的肉抖了一下,"什么?"

"我说,我不是他姐姐。"

"那……"

"我是他妻子!"她说这话的声音硬邦邦的,跟块铁似的。

"啊？哦……"我的手心瞬间攥了一把汗,词不达意地没话找话说道,"那,好啊……"

我竭力不让自己露出不知所措的表情,硬撑着送走他们之后,靠在门后,瞪着天空,呼出一口气。

哈江医生

这个中午热得难受,阔孜抱着一位晕倒的小女孩,满头大汗冲进骆驼医院。那是他女儿,在太阳底下待太久,晕倒了。

骆驼医院只有两个医生,一个是哈江医生,大家都叫他哈江院长,另一个是他的妻子,大家叫她古丽医生。

哈江院长给小女孩量了体温,让她躺平,按了按她的肚子、听了听心跳之后,给她打了一针。慢慢地,小女孩苏醒了,躺在地毡上休息。"来,多喝水。"哈江院长给她端来一碗开水。

牧场上的人都喜欢哈江院长,因为他的自信,还有他强有力的拥抱。他虽然个头不高,但是结实,肩膀宽厚,一副权威的模样。他能叫出牧场每个人的名字,还知道每个家庭的大概情况。他的微笑总像一盏灯似的散发光芒。他和每一个来看病的人,都能聊上几句,什么话题都能聊。从这些方面来看,他确实是一个好院长。

阔孜看到女儿醒了,舒了口气,站起来,摸摸肚子,感觉饿了。"有什么吃的?"阔孜走进木板搭起的简易厨房。"你自己找,我手头忙着。"哈江院长正低着头在炉子边忙碌。他不像牧场上的大部分男人,他们对厨房里的活计束手无策,只等着女人忙完手头的活儿为他们做饭。

"有馕。"阔孜在碗柜边发现一个布口袋,打开来,发现几个塔巴馕。"半瓶子伊力特,"他打开碗柜,看见最下面的角落有半瓶子喝剩的酒,再看看上面,"啧啧,不错呀,还有半盘子大盘鸡!"他找到这些,一一端到厨房中间的长条桌上。

"茶熬好了,来,坐这儿,喝一碗。"哈江院长转身指一下桌子边的椅子,走到碗柜前取出一摞茶碗,放到桌上,又端出一个盛牛奶的大花碗,舀一勺牛奶倒进碗里,再倒入熬好的清茶。他把兑好的三碗奶茶挪到桌子两边,又端来一碗塔尔米,"给,来点这个。"接着,他走到厨房门口,押着脖子,喊着招呼女孩,"喂!过来喝茶!"

"嗯,对,中午还没吃饭呢,她就晕倒了。现在还真是饿了。"阔孜指指进来的女儿,拍拍自己的肚子。

"吃吧,我的奶茶烧得好,其他的饭做得不行。早晨老婆子弄了一个大盘鸡,就去亲戚家那边帮忙了。"哈江院长捏了一小撮塔尔米,放进自己的奶茶里,拿了一块馕,掰了一块,下巴朝门的方向努努,"他们家剪羊毛,帮忙的人多得很。"

"嗯嗯,这个……"阔孜没听进去那些,他指指手边的伊力特。

"噢,刚想着呢,就忘了。"哈江院长把掰成块的馕放在阔孜和女孩手边,站起来,从炉子上的架子后面摸出两个酒杯。

"倒上……倒上……"阔孜拿起馕,在热奶茶里蘸蘸,塞进嘴里,嘟囔着说。

"嗯……"哈江院长给他倒了大半杯,也给自己倒了一些,这才重新坐下。

"喝。"阔孜端起酒倒进嘴里,一饮而尽。

"嗯,喝吧。"哈江院长放下瓶子。

伊力特像一团火似的烧进阔孜的胃里,不过他觉得还挺受用。

他放下酒杯,看看女儿,再看看哈江院长,"中午,她突然晕倒了,老婆子吓得直叫唤,我急得干瞪眼——以前,家里可是从来没有出现过这种情况。"他又往嘴里塞了一块馕,喝了一口奶茶,"老婆子说,送骆驼医院就放心了。你看,她在家看家,也不用来。不过,送到这里,她就不担心了嘛。"

"呵呵,骆驼医院就是干这事儿的,"哈江院长听到赞许,有些不好意思,低下头,抚抚秃了的头顶,笑笑,"再说,她又没有什么大事情,只是贫血嘛。唉,小朋友,牛奶,你得多喝牛奶。只要多喝牛奶,很快就会缓过来。别紧张,没事的。"哈江院长看着女孩,摆摆短而胖的手。

"牛奶多得喝不完,她不喝,饭吃这么一点点。"阔孜抬起手,拇指和食指掐到一起,伸到哈江院长面前比画一下,"回去我给老婆子说,让她好好吃饭。"

"我们哈萨克族谚语说得好:吃饭吃饱,做事做好。说的就是多吃饭,什么问题都没有。"哈江院长看着女孩,"回家一定多吃饭,不吃饭什么事都做不成。"他耸耸肩膀,宽而短的大手在桌子边上拍了两下,"这次嘛,还不是什么大问题,等有了大病,再好的医院都没有办法。"说着,他端起酒杯干了。接着又举起酒瓶,小心翼翼给阔孜和自己面前的酒杯倒上酒。

"听到了吧,哈江院长是当了院长的医生,他的话我们都得听,你不听,就完蛋了。"阔孜瞪着女儿说。

"嗯嗯……嗯嗯……"女孩听着,伸出小手捏了一小撮塔尔米放进奶茶里,晃了晃,轻轻地吸啜一口。她还没有从突然晕倒的惊吓中反应过来,被他这样一说,眼睛又红了。她挤着眼睛,一直点头,小脸憋得通红。

"行了,别吓她了,喝吧!"哈江院长用胳膊肘碰碰阔孜。

"喝。"阔孜端起杯子,仰头干了。

"呃,打完针的时候算了算,加上后面需要拿的药,"哈江院长端起杯子想了想,"一共三十四元。"这句话好像自言自语,但悬挂在他们头顶的空气中。他盯着空气顿了顿,放下杯子,然后又开口了。

"带了没有?"

这次,他的口气里有了疑问。

"什么?"

"三十四元。"

"噢……钱?出来时,着急得很,没来得及。"阔孜掏掏坎肩的口袋,"看,没有。"

"二十元,先给二十元也行。"哈江院长说。

"没有,二十元也没有,一个子儿都没有,你看。"阔孜翻开口袋,抖了抖,让哈江院长看。除了落下的灰,确实什么也没有。

"好吧,没有就没有。下次看病时带来就行,现在喝酒。"

哈江院长点点头,晃晃瓶子,把剩下的一点儿酒匀进两个杯子。

"喝。"

"喝。"两人又干了。

"吃点。"哈江院长指着盘子说。

"吃着呢。"阔孜捏起一块鸡肉,放进嘴里。

捡鸡蛋

临出门前,我往敞开门的书房里瞥了一眼。奈夫该在看书的,可是我却看到他正躺在矮床上呼呼大睡。我走过去轻轻摇摇他:"嗨,奈夫,要不要跟我一起去?我去买点面粉、清油什么的。"

他慢慢醒过来伸了伸懒腰,又打了个哈欠。也许他的神志还没有完全清醒,可是他可爱善良的个性马上就恢复了。

"去呢,"说完,他又打了最后一个哈欠,"你拿不动那些东西。"

我想,全世界大概只有奈夫能在睡梦中被叫醒,还保持这么好的风度。

从低矮的石墙边绕过去,沿着小径走三百米,就是牧场的杂货店。我和奈夫买了面粉、咸盐,还有葵花子油。想起最近一段时间,奈夫一直念叨着鸡蛋馕的味道,我立马探过身子,把柜台里看了个遍,问鸡蛋在哪里。店主达列力汗朝对面一家石墙围起的院子抬了抬下巴,说你只需到对面院子里的母鸡那儿摸上几个,出来时把钱压到门旁的石头底下,就好了。他的牙齿好像缝隙太大,或者是下颚长于上颚,说起话来刺刺漏气,呼出的气体扑得眼睛上方的头发一掀一掀。"走时别忘关好院门!"他想了想,又补充了一句。

我曾经养过小鸡,可还从来没有从母鸡的身子底下捡过鸡蛋。奈夫呢,压根就没有和母鸡近距离接触过。我们推开院门,整个院落沐浴在灿烂的阳光里。我四处张望了一下,院子深处有一个遮阳的棚子,里头放着一架古老的碎草机,棚子上堆积了两三米高的干草。棚子边是一个大的牛栏。

牛栏边,篱笆拦着的是一块二十来平方米的土地,里面杂草野花丛生,显然是缺少照料。但靠棚子的格桑花依旧开得热热闹闹,长得竟然比人还要高,紫色、白色、粉色的花儿开得几乎高过棚檐。一定是牛粪提供了营养,让它们的根部牢牢抓住土地,肆无忌惮地开疆拓土。

篱笆里一头小牛,看到我们靠近,惊慌失措地把头塞进各个篱笆口,试着找出口,大概是无意间从哪个豁口钻进去,却不知该如何出来了。

"乖乖,看它急的,我们把它弄出去……"我话还没说完,一阵巨大的牛鸣在我身后炸开,篱笆上方伸过来一只大牛头,那一对焦灼的巨眼直望着小牛。小牛也高声叫着回答。震耳欲聋的牛鸣二重奏开始了。

"那是它妈妈!"我在这一片喧哗中也提高了声音喊道。

"我来把它送出去。"奈夫跨进篱笆墙内,推起小牛,我钻进牛栏接着它,"哈,它们现在可以见面了。"

刚放下小牛,那大母牛就冲了过来,几乎把我撞倒。一到那小牛身边,母牛立刻小心闻着小牛全身,还用嘴巴把它推得团团转,喉咙里发出低沉的呜呜声。小牛乖乖地任由母牛推来推去。终于,母牛完全满意了,小牛才开始吮吸母牛的奶。

"乖乖,它饿得发慌了!"说完,我俩都笑了。

牛栏里的其他牛都暂时停止了吃草,但嘴巴还在磨着,以似乎觉得很有趣的眼神瞧着我们。

我们顶着逐渐转烈的太阳在院子里转悠了一圈,在院墙阴凉处发现了红砖垒砌的鸡舍,里面栖息着十来只鸡。看我们走过去,它们也不惊飞,只是在嗓子深处发出咯咯咯的声音。我们小心走过去,躲避着闲逛的公鸡,朝一只圆鼓鼓的母鸡走去,问它,有蛋吗?它不理识。我又问旁边卧着的那只,它嗓子深处传出咕咕咕的声音,我靠近时,它狠狠地用喙啄了我一下，疼得我一下子跳开了。这时，我才发现它是只正在孵蛋的鸡。

以前妈妈告诉过我，通过孵蛋器孵出的鸡，成年以后不知道孵蛋。只有通过母鸡孵蛋出生的小鸡，长大后才会孵蛋。

曾经，我也仔细观察过母鸡孵蛋的过程。刚开始时，母鸡端坐在蛋上，对周围的声响不管不顾。哪怕把水和食物端放到它旁边，它也不肯吃喝，只是不时用喙去推正在孵的蛋，将蛋转个方向，好让体温温暖整颗蛋。随着孵蛋时间越来越长，母鸡虚弱得逐渐瘫软下去，身体就像融化了一般越来越平。实在扛不住时，它会站起来匆匆啄食饲料，然后跑着回去孵蛋。

最后几天，母鸡体力即将耗尽。这时，它的脑袋彻底落入脖子上的鸡毛里，嘴紧紧闭着，使劲憋着喉咙里最后那口气，大概怕一时疏忽，跑了最后一口维持生命的"仙气"，翻个白眼，死过去，无法照料初生的鸡仔。等到小鸡破壳时，母鸡已羽翼稀疏，憔悴消瘦。

好不容易孵出小鸡，母鸡带着它们啄食饲料时，还要时刻戒备，一有猫狗靠近，便赶紧将小鸡藏到翅膀底下。这些经验没有谁传授给它们，但母鸡天生就知道，就像初为人母的女性。

小时候第一次观察母鸡孵蛋的过程时,我就有一种很神圣的感觉。于是我向眼前这只孵蛋的母鸡道了歉,又去找别的母鸡。

看了一圈,我觉得最先看到的那只温柔的母鸡应该不错。我要奈夫去把它提起来,可他居然已走出鸡舍,在院子里溜达起来,还说我是在杀害别人的子女,他自己一点儿也不喜欢吃鸡蛋馕之类的,真是好人都让他给做了。

我试着赶开一只母鸡,它老老实实站起来,跑到旁边,窝里露出一只白色的鸡蛋,可爱极了。我弯下身子捡起来,小心翼翼放进上衣口袋里。接着,我又去找别的母鸡。哈,还算顺利,又接连得到三个棕色鸡蛋,蛋壳上沾满稻草,还热乎着呢。我捡起它们,离开鸡舍时,心里有一种暖暖的感动。

在孵蛋器大量使用的时代,这样的场景不易见到了。母鸡亲自孵蛋生出小鸡,小鸡长大以后又变成母鸡,这样健康原生态的自然循环,有着不同寻常的意义,是不该被忘记的。

我们没有多逗留,因为不想惹始终瞪着我们的公鸡生气,也不想再打搅那只孵蛋的鸡。

回到家里,磕蛋壳时,我听到砰一声,蛋黄一下冒出来,非常有弹性。牧场的鸡整天奔跑着在草丛和牛粪堆里寻找蚂蚱和虫子,有充足的阳光,足够的运动,所以蛋壳坚硬,蛋黄颜色也很深,几乎接近于橘黄色。我在蛋液里加了一点儿盐,再倒入一点儿浸泡好的酵头和一碗牛奶,又加入一把切碎了的蒲公英叶子,用筷子反复搅拌,再混合面粉,揉成面团。每次烤馕时,我都会留下一点儿面团让它继续发酵,下次拿出来浸泡后发面,不断循环。对于哈萨克族来说,馕就相当于面包对于意大利人,喝奶茶时,没有馕是绝对不行的。

城里卖的饼子才不会添加这么纯天然的辅料,也不会用酵母面团发酵,买来一时没吃完,第二天就会变得很硬。为了吃起来新鲜可口,我慢慢养成了自己烤馕的习惯。面粉是距离牧场不到十公里的克木齐村的全麦面粉。我提前和栽培有机小麦的农民朋友打声招呼,在需要买面粉的当天早上,推着小麦去直接磨成新鲜的面粉。烤馕或者做拌面、揪片子汤饭,半月就会用光一袋十公斤的面粉。

我用手掌在案板上使劲揉搓面团。揉光滑的面团需要静置,发酵半个小时左右。然后再次揉搓,进行二次发酵,这个过程依然需要半个来小时。

刚把打湿的棉布盖在面团上,奈夫就撞开房门抱头冲了进来。原来他把收集的松树枝抱到馕坑边时,成群的黄蜂围攻了他。大概是上星期我们外出参加牧场的阿肯弹唱会,几天没有使用馕坑,黄蜂已经将它据为己有了。

奈夫开始反击。他提起门后面的地肤扫把,冲过去拍打馕坑,想把黄蜂驱赶出去。可是只有一两只黄蜂被他拍打到地面上,大多数又扑向了他。"我被它们追杀——"奈夫大叫着又冲回来,身后黄蜂奋勇追击。

我倒了一碗奶茶,给他压惊。他坐下来不到两分钟,忽然用劲将手往桌子上一拍,吓得我差点儿跳了起来。

"有啦!"他大呼小叫着。

"有什么啦?"我问他说。

他放下碗,指指我说:"真笨,我刚才绞尽脑汁都不知道该怎么办,现在我突然就想出办法来了。"

"什么办法?"

"用烟熏!"他说,"我记得以前看过一个关于黄蜂的纪录片。"

"对,我也想起有那么回事儿。"

"然后我忽然想到,"他端起碗,喝干奶茶,又说,"可以用羊驼吃剩的苜蓿草秆来熏。"

奈夫点燃草秆之后,往馕坑边跑去。那些黄蜂可不笨,它们从馕坑飞出来,在他周围迂回穿行。很快,草秆熄灭了,奈夫再次跑回来时,头发和衣服上黏着好几只黄蜂。看来,是时候拿出装备了。

奈夫去河边钓鱼时,都会戴一顶类似电视中侠客戴的帽子,防止蚊虫叮咬。现在,他戴上宽边草帽,罩上纱网,把脖子处收紧,然后戴上洗碗的胶皮手套,穿上雨靴,再把敞口的地方都用皮筋捆好。

他找到一个铁盆,把报纸揉成一团,又在报纸上盖了好几层草秆。点燃纸团,他就端起盆子蹑手蹑脚朝馕坑走去。这时,太阳快要落山,黄蜂们返回馕坑准备过夜。

奈夫将盆子塞进馕坑的同时,跟在后面的我迅速将手上的旧毛毡盖在馕坑口上。不一会儿,里面的纸团连带着干草燃烧起来,吱吱作响,滚滚浓烟从毡子的缝隙中挤出来。奈夫趁热打铁,揭开毛毡又塞进去一大把草秆。浓烟夹杂着几只狂乱的黄蜂盘旋升起——我们嗅到了胜利的气息。

最终,这场血淋淋的抢夺阵地的战争,以我方胜利收场。

刚来牧场居住时,我在阿依旦大姐家烤馕,后来为了方便随时烘烤,我自己也在院子用耐火砖垒了一个小馕坑。

阿依旦大姐家院子里有一个巨大的石炉,是用就地取材的石头砌成的,并且已经使用了十年以上。在牧场,"打馕日"是妇女最期待的节日之一。

"七"是哈萨克族人的吉祥数字,阿依旦大姐每月逢七,也就是每月的七、十七、二十七号清晨都往石炉里点一次火,烧的是山谷里因被雷劈等自然倒下的干枯松树枝干。邻居妇女远远望到阿依旦家院子上空升起袅袅炊烟,便端着发酵好的面团,聚集过来。成堆的木柴很快在烤炉里燃起熊熊烈火,炉膛的石头被烧得发红,炉温可以一直保持到第二天凌晨。从日出开始到日落,用牧场第一大石炉烤上三四百个馕,都绰绰有余。

大家来的时候都会用棉布包着奶疙瘩、包尔萨克、酥油还有煮好的风干牛肉。有的还带来一碗野草莓果酱,提一壶刚熬煮好的奶茶。

炉火熊熊燃烧时,每个人都感受到了空气中弥漫着的欢庆气氛。大家围坐在石炉边,把自己带的东西放到巨大的木板桌面上,喝着热气腾腾的酥油奶茶,小刀一片片地削下的肉片,在每个人手上传递。

炉子烧热之后,妇女把面团按压成中间薄四周稍厚的圆形,用长柄把手的铁铲将其送进炉膛。在烘烤馕的过程中,大家不会闲着,有人开着玩笑、说着笑话、相互打闹;有人把小孩带离炉边,打开炉门,观看馕烘烤的进度;有人关炉门时,烫着了手指,夸张地大声嚷嚷。最后,每个馕都在欢声笑语中完美出炉。

等到松木炭火把坑壁烧烫之后,面团已经发酵。我揪起手掌大小的一块,左手右手间颠来倒去地把面团捏成中间薄周边厚的面饼,用力甩向馕坑内壁,使它贴到上面。等到馕坑四壁全部贴满面饼之后,我搬起靠在馕坑边的板子,迅速盖住馕坑顶端,上面再覆盖旧毡子,防止热气泄露。

鸡蛋馕在静静的炭火上慢慢发黄,逐渐焦黄。大概二十分钟之后,掀开木板,一股蛋奶的香味儿迎面扑来。这时,千万不能心急地徒手取馕,必须戴上厚厚的棉布手套,将一个个鸡蛋馕饼轻轻掰下,趁热撒上洋葱碎末。馕的温度灼热了洋葱,散发出双倍的芳香。

馕从馕坑到嘴,趁热即食,便是牧场生活的可爱之处。当鸡蛋馕出坑之后,我头也不抬地把托盘递给站在身后一直咂巴着嘴的奈夫。"吃吧。"

"好咧!"奈夫捏起一个馕,咬了一口。我回头看他时,他正笑吟吟地望着我。

热心过了头的库齐肯奶奶

敲门声响起的时候,娜乌拉正在清洗茶具。桌子上收拾得差不多了,她正在厨房里忙着用铁刷子把壶底烟熏的黑迹擦掉。她停了下来,听了听,放下手中的壶和刷子,拿起抹布擦干手上的水,过去开门。

门缝里露出一张着急的圆脸,脸的主人是库齐肯奶奶。她摇摆着身体,挤进来,把门撑开,碰到了后面墙上。过了三四秒,娜乌拉总算适应了外面强烈的阳光,看清眼前的状况。起初她以为门边至少站着两个人,事实上,就只有库齐肯奶奶一个人。她可真是一个胖老太,手脚都胖,胖得每走一步路都呼哧呼哧地出着大气。她走进来,靠着门框,让人以为整个门框都要塌出去了。她怀里抱着娜乌拉家的猫,那猫惊恐地瞪着眼睛,瑟瑟发抖。

"不知从哪儿窜出来一大一小两只狗,可劲儿地追它,直到把它追得爬上一棵小树。"说着,她把猫塞进娜乌拉怀里,"你看,它吓得可不轻。"

那猫扑进娜乌拉怀里,伸着下巴一脸哀伤地望着她,简直就是在诉苦:"差点见不到你啦!"

"哦,它把我抓伤了。"库齐肯奶奶这才发现手臂上有几道平行的血口子。那是她抱住受惊吓的猫时,被抓烂的。

娜乌拉赶紧找到碘酒,拿棉签蘸着给她消毒。因为救猫让她受伤,娜乌拉感到内疚。可库齐肯奶奶却不这样想,她认为能为小动物做些什么,是她的荣幸。

库齐肯奶奶八十多岁,独自居住。

她是一个老寡妇,丈夫在世时非常勤奋,家里有上千只羊,还有几十头牛和几匹马。丈夫去世后,留给她充足的财富。库齐肯奶奶的孩子们都在城里上班,她说习惯了牧场上的生活,不愿去城里受罪。

人们都十分惊叹库齐肯奶奶的体力。尽管她年岁已高,身子骨却非常硬朗,几乎没人听说她生过什么病。她是个远近闻名的热心肠,最喜欢做的事是到处转转、看看,每个人的事儿她都想管。牧场上婚丧嫁娶及新搬来邻居什么的,都会有她包着褪了色的灰色头巾,碎花直筒棉布裙盖着长靴的身影出现——这是她的标准行头。事实上,帮助别人已经成了她此生的目的。当然,关于动物的事儿,她绝对不会错过任何一件。

"动物知道的事情比人多。狗啊猫啊小羊啊牛啊,你给它们多少爱,它们就回报给你多少爱,比人还懂得感恩呢。"她常这么说。据说,库齐肯奶奶的动物情结在她小时候就显露了。比如,她在幼儿时期首先学会说的话就是"牛、羊、骆驼、鸟儿、猫、狗"。对她来说,动物也是感官经验来源之一——她热爱毛皮和羽毛的触感。她在热爱动物的人眼里,说是"最伟大的人",一点儿也不为过。

不过,有些时候库齐肯奶奶不管不顾别人的感受,热心得过了头。

八月的一天,叶尔波力在深山里打了三天的草,累得全身快要散架了。他早早返回家,吃过饭,洗漱之后,便躺下了。娜乌拉则忙着清洗他换下的一大堆脏衣服。

就在这个时候,库齐肯奶奶晃晃悠悠沿着对面斜坡小径走下来。"喂!娜乌拉——你好啊!娜乌拉,叶尔波力在吗?"她大声打着招呼。

"刚刚打草回来,累坏了,休息了。"娜乌拉站起来,在围裙上擦了一把手上的水。

"别,娜乌拉,快忙你的,我找叶尔波力就是说……"库齐肯奶奶伸出手,正要将她按回板凳,目光突然盯住了什么。她看到叶尔波力的白色内衣与灰色外套,还有黑色裤子一同泡在盆子里。

库齐肯奶奶抬起头,发愁地盯着娜乌拉看了老半天,又把目光转回盆子里。"娜乌拉,白色的是内衣吗?"她说,"内衣和外套放到一起洗,这可不行!"

"都是脏衣服,"娜乌拉解释说,"水多得很,多清洗几遍,没事的。"

"外套上的细菌会沾到内衣上。"库齐肯奶奶说完,又解释道,"你眼睛看不到的细菌,会钻进内衣的纤维里。娜乌拉,贴身穿的衣服要分开洗才行。"

在娜乌拉说了几遍记住了,并保证下回一定分开洗之后,库齐肯奶奶这才放心地挥挥手,示意她坐下,继续洗她的衣服。

库齐肯奶奶转身朝毡房走去,在毡房里来回转了几圈,走到钻在被窝里迷糊着的叶尔波力身边,"叶尔波力——喂——年轻人!"她俯下身子,用短而厚的手掌重重拍打他的被子,惊得叶尔波力心脏一阵狂跳。她继续大声说话:"喂——叶尔波力——起来,起来,有点事儿跟你说!"因为她年老耳背,听不大清楚别人说话,所以她总认为别人也听不清她说话。

叶尔波力永远弄不明白库齐肯奶奶是怎么想的,也许她连眼睛也看不清了吧。他当时的状况是:只穿了一条短裤,缩在被子里头,脸上是那种还未搞清状况的迷糊神情。他条件反射般地把一只手臂伸出被子,在旁边摸来摸去,抓过自己的衣服。因为,他不想半裸着躺在那儿呀。

库齐肯奶奶左右看看,呼哧呼哧努力着,终于艰难地盘起腿,坐在叶尔波力身边的地毯上。她坐下去时有些困难,因为她的身材让她很难弯下腰。叶尔波力本该起身穿衣,或者披一件衣服也是可以的。这样,自己的样子也不至于看起来这么尴尬。但是,库齐肯奶奶就坐在他身边,看着他,丝毫没有让他从被窝里出来穿件衣服的打算,反而让他觉得自己还是老老实实裹着被子躺在床上比较好。这样,或许还能和她面对面聊一会儿——他完全陷入了一种无话可说,又不知道该怎么做的境地。

"嗨!吵醒你了吧?"虽然她的音量一声高过一声,但依然保持着平时的吞腔拖调。每当有不熟悉的人说她说话慢得让人着急时,她便耸着肩,反驳道:"看看,在这样的牧场,有必要把话说那么快吗?"

"没有,没有,我刚躺下。"叶尔波力把头朝里头斜开一点儿,"哦,您有事吗?"

"你能肯定我没吵醒你?没说假话?"

"没,没有——绝对没有,"叶尔波力缩在被子里,露着半个脑袋,眨巴着疲惫的眼睛望向她,"我也就是胡乱躺一下……对了,您有事吗?"他强忍住,不让自己的不满表露出来。

"噢,年轻人,你一定感到很累。不用说,这我看得出来。"库齐肯奶奶认真地说,"我给你说了多少次了,我家那头牛拉车还是可以的。我说过,让你拉草的时候牵走用,你却总是客气。"说着,她又伸出手掌,在叶尔波力盖在胸口的被子上拍打了几下,叶尔波力像是案板上的鱼,翻着白眼,蹦跳了几下。"嗨——每次,我都说要把牛借给你用,我的牛可以干两头牛的活呐,顶两头牛哎!这样你家的牛就不会那么辛苦了,草还可以早些拉完,你也可以早点休息,对吧。"她竖起两个指头,在叶尔波力眼前一下一下晃着。

叶尔波力不知所云地咕哝了几句客气话,"真好啊""那可是体力活呀,您只有这头牛了,我不想让它体力消耗太大,您还需要它干别的活儿"。除了这些,他不知道再说些什么了。库齐肯奶奶又待了几分钟,继续和叶尔波力讲:"没事,都是邻居,你奶奶在的时候,我们都是朋友。还是那句话,需要的时候说一声,你不说我怎么会知道你去打草了?如果早两天让我知道,我会把牛牵过来。我不是说客气话,能帮到你们这些孩子,能让你家的牛轻松一些,我会非常荣幸。"

当她呼哧呼哧地撑着地毯,缓慢站起身准备离开,走到毡房门口时，又转过身来若有所思地望着叶尔波力露在被子外面光着的膀子，"喂！年轻人，不是我说你，看看，你不穿衣服睡到那儿可不行，这和城里的楼房可不一样。"她又往毡房里走回两步，呼哧呼哧地努力俯下身子，歪着头，用手指向毡房墙篱下的缝隙，"看看，那儿晚上透凉风，叶尔波力，我可不觉得脱光衣服睡觉有利健康。"

当她发现他缩在被窝里，抓着头发，痛苦地皱着眉时，又站在那儿不动了，"咦？你好像心情很不好哎，你有什么事一定要告诉家里人，决不能憋在肚子里。"她诚恳而有条不紊地说道，"人这一辈子啊，坏的心情时常会有，别太在意。绝大多数时候，事情并没有你想象的那么糟。你呀，只需把手边的事情放一放，喝碗热奶茶，早点儿睡觉，第二天早晨，一切烦恼都会烟消云散。"

叶尔波力还没来得及开口，她便走掉了，留下他目瞪口呆地躺在那儿。他甚至不敢相信，就在刚才，自己竟然光着身子，躺在被窝里，和一位老妇人聊了好一阵子。

从那以后，在任何场合，只要听到库齐肯奶奶挥着厚厚的短手，念叨着自己的口头禅，"听着，你如何对待别人，别人就会如何对待你"，叶尔波力都要忍住，不让自己笑出声来。

当然，娜乌拉也时常被库齐肯奶奶特别"关照"。

一天清晨,她去牛棚挤牛奶,发现前一天晚上拴着马绊子的马,不知道怎么弄的,被马绊子上的铁链绕住了四只蹄子,被绑成了一个倒三角,就像一个锥子一样扎在草地上,动弹不得。娜乌拉看到马的时候,它努力立在那儿,估计再动一下,就会一头栽倒。

就在娜乌拉俯下身子仔细查看,想着该如何帮助马儿解脱时,库齐肯奶奶端着一个盖着布的东西,摇摇摆摆地出现在了她身后。

娜乌拉不知道库齐肯奶奶为什么总在不该出现的时候现身,但她的热心,让任何人都哑口无言。娜乌拉把头向着库齐肯奶奶的方向扭了一下,速度很快——她还想集中精神看马蹄子呀。她扭回来的时候,眨了几下眼睛,因为她仍然抱有希望,但愿那不是库齐肯奶奶。

可是,那就是库齐肯奶奶,那就是她不想见到的人。她敢说自己的心脏停了那么一下。库齐肯奶奶站在她身后,张口和她聊起了如何烤馕。"嗨,娜乌拉,还是我们这种泥巴垒的土炉子烤出的馕好吃,城里的馕已经没这个味儿了,我估计不好吃是烤箱的缘故!绝对是!"娜乌拉只能又回转头,站起身来,默默点头。她早已注意到,库齐肯奶奶说话时总要特意加上对方的名字,这样的说话方式很霸道。面对库齐肯奶奶,她心里真正想说的话,甚至连一个字都说不出来。

"对了,娜乌拉,我有没有告诉过你,有时候给猫吃一点儿馕还是不错的。哦,我的宝贝狗就常吃我烤的馕,尤其在它拉肚子的时候。我想,馕可以避免消化不良呢。"

"哦,好的,好的。嗯,知道了。"娜乌拉终于憋出几个字——不说话对长辈可不礼貌。

"今天早晨我六点起床和面,这是刚烤出来的馕。瞧瞧,热乎乎的。你呀,一定要好好烧一壶奶茶,蘸着酥油吃,要对得起我这么早起床烤馕。"她把手里端着的东西上的布掀开,露出几个黄亮亮的馕。"看,上面我还抹了鸡蛋黄,哈哈,是我养的鸡报答给我的鸡蛋。"接着,她又唠叨起她亲爱的鸡,后来又转移到她的宝贝狗身上。她说起这些话题时总是没完没了,前前后后说了足有半个小时。

但是,当娜乌拉接过馕,以为她终于要停止唠叨离开时,她却突然把眼睛定在了娜乌拉身后的马腿上。呆了半晌,她像是发现了什么重大事故一般,指着马腿,大声嚷嚷起来:"天哪!娜乌拉,你难道没有发现它的腿给马绊子缠住了吗?这么大的事儿你不理会,却站在这里若无其事地和我聊天?为什么你会这么做?难道你没看到吗?唉,你们这些年轻人啊!太不为动物着想了,它们也不容易,有时比我们人类都辛苦呢!"

"呃……啊……哦……是吧……我正在想法子给它解开链子呢，"娜乌拉慌忙解释道，"可是您在这儿，我……"

"娜乌拉！娜乌拉！"库齐肯奶奶伸出手臂，把手掌对着娜乌拉，做了个停止的动作，接着，用抚慰的声音说道，"我一点儿也不怀疑你在考虑这个问题，对，对，我知道你是一个很不错的年轻人。然而，对于这一点儿你必须要改进。你只需把事情的主次搞清楚，然后先完成重要的事情，就不会这么狼狈不堪了……"

她不停地说啊说啊，就像春季山脚下那条河流一样，泛滥成灾。但后面这些话娜乌拉几乎没在听，因为她的眼睛盯着库齐肯奶奶，脑子却跑了神。

"嗨！娜乌拉！"库齐肯奶奶看着她的眼睛，又升高了音量，"譬如，现在你要知道马被这样捆着，对它来说是一件非常难过的事儿，你必须马上帮它解决难题！我相信以后你一定会分清主次。慢慢来，不要急，一定会有进步的。"说着，她走向前拍拍娜乌拉的肩膀，递过去一个鼓励的眼神，掉头走开了。

唉！她总是让人无话可说。

"凭什么让她那么教训着，为什么不反驳几句？"在那天早餐的饭桌上，深有感触的叶尔波力问。"为什么不？"娜乌拉说，"因为那马确实被绑成了一个锥子，并且，我确实没能及时帮到它。"

以上两件事,绝不是库齐肯奶奶热心肠的个例,她总会气喘吁吁出现在这一带草原的任何场合、任何人面前。只要是她能走到的地方,都会留下她的爱心和一个个"有必要的提醒"。"大家应该感谢她,不是吗?难道不是她给你们带去了爱和温暖吗?"年龄稍大些的邻居提到她时,总会说她是"了不起的库齐肯"。他们在谈论她时,常常用到"了不起"这个词,他们认为她是个大好人,从头到脚无可挑剔。一旦有老年人的聚会,总会有人提出:"我们一定得请库齐肯来,她来了那可就热闹了。"因为她能给大家带去很多安慰和快乐。可是,年轻人却不这么想,他们听到她的名字就会撇嘴。他们说她的话听起来很奇怪,让人摸不着头脑。还有人嘲笑她的体重:"所到之处,大地颤抖!"甚至有人怪声怪气学她说话,还说她太老了,恐怕脑子已经坏掉了。就这样,人们要么喜欢她,要么受不了她。

不过,每个人都知道,库齐肯奶奶是一个有爱心的人,尤其喜爱动物。她为身边的动物所做的努力,早已传进每个人的耳朵里。但是,恰恰因为她的爱心,年轻人总是躲着她,认为她管得太宽。她也听到过别人对她的议论,可她总是一笑而过。当她说了有些人不爱听的话时,别人的表现也不会让她烦恼。即便是有个年轻人当面顶撞她,讽刺她爱管闲事，话多让人烦，也不会让她有丝毫郁闷。她是不会计较的那种人，也许她根本没有听进去。要是真的遇到需要计较的事，好吧，她会直接忘掉。对于那个曾经顶撞过她的年轻人，在街上遇到，她也会主动走向他，大着嗓门问候："你好吗，年轻人？"接着，又打趣道："嗨，干吗这么严肃地瞪着我？你们这些年轻人啊，放轻松点嘛。"一旦发现面前的年轻人衣着凌乱，她便朝他努嘴，"啧啧，你看看，一定要记住，永远要把衣服穿好，无论新旧，整理好你的外表再出门。对，这能让你振奋。"看吧，她又开始说让人厌烦的善意"提醒"了。她嘴里从未说出过"我下定决心不去操这份闲心了""我才不着这份急呢"，或者是"和我扯得上关系吗"之类的话。当有人问起她，是什么让她整天乐呵呵的时，她说我高兴的是我能够呼吸，能随时吃点什么，能走路，能说话，能轻松地大声说笑。总而言之，我喜欢老天爷给我的这一切。她是这么说的，也是这么做的。

随着时间的推移，年轻人的思想逐渐发生了改变。他们先是开始留意她说的话，然后逐渐感知到来自她的爱和温暖。他们发觉她的身体里隐藏着某种正面的能量，认为她的确是一位值得敬佩和尊重的老人。

有一次，娜乌拉得了重感冒，喉咙肿痛，一连两天吃不下东西。更糟糕的是，叶尔波力因为亲戚家出事，赶去帮忙了。第二天夜里,高烧让她胸口憋气般地难受。她躺在床上,盖上厚厚的被子,希望能出一身汗,好让自己体温降低一些。但情况却越来越糟,她只能抛开自尊,挪到库齐肯奶奶家门前,敲开房门请求帮助。"您……我知道这么晚了……能帮我……"库齐肯奶奶看着娜乌拉烧红的脸蛋,把她拉进门,让她躺在床上。然后又忙着把小麦和酸奶酪捣碎,给她烧小麦粥,这可是迅速补充体力的好东西。

叶尔波力家的棚圈和毡房时常因为某些故障,需要一些特殊的铁钉或工具,而叶尔波力总会在库齐肯奶奶家的工具箱里找到需要的东西——库齐肯奶奶的丈夫去世前是一个维修高手,在毡房和棚圈上发生的任何特殊问题,他都能用自制的工具轻松解决。那个笨重的工具箱就是他留下的。

到最后,叶尔波力口袋里甚至多了一把库齐肯奶奶家小库房的钥匙。这对于娜乌拉来说,简直不太可能,她不喜欢别人在自己家乱翻东西,哪怕是库房。

还有一次,叶尔波力夫妇应邀参加阿勒泰地区举办的阿肯弹唱会。当人们身着盛装,骑着骏马,弹着欢快的冬不拉曲出场时,随着一声"'恰秀'开始",库齐肯奶奶头戴白头巾,身着盛装,用白色的布兜着一大包方块糖、水果糖和包尔萨克,在两位美丽少女的陪伴下,伴着节奏明快的黑走马旋律，不断向人群抛撒。叶尔波力看到库齐肯奶奶时，简直是跳着跑过去招呼她的，娜乌拉也惊喜地朝她鼓掌。让她没有想到的是，库齐肯奶奶这么受人尊重，因为"恰秀"中抛撒的食物代表好运，必须得由草原上最受大家尊重、最有威信的老妇人抛撒才行。

那天，在回家的路上，叶尔波力说："我们过去那么议论库齐肯奶奶真是不对，她是一个大度的人，从来不和我们计较。"娜乌拉也意识到，为什么库齐肯奶奶总是令自己感觉别扭，这根本与她水桶般的身材、大声说话、粗糙的碎花裙子没有任何关系。自己不想见到库齐肯奶奶的原因是她总让自己觉得处处都不如她，她时刻让自己感到自卑。"是啊，她的口袋里装满了人生的宝藏！"娜乌拉感叹道。她说库齐肯奶奶最让人佩服的是，对待任何人都充满爱和热情，对待生活总是那么乐观。而她脸上随时挂着的微笑，更像一盏灯似的散发光芒。至于教训谁教导谁，那就更非她的本意了。

"她唯一的缺点，"叶尔波力开玩笑说，"就是过于胖了。"

"她啊，占的地方太大了，"娜乌拉点点头，表示赞同，"这不仅仅是占的空间，更重要的是大家的心。"她希望自己能够多像她一点儿，却不知道该从哪儿着手。

此后数年，娜乌拉有了两个孩子，他们整天在库齐肯奶奶家跑进跑出。最后，为了方便，两家将毡房搬到同一个山坡上。每次，孩子们都是一出房门，就冲进库齐肯奶奶家里。

但是，事情往往不会始终那么美好——库齐肯奶奶的身体大不如从前了，毕竟她已是快要九十岁的老人了。

一天傍晚，库齐肯奶奶在院子里望着远方，没有笑容，也不去关注身边打闹着的孩子们——她从未这样。以前，她总说，每一天开开心心就好。每当孩子们为了一点儿小事哭丧着脸时，她就会拍着他们的脑袋，笑着说："看看，我们的生活多幸福啊！你们这些傻瓜。"

"娜乌拉，我的孩子要来接走我，他们担心我的身体。"等她回头看着走过来的娜乌拉时，她的情绪更加伤感。"告诉你一件难过的事儿，"她说，"最近，我的心跳常常忽快忽慢，就像发疯了一样。"娜乌拉认真地看着她的眼睛，等待下文。"正睡觉着呢，它说来就来——怦，怦，怦，就这样，在晚上，声音那么响，我真有点害怕了。"她把手握成拳头，比画着，敲打胸口。"还有，"她摊开双手，把它们展示给娜乌拉看，"看看，它们现在已经是没用的东西了。以前，我多么喜欢手工活儿。我坐在草地上，晒着太阳，做了许多花毡子给那些小猫咪啊小狗狗啊，让它们在上面睡觉。还有，我曾经给十几只牧羊犬和小羊羔做过衣服，是冬天穿的那种。它们穿着我做的衣服在雪地里奔跑……哦,还有那些小孩们,我给他们做了皮帽子、皮手套……可是,现在,我弄不透我的手为什么总是发抖。唉!这些事,我再也不能做了……"

娜乌拉早已发现她的手总是控制不住地颤抖,每次端起茶碗时,都会把茶泼到外面。她看着那双手,绞尽脑汁想找个话题来缓解她的悲伤,却什么也没找出来。最后,她只能用手挽着她,在她的胳膊上拍了拍。

库齐肯奶奶皱起眉头,唇线瘪曲,就那么站在院子的草地上,双手交握到一起,来回搓着。她的那双手像是戴着松垮的满是褶皱的羊皮手套,手背上布满深褐色的老年斑。在她身后,半个太阳正缓缓落入远处的山体,阴影在她的脚边越拉越长,空气中的热力渐渐削弱。在暮色的衬托下,她的头发看上去稀疏而干枯。她的神情已经无法用苍老来形容,而用"被迫放弃"或者"无奈放手"这类词比较适合。眼神、动作、语言、健康……她的一切的一切,就好像一个决定放手一项为之终生努力的事业的人,表现出无力实施计划之后的精疲力竭。大家的库齐肯奶奶——那个最伟大的,了不起的,洋溢着阳光和温暖的热心肠,看上去要哭出来了。

几天后,库齐肯奶奶真的被她的孩子们接走了。

"妈,不知怎的,您看起来越来越像库齐肯奶奶啦。"有一天,在饭桌上,两个孩子议论库齐肯奶奶时,突然回头对娜乌拉这么说。

"是的,我一直在努力!"娜乌拉微笑着点了点头。

第四部分

了不起的母牛

中午时分,父亲驾驶的马拉雪橇抵达二十公里外的镇子里。

"医生半个小时后回来,你在这儿等一会儿……"父亲看了看兽医站办公室门上写着的"吃饭去,三点回来"的纸条,再看看墙上的钟表,把旧棉被包着的小牛放到兽医站走廊尽头的木头椅子上,让小别克看着。他去院子里,用刷子清理马鬃毛上挂着的冰霜。

小牛才出生一周,前几天还可以站起来,可是从昨天开始腿就软塌塌的,总是侧躺在地上,鼻子里直喘粗气。父亲很担心,带小牛到镇里的兽医站,找医生看看这到底是什么原因造成的——羊和牛都像他的孩子一样,是父亲生命中的珍宝。

冬天,小别克在家待着无聊,坐着雪橇跟着父亲到镇里陪小牛看病,顺便跟着玩一趟。

"行。"小别克掀开棉衣,看到小牛斜躺在温暖的棉被里,虽然嘴和鼻子里呼哧呼哧地喘着粗气,黑溜溜的眼睛却好奇地左瞧右看,就像小娃娃似的伸展着腿,用露出的小蹄子啪嗒啪嗒敲打椅子,高兴地玩着。看它那天真的模样也好,动作也好,与其说是一头小牛,还不如说是个淘气的小孩子。

半个小时之后,医生来了。"这头小牛突然站不起来,我担心得很……"父亲跟在兽医后面,向前探着身子,抻着头,还打着手势,好像只要把病情说给医生听,小牛的身体就会立刻好起来似的。

"别慌,看看情况。"医生把手伸进敞开的棉被,碰碰小牛的脑袋,捏捏它的腿。

"把小牛放出来,让医生好好看看怎么回事。"父亲吩咐。

小别克赶紧把棉被从小牛身上拿开,让医生看清楚。

医生把小牛抱到地上,"来,走两步,我看看你怎么啦。"说着,还在小牛屁股上推了一把。小牛一接触地面就瘫软下去,四肢撑开,从鼻子里朝外喷粗气,好像是在埋怨医生把它从热乎乎的棉衣里抱出来似的。

"看起来不像是缺钙的问题。"医生用听筒听一听小牛的肺部,"嗯,肺音很清楚,"又用手摸小牛的腹部,"需要测一下体温,如果体温很高的话,很可能是肺炎。"

经过测温,医生确定小牛是在发烧。不过它除了腿上没劲站不起来,还有心跳加快、气喘吁吁以外,好像还没有表现出很难受的样子。

"送来得很及时。如果拖到明天,就会出现别的症状,那时候就晚了。"医生把父亲带到旁边一个生着炉子的大屋子里,"你们要待在这里观察一晚上才行。"

医生给小牛打了一针,配着药粉,给它喝了半盆子温水之后,去忙别的了。

"怎么办?"小别克悄悄问爸爸。早晨把小牛抱到雪橇上时,母牛一直跟在后面哞哞哞地叫——自从小牛出生以来,它一刻都没有离开过牛妈妈。

"就一天时间,那还能怎么办,"父亲摇摇头,"出门前我把母牛交代给你妈妈了。她会把它看好,不让它乱跑。"

"我们要明天才能回去。"小别克叹了口气。

"最快也要明天这个时候才能到家。"父亲看看窗户外面。

"小牛的妈妈该急死了!"

"是啊,一天一夜呢……"父亲点点头。

小牛包裹在棉衣里,头偏向一边沉沉地睡了。晚上医生来测体温时，它已经退烧。后半夜，还喝了父亲用大奶瓶带来的牛奶。

父亲看着小牛，一晚上没睡。

凌晨两点，父亲摇醒睡着了的小别克："听，远处有牛叫声。"

"行了爸爸，牛叫声有什么好听的，"小别克转过身去，"我还没睡够呢。"

"嗨！儿子！我刚才听了好一阵子，"父亲又晃了晃小别克的胳膊，"快听，好像……是咱们家母牛的叫声。"

"什么？"小别克一下子翻身起来，坐在那儿，侧着耳朵朝着窗户的方向听了一会儿，"咦？就是啊！像得很！"

哞哞的一声声牛叫渐渐清晰，牛好像进到院子里了。

小别克和父亲趴到窗户边，向外看。月光下，一头牛站在院子里，冲着窗户哞哞直叫。

"爸爸！"小别克惊叫道，"那就是咱们家的大母牛，它是来找小牛的！"

"这么冷！"父亲打开房门，跑出去，"啊，真的是你吗？真是你吗？"

"是！是它！是它！"小别克冲过去，搂住母牛的脖子。

"就是嘛，刚才我听着就像，"父亲用手去掉母牛脸上挂着的冰溜子，"你是怎么找来的？二十多公里的山路啊！"

"冰！爸爸快看,它的背上都结满了冰。"

"对,它是一路跑来的,也不知道出了多少汗,都冻成冰牛了。翻山越岭的,这母牛也太厉害了。"父亲心疼地捧起地上的雪,轻揉母牛的身体和四肢。

"它怎么认得路呢？这么远！"小别克帮着爸爸给母牛搓腿。

"就是啊,怎么认路的呢?"父亲也觉得很奇怪。

搓了好久,父亲才让母牛去生着炉子的屋子里看小牛。

"它是太想小牛了,想着,想着,就跑来了。"看着母牛激动地舔小牛,爸爸边寻思边解释。

"哦,我都认不得来时的路了,"小别克佩服地说,"它却能赶来找小牛,真是太了不起了！"

"再远它也能找到,"父亲禁不住呆愣着,欣赏母牛和它的孩子,感叹生命的奇迹,"妈妈都是这样！"

踢人的羊驼

每年杨絮飘起的季节,我就会感到后背疼,进而想起一些有趣的往事。这些事和我家的小羊驼糖糖有关,它可真是一个能自得其乐的家伙。

每年五月,村里的杨树开始飞杨絮,像极了飘雪。

这时,只要有一个小火星,比如随意丢掉的烟头,或者没有燃尽的火柴,经西北风一吹,落到半米厚的杨絮堆里,瞬间就会燃起大火,吞噬牛圈或者是成堆的干草饲料,其助燃的能量赛过汽油。

有一年的冬天是个暖冬,山里没怎么下雪,到春天融雪时只融成一道道细流。第二年春季,天气也很干燥,三四月份都没有一场降雨,五月的降水量也很少,只有两毫米,而以往的平均降水量多达五十几毫米。我看着满院子飘落的杨絮,每晚都要起来好几次,趴在窗台上,担心外面的安全。

一天夜里,我做了个噩梦,梦到杨絮着火,点燃墙边一堆木椽,烧毁了紧挨着的主屋……惊醒时,天已大亮。我匆匆吃了几口饭之后,开始干活。

那堆木椽,是十年来在老屋坍塌处捡回来的。修建房屋时,当房梁用,短了;烧火用,又嫌浪费。所以先堆积到一起,方便维修栅栏时,随时翻找出来用。多年积累下来,木椽垒得像小山一样,有四五米高。

我计划天黑之前,将这堆木椽搬到不挨着房屋且离水井较近的院子中间,并且分成五处堆放。一旦着火,方便扑灭。

换上工作服、戴上厚厚的帆布手套时,我发现糖糖正在附近鬼鬼祟祟地徘徊。尽管它假装没有注意到我,但从它那时不时偷瞄过来的目光和那不自然的散步姿态,我看得出它是在等待合适的机会。

我在院子里跑来跑去地搬运,像历经了一个世纪。当我再次走到墙边,扛起一根比我还高的木椽时,瞥见糖糖的小圆尾巴从杨树后闪过了。当我低头朝院子中间走去时,耳边传来沙沙声,紧接着,我的后背被猛击一下,一团毛球从我眼前闪了一下,又瞬间溜走了。

天呐,它踢起人来就像踢毽子一样——我跟跄着冲出两步,连人带木头跌了出去。

我趴在草地的另一头猛喘气,脉搏也好像停了好一阵。可恶的糖糖,又选择我最没有抵抗力时下手。往常,它在我干活时,时不时会来这么一下,不过每次我都有防备。这次可不同,我不但双手被占满了,还身负重量。

我瘫软在草地上,后背裂开般疼。然后,我看到一团大毛球闪电般蹿向毡房,消失在门洞里。

我一向痛恨对动物发脾气的人,可是当时我实在没有别的选择,谁叫它在我最疲惫的时候戏弄我。我慢慢恢复过来,拾起手边的小木棍,爬起来。这只折磨得我快要疯的羊驼,每次都能逃之夭夭。而现在,它就在毡房里。这是我头一回享受瓮中捉鳖的快感,我一定要去跟它做个了断。

从阳光里进入毡房,起初,我什么也看不到,慢慢地,眼前出现了一个鼻子,接着,整个脑袋,直至整个身子出来了。我发誓绝不原谅它,于是,我一步一步朝它走去。

当我离它的鼻子还有半米远时,我握紧的拳头攥起木棍,对着它发出低吼:"听着,如果你再踢一次,当心我把你关起来!听清楚了吗?小伙计,记住了,不许再乱来,否则的话,我会把你关到黑房子里!"我的眼睛胀大了一倍。

它愣了半晌,感觉到了不妙,短短的小圆尾巴抱歉地甩了几下,把嘴唇朝后拉出一个道歉的笑来。看到我脸上的线条稍微缓和下来,它立即嘴唇上翻,乌黑的眼睛闪烁出几分兴奋。最后,它索性慢慢挪到我身后,低头开始啃我的脚后跟——这是它表示讨好的标志性动作。

它的样子,表现出它完全是个天真无邪的善良家伙,仿佛刚才那个袭击只是开个玩笑而已。我渐渐冷静下来,不过我还是要表明我的立场。"好了,小伙计,"我用威胁的口气说,"要一直记着我说的话,"我用木棍点着它的头,"现在,从这里出去!"

糖糖一低头,从我身边溜走了。

晚上,我告诉妈妈糖糖的事儿:"它在背后飞起一脚,差点要了我的命。"

"多像你小时候趁我没注意,跳起来在我后背猛击一掌的样子。"妈妈哈哈大笑,"它的表现,和你小时候一模一样。"

我笑着捶她的肩,"好呀,算这么回事吧!"

她虽这么说,不过我还是看得出来,在她心里,一定认为我和一个调皮又可爱的动物计较,一点儿没有肚量。

不过这件事一直困扰着我:它为什么要这么做?是开玩笑还是纯粹恶作剧?为此,我变得疑神疑鬼,总会在干活时猛地回头,防止糖糖再次袭击,以至于好几次差点闪断脖子。

为了避免干活时再次挨踢,周五赶集时,我还专门挑选了一根牵引绳。一个星期之后,我在老屋坍塌处捡了一车旧砖块,打算在草地上铺一条方便人通过的小径。

事先有准备的确让我安心多了。我把绳子一头系在糖糖的脖子和前腰上,再把另一端绑到木桩上。这是我在马场学到的拴马的技法。当我蹲下去干活时,糖糖还很感兴趣地回头看我。

心里正在琢磨铺多宽才合适时,我听到背后有一阵低沉的噗噗声。起先我并未在意,只觉得哪里不对。突然间,我警觉起来,转头来瞧,不觉大吃一惊。原来糖糖围着木桩转圈,把四肢绕进绳子里,缠在了木桩上,并且已被勒得眼睛凸出、呼吸快要停止了。我跑过去想要解开木桩上的绳索时,却被它误认为我想要抓住它,拼命挣扎着想要挣脱,那力气大得让我胳膊差点脱臼。

我知道绳子只会越来越紧,所以我的第一直觉告诉自己,赶紧去拿把剪刀剪断绳子。但是我也清楚地认识到,如果我离开而绳子勒到它脖子上的话,毫无疑问,等我返回时会看到一只吊死的羊驼。

我只能将手抽回,等它冷静一点儿以后,又轻轻放到它背上搔搔它,然后伸手过去慢慢解它身上的绳索。这回,它除了喉咙里发出不悦的噗噗声之外,还转过身,向我展示它那很有威胁性的牙齿。同时,我更明显地感觉到了它的四肢在绳子中挣扎的力量。

"糖糖,糖糖,小伙计……"我尽量抑制住自己的怒气,用最柔和的声音哄它。我不知道为什么这时我会抬头去瞧,也许是人类的下意识时常会在危险时发挥作用。然而就是这么一瞧,我发现旁边栅栏上挂着修剪树枝的钳子。我身上每条肌肉都绷紧了,呼吸也几乎停顿下来,接着以意想不到的速度飞跳过去,取了钳子。

我在咬牙、憋气夹断绳子的同时,咆哮着喊道:"去你的吧!"以此发泄心中的闷气。

我从未这么大声过,这使得这家伙像遭电击似的跳到半空。当它落地时,很不愉快地转头瞄了我一眼。当时我一定像是要揍它一顿的凶狠模样,因为它两耳往后一耸,背一弓,比闪电还快地猛踢了我一脚。这一脚,正好落在我膝盖骨上。这还不算,它在我用一只脚跳着喊痛时,又抬头呸了我一口,这才旋风般逃走了。

我被喷得跌坐在地,吸溜着嘴抱着受创的膝盖,又抹去脸上不少它喷来的草渣。几分钟之后,我的气愤才慢慢蒸发掉。"唔,没丢了糖糖的小命,算是幸运了。"我自言自语地安慰自己,"算了,不和它计较!"

三个星期之后,杨絮飘完,我又要将木头搬回原处。

每扛起一根木椽,我都担忧地左顾右盼。旧创告诉我,糖糖可能埋伏在某个角落或者屋子后面。于是我放慢脚步——这次无论它从哪里冒出来，我都要大吼着吓退它。可是，当我走到棚圈边时，我愣住了。只见糖糖乖乖地把头抵在栅栏上，黑溜溜的眼睛望着我，那眼神里似乎还有一丝可怜巴巴的意味。莫非是我上回发的脾气生效了？小伙计一定以为我是个开不起玩笑的人。我突然觉得好羞愧。

我去扛剩下的木椽时，觉得有点不自在。与动物较量，胜利并不光荣，而我竟以一时之怒剥夺了一只羊驼的乐趣。毕竟每一个动物都有它自己的娱乐方式，虽然糖糖的玩笑也会让我心脏骤停几秒，可那是它生活中不可或缺的调味剂。我为它失去生命的乐趣而感到不安。

我边来来回回扛着木椽，边沉浸在对糖糖的内疚中，四下没有一点儿动静。"嗨！"一声喊叫，把我震得腾空了几秒。我抬起头时，又被吓了一跳——一个脑袋在墙外。又看了一遍之后，我确定那是邻居布鲁汗大姐家的儿子。

他可真是一个大块头，宽厚的肩膀、魁梧的骨架在村里也算是数一数二的强壮。但他个性温和，举止言谈和缓从容得几乎像个退休老人。他中专毕业一年，虽说还未找到工作，却一直极有耐心地帮家里打草放牧。我常听邻居们夸奖他："我这辈子从没有见过一个年轻人这么有耐心呢！"

院墙的高度，正好适合大块头站在外面探进头来。"嗨！

路过这儿,需要帮忙吗?"大块头问。

"太好了,"我很高兴,"快来帮我搬木头。"

潜意识里觉得可能发生的事还是发生了。当大块头轻松地扛起一根较粗的木椽,而我正弯腰拖动另一根木椽时,事情就发生了,跟我想象的差不多:依然是突然冒出,身子低伏,一步步快速潜行,完美地起跳,在最高点时前腿短暂地弹出。然后,一团毛球飞掠而去,消失到树后面。

它所制造的效果,比上次还要惊人。不同的是,这次踢的不是我。

只见大块头在保守的尖叫声中,扔掉手中的木椽,以发射导弹的速度冲进屋内。以他平时的性子来讲,这个速度着实很惊人了,把我吓得呆立在那儿。

至于糖糖,它当然得意极了,高昂着头,跳跃着,绕树转了一圈之后,又在草地上欢快地来回走动,我几乎都听到它嘴里哼起小曲儿了。最后,它蹦跳着走回它的小羊圈里。

我朝屋子里走时,发现自己在笑。我得赶紧去安慰大块头,我要给他烧壶奶茶,给他压压惊,并请求他继续帮我搬运木椽。因为糖糖就来那么一下,足以过瘾。当然,最让我高兴的是,我并没有把一只淘气又可爱的羊驼心中幽默的火花熄灭。

土拨鼠

春季,布鲁尔骑在马背上,悠闲地在山坡上放牧。一只猎隼一掠而过,几乎擦到草丛。那一瞬间,布鲁尔看到猎隼身下一团灰黄色的东西扭曲着挣扎,发出吱吱的尖叫声。布鲁尔没有多想,就将手中的马鞭朝猎隼狠狠甩去。猎隼从半空跌落,扑腾几下翅膀,丢下那团东西,飞走了。

布鲁尔走近,发现那团灰黄色的东西是一只可爱的土拨鼠。看来土拨鼠受到了惊吓,见到布鲁尔,它蜷起身子,朝后一缩一缩的,只是没办法逃走。"一定伤得不轻。"当布鲁尔蹲下身子,仔细查看土拨鼠身上的伤口时,它没有抬头看他。这明显地表露出它对布鲁尔不感兴趣。

布鲁尔发现它身上的伤口不停地冒血,决定带它回家。

"嗨,小东西,"布鲁尔说,"你遇到麻烦事了。来,让我帮助你吧!"布鲁尔从马鞍旁的布袋子里取出一块毛巾,铺到地上,小心翼翼捧起土拨鼠,把它放到毛巾中间,包起来。土拨鼠安静地躺着,仍然不抬头看他一眼。

布鲁尔摸摸土拨鼠露在外面的小脑袋,像平时安慰自己的马儿那样,挠了挠它的下巴,抬起它的头来。"喂,小土拨鼠,"他看了看它的眼睛,低声对它说,"你跟我回家,让我老婆子给你擦点药。你嘛,暂时也不需要出去劳动,我们给你充足的草、新鲜的水。如果你愿意接受我的帮忙的话,我还会给你打一个地洞,你可以躺在洞里舒舒服服地睡大觉。"

就这样,布鲁尔带着土拨鼠回到了毡房。在布鲁尔妻子阿依旦的照顾下,土拨鼠渐渐好转起来。它能吃会叫,能跑会跳,动作敏捷得就像一只猫。

一段时间之后,土拨鼠逐渐爱上布鲁尔一家,也慢慢学会了被人所爱——它会主动抬起头来,好让阿依旦挠它毛茸茸的脖子;它会轻轻地靠在布鲁尔身边,好让他用手从脑袋开始往尾巴处轻轻抚摸;它听到布鲁尔和阿依旦的说话声,就会抬起头,随着声音找寻他们的身影。

当他们外出回家时,土拨鼠还会欢快地吱一声,表示自己很开心。阿依旦抱起土拨鼠,给它食物时,它还会用黑色的鼻头轻碰她的脸,表示感谢。它还喜欢跳到桌子上,把黑棕色的小手伸进盘子里拿点心吃——它知道那桌上的盘子里总是装着好吃的。吃得高兴时,它还会跳到阿依旦身上去撒娇。

土拨鼠喜欢运动,它像小狗一样,跟在整天忙忙碌碌干活的阿依旦后面,一步也不落后。而且,只要有客人,土拨鼠就会异常兴奋,像一把小箭飞快地窜过花地毯,然后啪一个急刹车,站在门口,好奇地盯着别人看。有时,它还会站起身来,抓住客人的腿,用一种俨然小主人的神情嗅人家的裤子或者鞋子。检查完毕之后,它又得意扬扬地回到地毯上。

身体彻底恢复后,土拨鼠开始在毡房外的草地上四处寻找,仿佛是在实地勘察,为自己的新家选址。最终,它在不远处的大石头旁边选定了属于自己的区域,那是毡房附近草儿最茂盛的地方。接着土拨鼠开始忙碌起来。几天之后,石头旁出现了像小山坡一样的新鲜土包——土拨鼠有了自己真正的新家。

这是草原上最好的季节。漫山遍野泛着清香的蒲公英、野苜蓿,还有鲜嫩的马齿苋,这些草饱满而多汁,对于土拨鼠来说是绝美的佳肴。它每天都换着花样品尝美食。吃饱喝足,它便立在洞穴旁的草丛里,晒着太阳随意张望,一副享受生活的悠闲模样。有趣的是,土拨鼠的嘴巴每时每刻都做着咀嚼的动作,但听到一点儿声响,便马上停止咀嚼,抻着脖子,把头仰得高高的,一动不动,竖起耳朵聆听周围动静。

值得高兴的是,土拨鼠的身体像是吹起的气球,一天天胖起来。没过多久,就圆成了一个毛球。

一段时间之后,土拨鼠没了踪影。布鲁尔夫妇时不时去洞穴附近查看,对着洞口使劲吹出拖长音的口哨——那是他们召唤土拨鼠的方式。可是,里面没有一丝动静,就好像这只可爱的土拨鼠从未来过似的。"不对啊!""是啊,这不可能!"他们议论着,一遍又一遍拍手、吹口哨,又扒开草堆,晃动灌木丛,甚至挪开大石块,可是依然没有土拨鼠的回应。他们认为土拨鼠的失踪比较蹊跷,因为,他们相信土拨鼠绝对不会不打招呼,悄悄离去。

土拨鼠失踪之后,布鲁尔夫妇一直为它悬着心,并且越来越为它的安全担心。"我相信它绝对不会是出了意外,"布鲁尔安慰阿依旦,"它只是外出联系以前的朋友,很快就会回家。"

一天夜里,毡房外一阵轰隆隆的巨响将他们吵醒。起初,在睡眼蒙眬中,他们以为是一辆重型卡车从门前的小道上开过。但是,当这声音再次滚动而过时,他们听出那是雷声。到了深夜,风一声紧似一声,从小窗口可以看到外面所有的暗影都在摇晃,发出声响。天呐,狂风几乎掀去毡房天窗上的毛毡。与此同时，暴雨倾盆般倒下。这样的夜晚，土拨鼠不在自己的洞穴里，那一定是在刺骨的暴雨中！布鲁尔夫妇彻夜难眠。

第二天清晨，阴云开始飘散。布满水坑的小道两边是吸饱了水的草，还有新绽开的黄色小花儿。布鲁尔打开羊圈时，向阿依旦保证："我把羊赶去山坡上吃草，接着还会去附近草丛里看看。"

阿依旦用杆子挑起毡房上潮湿的毛毡，一块块晾晒在大石头上。她仍然为那只可爱的土拨鼠担心，祈祷能找到它。突然，她听到布鲁尔大喊："来啊！快来看啊！"

阿依旦飞快地跑过去，几乎不敢相信自己的眼睛。那只可爱的土拨鼠又出现在了洞穴旁的草丛里。让布鲁尔夫妇感到惊讶的是，它的身边还立着几只手掌大小的小土拨鼠。小土拨鼠学着妈妈的样子，仰着头，露出门牙，前肢蜷缩在脖子下站立着，傻乎乎的样子实在可爱。

过了几天，小土拨鼠们熟悉了外面的环境，开始放松下来。它们简直太痴迷于户外活动了，除了睡觉，剩余的时间，几乎每时每刻都待在外面。它们在洞穴边的草地上滑行着翻滚，躲在野花后面相互追逐着打闹，伏在小土堆上学打洞，或者是站立起来，欣赏周围的蜻蜓、蝴蝶还有蜜蜂……小土拨鼠们的生活真是丰富多彩。

天空有老鹰飞过时,土拨鼠就会发出尖锐的声响,洞穴旁边的小土拨鼠便会迅速躲藏进去。跑进灌木丛里的小土拨鼠来不及往回跑,只能就近伏在与自己身子颜色相近的枝叶间,平贴地面,紧紧闭着眼睛,好像这样就不会被老鹰发现了似的,让人看了忍不住笑出来。

尽管土拨鼠有了自己的新家,还当了妈妈,不过它仍然依恋布鲁尔一家,不仅时常回家探亲,还像只猫一样带着自己的孩子跟在阿依旦身后,进进出出。它们排成一排,移动起来,像是一个小组在搞庆典活动。遇上就餐,它们便大大方方去桌子上拿食物,大吃特吃餐桌上的馓子或者饼干。来布鲁尔家做客的亲戚们,看得眼睛都瞪圆了:"哇,难以想象,它们是猫呢,还是什么啊?"

不久,布鲁尔夫妇和土拨鼠一家的亲密关系被当作一件新鲜事儿,传遍整个草原。有人觉得好奇,专程过来看望土拨鼠一家,还会拔一些沾满露水的嫩草,放在洞口。

县城里的记者听说土拨鼠和布鲁尔一家的事儿,是在一次去往夏牧场的路上。说起这事儿的人,不时感慨所有的生物都是有灵性和情感的。

大家找到布鲁尔家时,雨正好一点点地歇住了。他们蹲在石头后面观察洞穴边草丛里的土拨鼠。土拨鼠看到有人看它们,并不跑开。有一只土拨鼠甚至还做出了人们一辈子都不敢相信的事儿——它伸出前肢,像人一样张开它黑棕色的小手,一把握住草丛里刚盛开的一枝小黄花的茎干,折了一下。茎干断了,它把黄花叼在嘴里,朝他们这边滑过来,把花吐在他们面前的草地上,转身跑开……

后来,人们在谈论土拨鼠时,总会感慨:生活给予我们的礼物,远比我们想象的要多。

小山羊和古丽娜妈妈

春季转场的路上,山羊妈妈难产,生下小羊羔不久就死了。那只身上沾满黏液的小羊羔蜷缩在一块毛毡里,比小孩的手臂大不了多少。

"早产一周,"扎特里拜对他的妻子古丽娜说,"看起来很难存活,勉强留下来,也是个大麻烦。"

古丽娜好像没听到他说话,蹲在地上,用毛巾轻轻擦拭小羊羔的身子和湿漉漉的小脑袋。

扎特里拜低头观察一阵小羊羔,碰了碰妻子的肩膀,又说:"嗨!你看它的脖子,一点儿劲都没有,软塌塌地耷拉在毡子上,恐怕活不过今天了。"

"我们不能眼看着它死去,"古丽娜坚决地说,"我去拿毛毯包着它,给它热些牛奶喝。明天上路时,我会把它裹在我的棉大衣里!"

扎特里拜只好无可奈何地说道:"好吧,好吧,你想照顾它,随你去吧!不过你可要想明白,我们的年龄都不小了,带着这样一只小羊羔转场,实在很不方便。"

古丽娜把小羊羔抱在怀里,低着头,跟着扎特里拜往临时搭建的简易毡房走去。"还有,"扎特里拜抬头看看天空,接着说,"你看看这天气,偏偏遇上个阴雨天……唉……"

扎特里拜夫妇都是六十多岁的老人,孩子们在城里上班。转场遇到大雨,可想而知,这对于两个老人来说,困难有多大。更何况,还要在前行的马背上抱着一只奄奄一息的小羊羔。

不过,在古丽娜的悉心照顾下,小羊羔慢慢缓过来了,转眼长成一只活泼可爱的小山羊,并且还把古丽娜当成了自己的妈妈,跟前跟后,一步不离。如果古丽娜在它没有发现的时候,离开毡房,去附近提一桶山泉水或是捡拾一些柴火,等到返回时,它便跳跃着扑过去,发出欢迎的尖叫声,每一声都比前一声更高亢,像是在喊叫:"去哪儿了?为什么不带着我?不知道我在找你吗?"它用后腿弹跳着,一下下撞击古丽娜的腿,就像好久没见到妈妈的孩子。

转入春牧场的两个多月时间里,古丽娜的关节炎越来越严重,行走起来腿部的关节疼痛难忍。他们把羊群托付给周边草场的牧人，去城里的哈萨克中医院找到了最好的医生。检查之后，医生认为转场中的潮冷天气，是诱发古丽娜风湿性关节炎发作的主要原因，如果坚持药浴或许会渐渐好受一些。但是古丽娜认为天气已经转暖，再好的药浴也赶不上草原上的阳光浴。

返回牧场的途中，扎特里拜夫妇在聊天中想起，其实几天前，他们就发现古丽娜久坐后站起来时，小山羊就会主动靠近古丽娜，让她扶着自己不太强壮的身体，慢慢站直身子。他们似乎明白了为什么小山羊时刻跟在古丽娜身后，即便在古丽娜妈妈睡觉时，也会伏在她的身边。还有，看到古丽娜妈妈醒来时，小山羊会立即站立起来，靠近她。就算有时贪玩，稍稍跑远了，也牵挂着她，时不时跑回来，探望古丽娜妈妈。

扎特里拜夫妇忙着牧场上的活，转眼间，小山羊长得高高大大，那身白色的毛发也变得健康而有光泽。

在一个晴朗的天气里，扎特里拜去对面山坡放牧，古丽娜坐在毡房外的草地上晒太阳，绣花毡，小山羊在不远处安静地吃草。

这时，从毡房后侧的松树林中，突然蹿出一匹灰色的狼。那狼大概是饿极了，所以闯进草场的生活区，想要弄点吃的。见到古丽娜，那狼先是愣了一下，接着俯下身子朝古丽娜直扑过来。古丽娜被这突然发生的状况吓蒙了,等明白过来,灰狼已经扑到了她的眼前,与她对视着。坐着的古丽娜,就连它黄色的牙齿都看得清清楚楚,还有它抓着草地的利爪——张开着,尖锐而弯曲。此时,古丽娜想要站立起来反抗,已经来不及了,更何况她手中没有任何抵抗的工具。那一瞬间,她脑袋上的头发都竖起来了。

正在这危险时刻,一团白影从旁边直射过来。原来是小山羊低着头,快速冲了过来。灰狼还没反应过来,就被山羊用角挑着肚皮,掀出三米远。灰狼打了个滚儿,还未站稳,小山羊又快速后退几步,低头飞奔过来。这阵势,杀得灰狼措手不及,等到站稳脚跟,它赶紧转身逃窜。

这场惊心动魄的搏斗平息之后,古丽娜妈妈更加疼爱她的小山羊了。"你看看,我的小山羊竟然懂得如何打败敌人。"她见人就夸,"与狼搏斗前,它还知道向后退几步,找到最佳方位,冲过去时又猛又准。"她还处处炫耀,正是因为小山羊有充满智慧的脑袋,才能顺利战胜饿狼。

也就在这时候,扎特里拜夫妇才意识到,原来每天傍晚,小山羊总是跟在古丽娜妈妈身后,把她朝毡房的方向又顶又推。他们以为那是小山羊爱瞎胡闹,但是现在想一想,这其实另有原因。

扎特里拜夫妇开始佩服起这只小山羊来。它未经任何训练，就知道想方设法帮助和保护自己的古丽娜妈妈。显然，古丽娜妈妈为小山羊付出的爱，它早就记在心里了。

新马甲和红皮鞋

达娜提着那件破旧的羊皮马甲从古丽努尔奶奶的毡房离开时,看到小伙伴玛丽娜拎着一个白色的塑料壶从毡房后面的山坡跑下来,她是来给古丽努尔奶奶送骆驼奶的。

当达娜从玛丽娜身边跑过时,被她脚上的新皮鞋吸引住了。达娜不相信地揉了揉眼睛,蹲下来,睁大眼睛仔细看。天呐,那是她见过的最漂亮的鞋——鲜艳的红色,前面有一个闪亮的大蝴蝶结。

"昨天爸爸在村里阿依旦阿姨家的商店买的,"玛丽娜抬抬脚,"阿依旦阿姨才进的货,还有白色和黑色的。"她低头左右欣赏了一下,美滋滋地说:"不过啊,我还是最喜欢这双红色的。"

"啊,啊……真好看啊!"达娜坐在草地上,脱下自己的旧鞋子,请求玛丽娜脱下一只皮鞋给她穿着试试。"你知道多少钱吗?"达娜转着圈欣赏脚上漂亮的红皮鞋,抬头问玛丽娜。

"八十元。"玛丽娜穿回鞋子,得意扬扬地走向站在毡房前微笑着看着她俩的古丽努尔奶奶。

古丽努尔奶奶是一位孤寡老人,靠国家给的补助生活。另外,村里还会经常派人给她修理毡房或送米送面,而她的这些邻居们则尽自己所能帮助她。刚才,妈妈叫达娜给老人送来煮好的羊肉和烤馕时,老人取出一件羊皮马甲让她帮忙送去村里的皮匠铺修补——那件马甲的口袋上方裂了一道长长的口子。实际上这已是达娜第五次替古丽努尔奶奶去修补马甲了。那件马甲看起来实在是太破了,不过古丽努尔奶奶说不穿马甲自己的胃很容易受凉。

古丽努尔奶奶在毡房的角落翻出一个黄色的塑料袋,把马甲装好,又摸索半天,从上衣口袋里掏出一叠零钱,数了又数,从中抽出一张面额十元的钞票,对达娜说:"对不起,孩子,这个月我就剩这点钱了。你经常来帮助我,我本来打算给你一点儿零花钱的。"达娜理解地点点头,她知道古丽努尔奶奶的处境。很多年前,古丽努尔奶奶的丈夫和孩子因为疾病相继去世,城里的亲戚们想接她一起住,可她总说离不开自己喜爱的毡房。达娜实在看不出古丽努尔奶奶的毡房有什么好的地方。妈妈说她这个年龄无法理解一个老人的心思和感受,也许毡房里的奶茶香味儿、门前吹过的风、深绿色的草地、牛羊的叫声,对古丽努尔奶奶来说都是那样祥和和亲切吧。

达娜提着破马甲,留恋地回头看了一眼那双红色带蝴蝶结的漂亮皮鞋,朝村里走去。她边走边想着那双精致的红皮鞋。到了山坡上,她想了想,快步朝自己家毡房跑去。她首先想到的是自己的存钱罐,她庆幸自己没有花掉那些零用钱。不过,这次的数目显然不是自己能够承担的——她捧着存钱罐里的一堆零钱——它们只有四十五元。我必须拥有那双红皮鞋,前不久妈妈答应过给我买双皮鞋的,无论如何我得说服妈妈,告诉她那双红皮鞋以及上面的蝴蝶结是多么适合我,达娜边走边想。

她走向正在毡房前晾晒奶酪的妈妈。没过一会儿,她果然得到了三十五元钱。

一个小时后,达娜到了村里。她先到玛丽娜说的阿依旦阿姨家的商店,找到货架上摆着的红皮鞋,毫不犹豫甩出八十元钱,买了下来。但她并没有穿,她想回到家洗洗脚,换双新袜子再穿。那样,才对得起这双红皮鞋。

在皮匠铺里,达娜把那件羊皮马甲展开,指着那条口子给皮匠师傅看。皮匠师傅拿过马甲翻过来,边看边摇头:"这件马甲没有修补的意义了……我简直记不清这已是第几次修补了。"她转向达娜,指着马甲后背的另一处,"我敢说,不出几天这里还会裂开。"她又翻看了一阵,指指另一个口袋,"还有这里,不久也会裂开。"达娜站在那里,茫然地看着皮匠师傅,拿回了马甲。

达娜夹着新皮鞋和旧马甲蹲在门口望着外面。一阵风吹过,她仿佛看到古丽努尔奶奶弓着腰,穿着到处破洞的马甲在寒风中蹒跚走过。风雪钻进她的胃里,古丽努尔奶奶捂着肚子,低着头,紧皱眉头。她该有一个新马甲!达娜想:总是弓着腰走路并且身体瘦弱的老人,最容易肚子或者胃疼了。

她抖开马甲,迎着阳光仔细观察这件破得不能再破的羊皮马甲。她想,马甲对于古丽努尔奶奶来说,该是多么重要啊!它是必不可少的防寒衣物。

她回头看看皮匠铺最里面墙上挂着的几件崭新的羊皮马甲,"那件马甲的价格是多少?"她指着一件最柔软的羊皮马甲问。"一百元,"皮匠师傅抬头看看她又说,"这已是最低价了。"

"唔,"达娜看看手中攥着的十元钱和胳膊下夹着的新皮鞋,"那么,九十元可以吗?或者我回家再问妈妈要十元?"她问道。

"嗯?"皮匠师傅看看她,思考了一会儿,"可以的,你先拿走马甲,回头再给我带十元钱过来也行。"

达娜夹着皮鞋,返回阿依旦阿姨的商店,"我想要退掉这双皮鞋。"她向阿依旦阿姨说明了古丽努尔奶奶的情况,以及自己打算为老人买一件崭新的羊皮马甲的事儿。

"噢,那位皮匠师傅是我的表姐,我可以帮你解决那十元钱的问题。"阿依旦阿姨和蔼地说。她把那双让达娜痴迷的红皮鞋重新摆在货架上,递给她八十元钱,带她来到皮匠铺。

达娜看着阿依旦阿姨在缝纫机后面小声地和皮匠师傅说了些什么。过了一会儿,皮匠师傅走了出来,她拿起一个头部带叉的铁棍把那件羊皮马甲挑了下来,又拿出两盒皮衣护理油和一把小刷子放进马甲的口袋里,用袋子装好递给达娜。"九十元够了,不需要剩下的十元钱了。"她温和地说。

太阳快落山的时候,达娜朝古丽努尔奶奶的毡房走去。她没有因为失去那双漂亮的红皮鞋而沮丧,她的心情反而更好了。她慢慢走着,思考着。她想着曾经遇到的善良的人们,"我也是其中一个啦。"她长舒一口气,为自己感到骄傲,"付出就有回报!"她想到自己的付出能够换来古丽努尔奶奶的微笑和健康,觉得真是再好不过了。

"古丽努尔奶奶,她们说您的马甲太破了。"她跑过去,对在毡房前散步的老人说。

古丽努尔奶奶转身看着她,背在身后的手里攥着一个报纸包,眼里闪烁着奇怪的光芒。"哦,那没关系,就放那里吧!我自己缝缝,或许还能穿上一段时间。"然后,她那张布满皱纹的脸上现出了得意的笑容,"来,来看看,达娜……"说着,她晃了晃手中的报纸包,"快来猜猜,我是用什么东西从玛丽娜那儿换到这个的?"达娜看到老人展开手中报纸的同时,恰好把自己手中的袋子向老人展开。

她看到报纸上一双红色带大蝴蝶结的漂亮皮鞋,而同时老人也看到了那件崭新的羊皮马甲。

小别克和小野鸭

夏季白昼变得漫长，直到晚上九点仍然明亮。孩子们放学之后，总是在外面玩到天黑，即使过了吃饭的时间，大人们也毫不在意。这点让人感到放松又舒适。

这两天，邻居家的小别克行为诡异，几乎每天下午放学之后都会耗在我家屋子附近。他时不时走到一堆茂密的草丛边，先是蹲下来打量一番，然后捡一根树枝扒拉开，再把头探到里面琢磨一番。

尤其今天，他甚至满脸愁容，围着草丛来回踱步，时而陷入沉思，时而抓耳挠腮。

他转身看到我时，挥了挥手中的木棍。我走近他，惊讶地看着这个一头草屑的小胖子，又看了看他粘了一层泥土的球鞋，心里以为他会说："嗨，小七老师好。"

可是他却没这么说，而是说："我的作业有点多，非常非常多，恐怕我要在这里赶时间，才能做完呢。"说完，他摸过地上的书包。

小别克，这个我们村最聪明且最不喜欢学习的小孩，从他上小学开始，我在他家见到他，他就总是拿着一支铅笔，随时都在准备写作业。但他要么是在用转笔刀削铅笔，要么是在铅笔盒里翻找铅笔，从没真正写过作业。而在他妈妈问起他的作业时，他顿时就乱了手脚，甚至打翻铅笔盒，摔断铅笔。

由于并不是在完成作业，他显然觉得很尴尬。而在我无心瞥了草丛一眼时，他更是急躁得把铅笔盒从书包里拉出来又放了回去，并把书包底朝上，倒出一大堆作业本。而且，我发现他心不在焉的，一会儿望望草丛，一会儿又偷偷观察我。

我点了点头。其实，我并没存心要搞清楚他在这里的目的，可是我无意间又瞥了草丛一眼时，那个小胖子活像被电击似的抖了一下。

"天呐！"他大声发起牢骚，"每天给我们布置这么多作业，做也做不完呐！"说完，他心神不宁地把铅笔盒、书、本子和跳绳在左右手间倒来倒去，把它们放到地上又拾起来，最后才终于决定把本子和铅笔盒放下，把其他的东西塞进书包里面。弄好后，他坐在草地上开始削铅笔。

我暗想，小别克不会是发现那些草堆下面埋藏着什么珍宝，怕我发现，所以整天监视我吧。我就曾在翻地种菜时，挖到过一颗宝石光。我想，此事必有蹊跷。趁他回家吃晚饭的工夫，我跑去看是什么东西让他如此着迷，可那只不过是一堆牧场上最常见的乱草堆而已。

第二天，天蒙蒙亮，小别克又来了。我知道他一旦这么频繁地出入我家，便意味着有什么事儿想请我帮忙。比如让我代替他妈在考卷上签名，或者是帮他做作业之类的，一般都是他在学校反复琢磨出来的办法。但小别克从不会直奔主题，而是谨慎地旁敲侧击。

在那堆草丛边转了一圈之后，小别克神秘兮兮凑过来："您想吃草莓吗？"他指的是草丛里的野草莓。说完，他把手背到后面，身子靠在墙上，眼睛在我和窗户间游走，而我还要消化一阵这句话背后的意思。

以我对他的了解，他不可能是想和我讨论野草莓如何好吃之类的。事实上，他一脸严肃地念叨起野草莓第二年会长得更多更好。"如果铲掉了的话——"他继续铺垫，"铲掉或者破坏草丛里的野草莓，就再不会有甜甜的野草莓吃了……"

这时，小别克指了指窗户外面，示意我跟着他。他指着我家屋子后面那堆草丛里若隐若现刚刚发出来的绿色草莓果,说:"看吧,野草莓,过一阵红了,就可以吃了,很甜。"

"去年没事的时候,会摘几颗吃,可是现在还没成熟……"我煞有介事地解释,但我实在想不通他给我说野草莓是什么意思。

"真的很好吃。"小别克吧唧了一下嘴,做出吃东西的样子。

前一阵子,我打算把这块草丛铲掉,种上薰衣草,还对小别克说起过我的打算。可是这段时间出版社催书稿催得急,耽误了我这个想法的实施。

小别克深恐我没有理解他的意思,又指向那堆野草丛,再次强调:"小鸭子很喜欢吃草莓。"说着,还模仿起小鸭子的声音:"嘎嘎嘎,嘎嘎嘎……"

"我知道……可是,为什么呢?"我试着问。我猜他可能很想吃,所以才这么说。可是,稍远一点儿的山坡上从不缺野草莓啊!

他没说话,眼里闪过一丝慌乱,嘴里停止了模仿小鸭子的叫声。

我好像明白了点什么:"哦,这一堆草丛归你了,我不在这里种薰衣草了,随你怎么处置。"

"太好了!"小别克长舒口气。他掠过我的手臂朝周围一通张望,以确定此时此刻这里只有我们两人。接着,他一猫腰,钻进草丛,然后压低声音朝我招手,"过来,过来。"我过去一看,草丛里有一些旧衣服。小别克掀开衣服,里面露出十几个圆滚滚的蛋。

小别克说,他前些天发现这些蛋的时候,它们的妈妈就不在了。他找了旧衣服把这些蛋包严实了,并且每天守护着它们,想把它们孵出来。

怎么可以这样?我知道在晚上气温还很低的春季,给这些蛋包衣服不会有任何作用。既然知道了此事,当然想让它们活着了。毕竟眼看着它们在草丛里等死这样的事儿,绝不是我做得出来的。我看着小别克期待的眼神,拍拍他的肩膀,请他把心好好放进肚子里。我说我不会见死不救,必须出手帮助它们。但是,这是一件有劲使不上的棘手事儿。

小别克看到我愿意帮忙,一下子兴奋起来,好像这事儿交给我,一切都有了着落一般。

可是我却沉重起来,我不知道该如何孵蛋,而且我连这些是野鸭还是野鸡的蛋都无从知晓。不过,做好保温是最重要的。我翻找出一条旧毯子,包裹着这些蛋,带回家里,在网上搜索有关孵化的知识。

得知不但要保持三十七摄氏度的恒温,还要时不时地翻蛋,保证其均匀受热,我觉得很神奇。小别克却在一边偷着乐:"哈,小鸭子终于有妈妈了!"

"你怎么知道是小鸭子?"我很好奇。

"因为我喜欢小鸭子呗!"小别克说。

好吧,我愿意给你的这些鸭宝宝当一回妈妈。我这么想着,把毯子搂进了怀里。

"晚上要放进被子里捂着,别忘了要翻蛋。"小别克回家时,还没忘提醒我。我点着头,想着不知为何,自己要沦落到整天抱着一窝蛋的地步。虽说自己出于善心,愿意这么做,可还是琢磨着,赶书稿已经很辛苦了,为什么连蛋也要自己孵?

到了晚上,我把这些蛋放进被窝里,为它们保温。半夜里,我总担心自己一时疏忽,把它们压碎了,于是迷迷糊糊醒来四五次,逐个给它们翻身。

虽然假装是鸭妈妈,我心中却充满不安。这样真的能把它们孵出来吗?它们还活着吗?万一孵出来小鸭子或者小鸡,那我不真的就是它们的妈妈了吗?是不是明天就该给它们准备小笼子呢?到哪里能买到编笼子的铁丝呢?黑暗中,我怀抱着这些圆滚滚的小生命,忽而悲观,忽而兴奋,总之脑门上挂满了问号,可它们却沉默不语。

不知谁走漏了风声,邻居们把我在家孵蛋这事儿当笑话传开了。于是,有人没事找事过来瞅瞅,有人嘟囔,有人笑而不语,有人说这样做是绝对不行的。那些扶着胳膊肘,用手背顶着下巴的大妈们说:"如果你能孵出小鸭子,准会把整个阿勒泰的人惊得眼珠子掉到地上。"我受尽了嘲笑,大人的、小孩的都有。晚上闲下来时,稍远一点儿的孩子还会骑马过来,把马拴在我家大门边的木桩上,专程来看我孵小鸭这场好戏,简直把我当成了一个怪物。一贯喜欢热闹的孩子们还把我叫作"鸭妈妈"。

每个孩子都热切地告诉我,他们第一次听说,并亲眼见到人孵蛋。这让我压力很大,如果孵不出小鸭子什么的,我是不是格外没有面子?那两天,我几乎不敢离开这堆蛋超过半秒钟。幸好妈妈有先见之明,在蛋下面铺了一张电热毯,细心地把温度调节到三十七摄氏度,又在蛋上盖了一件鸭绒羽绒服。妈妈说,这么着就是仿真孵蛋法啦。唉,我真服她了。

很快,我便听到一个消息,两公里外的阿苇滩小镇有卖小鸡小鸭的店铺。他们的孵蛋器,一定比我专业,可以帮我孵出小鸭。想到这点,我立即精神抖擞起来。第二天一大早,我就包裹着蛋送了过去。

店铺老板接过我抱着的旧毛毯时,我决定好好和他谈一下救助野生蛋的重要性,可是一阵惊呼迫使我咽下了嘴边的话。

"嗨！是你啊！"

我抬起头看着对面那个人。那是加尔恒——我的老同学，打从毕业那天起，我就再没有见过他。我有点发蒙，不过我总得说上几句相见喜悦的话。"哈，加尔恒！"我用有点发紧的嗓子说。

他的两眼瞪得好大："你来这里做什么？"

"你说呢？"我看着旧毛毯，"我想把它们孵出来，就这……"

"哦，我知道——这是我妈妈开的店——可是我听说你现在开始写作了？"

"是啊，我是……"

"你确定吗？"他的脸上交织着吃惊和怀疑，"可昨天有人对我说，你又在孵蛋？"

问得好。"我是很想让这些蛋孵出来，我想帮助手无寸铁的它们，这是很重要的一件事。"我回答。

他想了一下，开心地笑了起来。"没想到作家也会孵蛋。"他靠在门框上，身子笑得摇晃起来，"这么多年没见，竟然为了孵蛋相见，真是太有意思咯！哈哈哈……"他兴奋地笑足了一分钟，最后还腾出一只手，擦了下憋出眼角的眼泪。

"加尔恒，你在搞什么？"屋子深处终于发出了不满的声音。加尔恒的声音停止了,"对不起,老同学,我得赶紧把它们放进孵化器里。"他朝怀里的毛毯努了努嘴。离开之前,我还看到了他嘴角压抑不住的笑容,听到了他努力咽下去的咯咯声。

二十多天后,加尔恒打来电话:"小鸭子孵出来了!"

果然是小鸭。我一阵狂喜,去领回了五只黄黑花色的小野鸭——没有全部阵亡,真是太好了。从怀里纸箱中漏出的唧唧的叫声真是太可爱了。我坐在通往牧场的班车上,脸上的窃喜怎么都藏不住。

把小野鸭拿回家,放到地上,它们就到处乱跑。它们有一个特点,就像羊群那样,如果有一只向东跑,其他的都会跟着往东跑;一只往西,大家会往西一窝蜂奔跑。纪律性还很强,没有一只掉队。

小别克成了看护员,一从学校回来,就来我家,"我来照顾小鸭!"吃完晚饭也会过来,刚进院门就喊:"嗨!小鸭子们,我又来啦!"

小鸭们和小别克很亲近,每次小别克都是躺在地毯上,让小鸭子躲在他的手臂下睡觉。

把小鸭放到院子时,我会搬个板凳拿本书,坐在那里守着它们。它们喜欢钻进被太阳暴晒过的松土,看起来很舒服地扑扇翅膀,据说这样可以清除身上的螨虫。小雨过后,它们把淋湿的翅膀展开,面朝着太阳,看起来很享受的样子。

不久,五只小野鸭褪去绒毛,长出结实的羽毛。唧唧唧的叫声,也不知不觉地变成了嘎嘎嘎。

我用箱子装了小野鸭,送去小别克家里。此次充当鸭妈妈的任务,算是圆满完成。

没过几天,小别克哭着找到我,说小鸭子都被老鹰叼走了。

这个消息像是一只手抓住我的心并将它扭曲起来一般,叫我震惊和难过。小别克说小鸭在院子跑动,被老鹰盯上了。"没了!没了!小鸭都被老鹰叼走了!都是我的错,我没有照顾好它们。"小别克哇哇大哭。

虽然我一直故作镇定地安慰他,"不是,不是你的错,你也没想到会有危险啊。"但是,我的眼眶也红了。

跟着小别克跑去看时,我听到到处散落着羽毛的柴火堆下,还有窸窸窣窣的声音。虽然小鸭不敢露出身影,但是只要屏住呼吸,静静听,又会听到轻微又急促的嘎嘎的叫声。"还有,还有活的啊。"我的泪水也止不住流了下来。

还有两只小鸭幸存。

进入七月,幸存的小鸭已经成年。全身羽毛呈棕褐色,翅膀长硬。它们喜欢去门前小河边水浅的地方涉水而行,动作极快地把头频频扎进水里,像是对着水面点头。而且,它们还会跳舞呢,有时在河水上空舞来飞去,扎进有漩涡的急流中,有时降落在突出河水的石头或者树桩上,像大自然中的小小音符。

九月,已经熟悉大自然的小鸭顺利飞走了。它们一点儿都不留恋我这个鸭妈妈还有小别克哥哥。直到现在,小别克看到河水里划水的小野鸭,都禁不住停下脚步:"这大概是小鸭的孩子吧!"

库齐肯奶奶和小黑狗

库齐肯奶奶八十一岁时,一只小黑狗闯入她的生活。那是她在路边垃圾箱里发现的。库齐肯奶奶把一包垃圾扔进垃圾箱时,一只耳朵半耷拉着从头上垂下来的脏狗跳了出来。回家的路上,它围着库齐肯奶奶转圈,不停地摇尾巴。库齐肯奶奶拿出中午吃剩的肉骨头招待它,还喂它喝温热的羊奶。给它洗过澡之后,库齐肯奶奶几乎认不出它了——它毛发上的泥土洗掉之后,成了一只从耳朵到鼻头、腹部到爪子,再到爪下的小肉垫,全是黑色的漂亮小狗。

不知是心情愉悦还是吃饱肚子的缘故,小狗耷拉着的耳朵也直愣愣竖立起来,再配上闪烁着亮光的像是另一个世界的精灵般的棕色圆眼睛,哇,它的模样看起来真是完美极了。于是,库齐肯奶奶给它起名叫"美丽"。

晒干身上的毛发之后,美丽直奔柔软的地毯,一滚滚到库齐肯奶奶为它准备好的棉垫子上。它先是把鼻子贴在垫子上,嗅了嗅上面的味道,接着把四肢前前后后摆了摆,直到摆出舒适的姿势为止,然后把头歪着枕在摆好的爪子上,酣然入睡。

它,有家了。

美丽是只聪明的母狗。库齐肯奶奶教它捉迷藏,他们一玩就是几个小时。每天,他们一起吃饭,一起睡觉,一起散步,一起凝望洒在草地上的阳光缓慢流淌。很多时候,库齐肯奶奶怀抱着它,用手指绕着小圈给它按摩耳朵后面,再从额头到背部到尾尖到柔软的腹部,美丽沉醉其中。它把头抵在库齐肯奶奶的胸前,缓缓摇动尾巴,爱慕地仰头回望。它成了库齐肯奶奶的心肝宝贝。周围的人们都知道,若想看到库齐肯奶奶的微笑,只需走近,轻声询问:"您的美丽好吗?"

两年后的某个傍晚,库齐肯奶奶感到头疼胸闷,吃了两片感冒药之后,打起了瞌睡。美丽和往常一样,跳到床上,伏在她身边,并把脸凑过去贴着她的脸。这一切与往常没有什么不同。可是这次,美丽的鼻尖刚触碰到她的脸颊,便突然像弹簧似的蹦跳起来,用焦虑的目光看着她,用它的最大音量狂吠,一副灾难即将来临的样子。"别闹……

别闹……"库齐肯奶奶皱着眉,用手拍拍它的脑门。平时她这么做,不管它是在撒野还是在闹情绪,都会无条件服从,乖乖蜷缩起来躺到她身边。可是这次不同,它的情绪越来越激动,十分钟后依然狂吠不休,没有任何停止的意思。库齐肯奶奶觉得不太对劲,美丽一定想要告诉她什么。

与美丽相处的这两年里,库齐肯奶奶知道,外面下起小雨,它会冲她叫个不停,直到她把晾晒在外面的地毯收回毡房。去邻居家做客,回来晚了,它总会跑在前面,汪汪叫着提醒她前面有石块或者水坑。在这些方面,她认为美丽是个天才,因为它没有受过任何帮助人类的训练。

美丽的提醒,让库齐肯奶奶突然想起,她这几天身体一直疲乏,尤其是今天吃晚饭时,头晕得厉害,呼吸也不像平时那么顺畅。这么想着,她起床,穿上外衣,把小木凳搬到毡房门外的左侧,扶着墙篱,小心翼翼站到上面,给孩子们打电话——只有那儿有信号。

到了城里医院,已是凌晨一点。"量血压!"值班医生问了大概情况之后,立即判断库齐肯奶奶是血压出了问题。"一百三到二百!"量完血压,医生告诉她,再晚来一天或者半天,情况可能会很糟。

三十年前,库齐肯奶奶的丈夫去世。孩子们相继外出求学、工作、结婚,有了自己的家庭和事业。现在,孩子们想要接她去城里享福,她却认为在牧场度过自己的晚年,才算是真正的享受生活。她知道,孩子们不会理解她。在她心里,城里生活的可怕之处,就在于那种陌生感,那让她觉得很不踏实,也让她无法融入其中,只能偶尔去住上三两天,但也只是在小区周围走走,看看。

"库齐肯,"曾经,小区里的一位老人劝她,"在城里住多舒服呀,房间里有卫生间,方便洗澡,还总是有电。这样的房间最适合咱们老年人住了。"

"谁说我是老年人?"她反问别人,"我还认为自己年轻着呢!"

"哦……"她让别人不知该说什么了,不过那个老人又想起一个理由,"以后再不用去河边提水了,不好吗?"

"山泉水烧茶才好呢,没有什么水能比得上。你不这样认为吗?"

"也是呀……"那位热心的老人无话可说了。

一旦搭上了话,她也就不客气了,开始没完没了描述牧场的生活。而无论从哪个角度赞美,她都得用上"真没法形容我多喜欢它"作为结束语。这是她心里的真话。

"您得听听别人怎么说,"她的孩子总在她跟前说这样的话,"别人会认为我们不赡养老人,您得明白这里头的道理……"

"谁的道理？自己高兴就好,没有必要明白什么乱七八糟的道理,不是吗？"她让孩子们各忙各的事情去,别想这想那,"每个人,活着都是为自己。"不过,孩子们也没时间更不可能始终陪伴在她身边。所以美丽走进库齐肯奶奶的生活,填补了这个空缺时,给她带来了许多乐趣。

美丽总是依偎在库齐肯奶奶身边,耐心倾听库齐肯奶奶说的每一句话,用那双善意、温和的眼睛和她进行心灵交谈,告诉她:"您是世界的中心,您的每一句话都很重要。"当它跑在她前面时,脚爪接触地面的沙沙声,随风飘动的柔软的毛发,张着嘴不停地哈气的声音,都让她感觉充实而幸福。

可是,与心爱的宠物共享的美好时光总是一瞬即逝。

一天,库齐肯奶奶在邻居的帮助下,把美丽送进城里的动物医院。医生给它检查身体时,它安静地瞅着,毫无敌意。

"它有什么症状吗？"

"两个月前,它感冒发烧,我每天把它搂在被子里,它很快就好了。它又开始跳上跳下,玩啊闹啊,可是,上周又突然开始不吃不喝。今天早上,我把羊奶滴进它嘴里时,它开始干呕,脸和下巴抖得厉害,呼吸困难……看起来很难受的样子……上周它还跟着我跑来跑去,还打碎了一个装方块糖的水晶托盘……现在却成了这个样子……唉……"库齐肯奶奶搓着手,眼睛里的亮光越聚越多,嘴里不停念叨:"它真是一只了不起的好狗,帮我拖来挤牛奶的皮桶,帮我叼来袜子和鞋子。除此之外,它还会去小商店帮我买东西。我不能没有它。我想请你给它打一针或者吃一些好药,让它很快舒服起来……可以吗?"库齐肯奶奶皱着眉,目光焦虑。

检查过程中,美丽瘫软在桌子上一动不动。只有在库齐肯奶奶抚摸它或者叫它的名字时,它的尾巴才会费劲地左右摆动两下,表示回应,也像是在安慰库齐肯奶奶:别担心,很快会好起来的。

医生给美丽做完检查之后,叹了口气。

"它的年龄?"

"哦,我从垃圾箱捡到它到现在八年多了……当时它看起来是一只小狗,不过现在它看起来依然是只小狗……它一直是我的小狗狗,我的小宝贝……我的小美丽……"

"嗯……"医生沉思了一下,掰开美丽的嘴看了看牙齿,"我想,它的年龄在十八岁左右。"

"十八岁啊?噢,那还是没有我孙子的年龄大嘛……那它的确还是一只小狗呀……哦,我的小狗狗,我的小美丽……"库齐肯奶奶低声念叨着,俯下身子轻轻抚摸美丽的额头,亲吻它干燥发烫的黑鼻头。美丽的耳朵艰难地抖动了一下,睁开眼睛看了看库齐肯奶奶,努力把嘴唇朝后拉出一个抱歉的笑容,眼睛里闪出一丝亮光。不过,很快那笑容就不见了,亮光也随之消失,眼睛显得空洞无力。

"看起来……"医生看着库齐肯奶奶,欲言又止。

"哦,"库齐肯奶奶像是想起什么似的,在衣服里摸来摸去,最后摸出一个小小的绣花布袋。她掏出一卷钱,有一两千元的样子。她把钱弄平放到桌上,说:"我把家里所有的钱都带来了,尽管用最好的药治它,让它快些好起来……如果不够,我还可以弄到更多的钱,都可以交给你。唉,难以想象,没有它在我身边转悠,我该怎么办……那样的话,我做什么事都打不起精神……"

医生摇了摇头,叹口气,转身从后面的柜子里取出两个药瓶,倒出一小堆药片,用纸包起来,"这样吧,您先带它回去。这是消化和止吐的药,喂给它吃,或许会让它舒服一些。"

"好,好,就这些?"

"是的,暂时还用不上别的什么药……这是我的电话,有什么事,可以直接联系我。"医生指了指纸包上的电话号码。

"哦,哦,那多少钱呢?"

"三元。"

库齐肯奶奶在回家后的第二天晚上给医生打去电话,说吃过药的美丽依然难受,情况看起来甚至更糟。

医生问了库齐肯奶奶家的地址,第二天一大早就赶去了。

"对不起啊,"医生查看完被子里不断抽搐的美丽,转身看着库齐肯奶奶,像是下了决心似的咽了一下口水,说道,"您要有心理准备呀……前两天我该告诉您……"

"什么?你在说什么?"库齐肯奶奶像是感觉到了什么,嘴唇发抖,颤抖着抓住医生的胳膊。

"它全身器官衰竭。是因为太老了……每个动物……包括我们人类都会有这一天……"医生低下头看着地面,努力斟酌自己的措辞,"到了这一步,我们会选择人性的做法……让它舒适地离去。"

"什么?什么叫人性……什么是舒适……啊?它只不过是有些呕吐,不是吗?"库齐肯奶奶嘴唇抖得更厉害了。她像是明白了医生的意思,却又不愿接受这个现实。人们总是这样。

"嗯……就是……嗯……您……您……听说过……安乐死吗?"医生的声音渐渐弱了下来,最后才终于说出了这个可怕的词。接着,他立即补充道:"我保证不会有一点儿痛苦的。"

"噢,天哪……"库齐肯奶奶全身抖动了一下,情绪立即消沉下来,脸上现出哀伤。她扶着床头,呆愣着,弓着背站立在那儿,不知所措。

屋子里安静了很久。最后,库齐肯奶奶扶着床,挪到美丽身边,俯下身子,搂着它,用手抚摸它的背部。美丽喜欢这样的抚摸。接着,她把手移到美丽的肚子上,轻轻揉搓它的肚皮。以前,每天睡觉前,美丽都会躺在她的身边,朝上露出自己黑乎乎、软绵绵的肚皮,把身子扭来扭去,撒着娇让她揉,舒舒服服地朝各个方向舒展自己的爪子和腿。接着,库齐肯奶奶握住它的前爪,放到手心搓着,仿佛能够通过牵手传递她内心的信息。

"美丽,你知道我有多爱你吗?"库齐肯奶奶用头顶着美丽的额头,低声说,"虽然你调皮捣乱,啃坏了我的家具,打坏了我的碗还有盘子,但是你真的很棒。你是一个了不起的家伙,我爱你……宝贝!"美丽的眼睛微微睁开,看了她一眼,那双棕色的眼睛里闪烁的并不完全是悲伤,倒更像是闺中密友的安慰。这让库齐肯奶奶忍不住呜咽起来。

"……您还好吗?"医生扶着库齐肯奶奶问。

终于,库齐肯奶奶挣扎着转过身,拖着脚走到对面墙边。她举起双手,捂着自己的脸,头顶住墙。忽然,她感到胸口一阵绞痛,就像有人握着尖刀,一下一下戳她的心脏——她知道,自己的心碎了。

几分钟之后,她沙哑着嗓子说话了:"那就……这样吧!"

医生给美丽注射了药物,然后听了听它的心跳。美丽的心跳已经变得越来越缓慢了,但是还没有停止。"真是一只留恋主人的好狗。"医生又给它注射了一次药物。几分钟后,美丽在平静中离去了,似乎没有困难,也没有困惑。医生走过去,轻拍库齐肯奶奶的肩膀,告诉她:"您的美丽……它已经走了"。

库齐肯奶奶背对着美丽,静静地站在墙边,肩膀一抽一抽的。她转过身来面对医生,眼睛红肿:"美丽走了,对不对?"她的声音有些颤抖。

"嗯,对。"医生点点头。

她木然地站着,颤抖着嘴唇好像说了些什么,却没有发出声音。

"很抱歉,"医生摊开双手,表情无奈,"我……只能做到这些。"

"不……我想说的是,"她的声音微弱,"感谢你为我的美丽做的……感谢你为我们做的……谢谢……"

医生扶着她走向床边。"来,坐到这儿,"医生说,"需要我陪您一会儿吗?"

没有回答。医生对着她的脸看过去,只见她的眼睛里满含泪水,下垂的下眼睑已经红肿。她发现医生看她,把头低下去,双手扶着膝盖,努力克制了一阵之后,闭起眼睛,眉头拧在了一起。终于,她没能忍住,大哭出来。她哭着,大口大口地吸气,眼泪鼻涕都出来了。她抬起头,望了一眼旁边的桌子,又颤抖着手摸了一下口袋。医生赶紧掏出一包纸巾,递给她。她擦着眼泪,抑制、控制,努力让自己安定下来。"刚才——"在抽噎的一吸一顿之间,她使了一点儿劲儿,才把话说了出来,"刚才,它离开的时候……会不会感到痛苦?"她问了自己最想知道的问题。

"当然不会。"医生立即回答,"它还没有什么感觉就已经走了,就像睡着了一样。"

库齐肯奶奶感到一丝欣慰,她俯下身子,把手塞进美丽柔软的身体和床单之间的空隙里,搂住它,脸贴着它的脸,好不容易才止住自己的哭泣:"那就好……那就好……我可怜的美丽,没有你,我简直不知道如何度过剩下的每一天,每一个夜晚……唉,我们在一起的欢乐时光再也不会有了,是吗?"她的声音听起来仍然悲伤,不过似乎已经接受了这一事实。

医生抱歉地望着眼前这一幕,"您放心……它就像是睡着了一样……"他像是洗手一样不停地搓手,重复着刚才的话。

库齐肯奶奶搂着美丽,静静地待了一会儿。当她抬起头来面对医生时,她努力克制着让自己的表情看起来正常一些。她挪到靠近床头的地方,开始翻动床角的褥子:"哦,我一定不能忘记给你付费,这么远跑来帮助我们……"

"不,不,不,"医生抓住她的胳膊,"不需要付费!不需要!我还要赶回去,今天上午还要为一只狗做绝育手术。"他看着库齐肯奶奶,满脸愧疚,仿佛没有拯救美丽,是他造成的错误似的。"那么,我该走了。"他眨了几下发红的眼睛,说了声再见,快步走到门外。

库齐肯奶奶强忍悲痛跟出去,与医生告别。接着,她像是担心打搅到美丽睡觉一般,轻手轻脚返回它的身边,给它盖好被子,静静地坐在床边守候着,陪美丽在那里度过最后一天。

第二天,库齐肯奶奶把它埋在后山坡的草地里——它喜欢在那儿玩耍,打滚,晒太阳,跟着库齐肯奶奶,一步不离。唉,这简直是她一生中做过的最艰难的一件事。

后来,库齐肯奶奶再也没有养过小动物,她说自己已经尝尽分离的悲痛,不敢也不愿再去承受另一次失去。毕竟再怎样深切的情谊,最终都会因为对方的离去而结束。而事实上,大家清楚,在她心里,一定认为九十岁高龄的自己,已经不能很好地照顾一只狗或者是一只猫。她怕没法陪伴它们走到最后,让它们度过完美的一生。这才是库齐肯奶奶不愿再养小动物的真正原因。

玻璃窗后面的猫

这是猫咪阿尔玛来到达娜家的第一个冬天。因此,当达娜一家转场进入冬牧场时,它算是长见识了。譬如,窗户上的玻璃,阿尔玛就从未见到过。

冬牧场的冬房不同于在夏牧场时居住的毡房,它是由砖与木头搭建而成的。只有这样,才能抵挡严寒和暴风雪的侵袭。另外,毡房上的小窗上只需挂一块布帘或是封一层纱窗,所以住进有玻璃窗的房间,对于阿尔玛来说可算是新鲜事儿。为此,达娜一家在冬牧场,平静祥和的表象之下,暗潮涌动的惊险在窗户附近不断冒泡。

这天,达娜一家刚迁到冬牧场,东西都乱了章法,得重新归置。达娜和爸爸妈妈把骆驼背上卸下的东西搬东搬西,把家里那些柜门开了又关,关了又开。他们还在忙碌时,阿尔玛径直跳上了窗台。它蹲在窗台上,面朝屋子,观察了好一阵那凌乱的场面之后,转身朝玻璃窗走去。因为,它不知道有玻璃这回事儿呀,它的真实打算是,屋子里又吵又闷,得去外面瞧瞧,呼吸一些新鲜的空气。

不过,事情并没有阿尔玛想的那么简单。随着咚的一声闷响,它的脑袋瓜撞到玻璃上,并从窗台上跌落到地面上。这突如其来的一击,把它给惹火了。它迅速打了个滚,站起来之后,嘴里呜哩哇啦地发出战斗前的呐喊声。它再次冲上窗台,准备与刚才那位还未来得及看清楚的敌人厮打一顿。谁让它无故挑事呢?阿尔玛严肃而又正儿八经的发怒模样让人发笑。

瞧它,眼中冒着怒火,盯着玻璃的方向,对着隐形的敌人,大呼小叫地对峙了半个钟头。每次,达娜和爸爸妈妈朝窗户的方向看时,都能看到它在那里走来走去,嘴里恶狠狠地咒骂着,发着脾气。其实,真还不如有一个真实的敌人,真刀真枪干上一架,总不至于像现在这样,搞得它气得半死,却不知所以然。其间,阿尔玛还低下头,眼角朝上翻瞟着,胸腔深处发出低沉的咆哮声,甩头咬牙,挥舞爪子,在玻璃上乱撞,对着假想的敌人胡乱划拉。当它再次被隐身的敌人撞翻,掉到地面上,并再次跳到窗台上之后,或许是感觉到了对方的强势,或许是无心恋战,它慢慢靠近玻璃,用疑惑的眼神左瞅右瞅,把鼻子凑过去嗅来嗅去,但并没有继续与之争斗。"我并不是逃跑,"它拱起身来,伸伸懒腰,"我只是忙于其他事儿。"它扭头瞅了玻璃窗最后一眼,拉了拉后腿,不紧不慢扬长而去。看得出来,它已经完全想不出什么法子收拾隐身的敌人了。

猫咪这种物种,有它的两面性。在家人身边时,它看起来安详柔软,走起路来犹豫而缓慢,摇摇摆摆,随时昏昏欲睡,引人疼惜。但一旦进入不熟悉的环境或者面对对手,情况就不同了,它立即换了一副面孔,变得龇牙咧嘴、果断、凶狠,胸腔里还发出惊心动魄的呜呜声,尾巴坚定而膨胀地竖在身子后面,仿佛在为自己的行为摇旗助威。

窗台战役结束之后,阿尔玛的皮毛乱糟糟的,一副精疲力竭的样子。它跳下窗台,走进房子中间那堆大家正在收拾的杂物时,立即恢复到让人疼惜的状态。你看它,兜着圈子,东蹭一下西蹭一下,肚子里发出呼噜噜的温暖而安宁的声音。大家赶紧移开视线,忙乎起手边的事,假装不曾看到刚才它出丑的那一幕。

猫咪的好奇心是极强的。阿尔玛在晚上闲着无聊时,又想起白天隐藏在玻璃窗附近的对手。它一跃来到窗台上,继续寻找。它先是鬼鬼祟祟、小心翼翼地沿着窗台边走来走去,然后又抻着脑袋把鼻子凑到玻璃上抽抽鼻翼,那模样看起来煞是古怪有趣。

接着,它盯着玻璃瞄了漫长的一眼。"嗷——"突然,它像是被电击中了一般,四肢张开,毛奓开着跳了起来——它又一次陷入恐慌之中。这次,它真正找到了那位隐身的怪异敌人——就在它眼前的玻璃后面,一只和它一模一样的怪猫站在那儿。

那怪猫可是一点儿不示弱,摆出一副已经占领此地的模样,同时又瞪着眼睛威胁阿尔玛,让它赶紧离开它的地盘。但是阿尔玛又怎能轻易屈服于它呢?你看,它压低脑袋,耳朵横过来。天呐,阿尔玛这回算是遇到了一个攻击性极强的敌人。玻璃后面的怪猫,眼睛犹如见到了鬼的模样,紧紧盯着阿尔玛。它们一个在玻璃外,一个在玻璃里,就这样相互对峙起来——这场面真值得一看啊,瞧啊,它们两眼发红,眼珠胀得圆滚滚,嘴张着哈气,疯了一般,毛全部竖在身上。

它们端着个架子,走来走去,嘴里呜哩哇啦地相互威胁着,对骂着,隔着玻璃大眼瞪小眼地对视着,陷入焦灼状态将近半个钟头。然后,它们站直身子,相互抓头挠脸地对打了好一阵。或许是累了,或许是缓兵之计,阿尔玛嘴里咕哝着,暗骂着,后退到窗台边沿,蹲坐下来,开始舔发酸的爪子。当它再次抬头的时候,看到玻璃后面的那只怪猫也在舔爪子。它放下爪子,把头抻到前面,眼光从那只猫的耳朵尖扫到尾巴尖,又从尾巴尖扫回到脑袋。

猫的好奇心很容易像开关一般,一下子关掉。就在阿尔玛瞪着眼扫描完玻璃里的猫时,它看上去已经对玻璃后面的怪猫没了兴趣。这个时候,它的敌人似乎也因它的这种举止变得无心恋战,后退几步,蹲坐在了玻璃后面。

阿尔玛下了窗台,又停下步子,迅速回头张望了一下,好像后面随时会有怪物袭击一般。在确定后面没有危险之后,它缩着头,没精打采地朝厨房走去。快到碗柜边时,它又迅速回头张望一下,看那光景,真让人担心它会一头撞到柜腿上。

第二天,当阿尔玛决定再次跳上窗台,继续它那伴随着恐慌和疑问的探索之旅时,情况似乎比前一天更加糟糕。因为窗台上放着一个茶壶,那是达娜一家吃过饭忘记收拾起来的。茶壶下还垫着一个大出壶底很多的毛毡垫子。在阿尔玛跳往窗台时,两只前爪搭在了毡垫边缘,跳上去后,它脑袋撞在了茶壶上,被茶壶弹下去的时候,它又抓住了毡垫的边缘。于是,这只失去平衡的猫,疯狂地攀在毡垫边缘,蹬着两条后腿使劲扭曲着身体往上爬。最后,它带着慢慢下滑的毡垫,毡垫带着还剩半壶茶水的壶,稀里哗啦,丁零当啷,坠落在地……

阿尔玛只露着脑袋和尾巴,翻着白眼侧躺在毡垫下,头不但被后面坠落的茶壶重击,并且还浇满了茶水。当达娜听到巨响奔跑过去时,以为阿尔玛已经死于茶壶的重击。不过它四脚抽搐了一下,紧闭双眼从毡垫底下钻了出来,甩掉满头的茶叶和茶水,终于勉强在一缕缕粘在一起的毛发后面睁开了双眼。

这一系列的重击,让阿尔玛开始对玻璃窗怀有敬意。心跳恢复之后,它怀着崇敬的心情,重新返回窗台,隔着一段距离,探着脑袋冲着玻璃嗅来嗅去,但它始终不敢迈开步子再去招惹隐身在玻璃后面的怪猫了。

等它终于敢将爪子放在玻璃上试探时,已经是那天晚上的事儿了。让它万万没有想到的是,玻璃里面的怪猫也很友善地把爪子放到玻璃上,和它打招呼。最后,它们还把鼻子对到一起碰了碰,算是和平共处的协议,接着它们相互靠着蜷缩在窗台上。看上去,阿尔玛很为自己能够化敌为友而高兴呢。

事情到这儿并未结束。因为不巧的是,有一天达娜的爸爸努尔兰在院子铲雪时,一不小心,铁锨把子将后面的窗户玻璃碰得粉碎。

努尔兰把碎玻璃一点点取掉,点上一根烟,抱着胳膊,寻思着去哪儿弄一块相同大小的玻璃装上。突然间,他眼前出现了阿尔玛的脑袋。它跳上窗台,懒洋洋地径直朝玻璃走去。它与往常一样，对着消失的玻璃瞄了一眼，然后蜷了蜷身体，朝着玻璃靠了过去——它只是想靠在那儿打会盹儿呀。

猫天生有一种出色的平衡能力，但不幸的是，阿尔玛在此次突发事件中，并没有表现出那种特殊的能力。

努尔兰后面给达娜她们形容时说："它就在那里，打了一个滚，毛骨悚然地瞪着眼睛，从窗户框子里翻滚到了窗户外的边缘。一看就知道是脑子反应过来，腿脚没跟过去的样子。"

"接下来呢？"达娜迫切想知道接下来发生了什么。

"不愧是只猫啊！"

"那又怎样？"

"它死死地抓住了窗沿，好像抓住了一根救命稻草。"

"哦——"达娜抚着胸口，长舒一口气。

"不过啊，它还是掉下来了。"

"啊！"

"不但掉下来了，而且还瞬间消失了！"

"为什么？"

"它就消失在我刚刚堆到窗户下的一堆积雪里，"努尔兰做了一个跳水的姿势，"就在我听到一声沉闷的扑哧声之后。"

可想而知,努尔兰用手刨了好一阵子,才把胸口剧烈起伏、大张着嘴喘气的阿尔玛揪了出来。

达娜和妈妈面面相觑。她们在无言中对视良久,达娜放声大笑起来,妈妈紧跟着也笑个没完没了。她们不是笑阿尔玛落入雪堆的窘相,而是她们一下子想到玻璃重新装上之后,阿尔玛又会变得和第一次见到玻璃窗户时一样,觉得那块玻璃后面隐藏着巨大的阴谋——它一定一脸狐疑,然后警觉地朝着玻璃慢慢靠近,神神道道地研究上好些日子。它吸取了教训,认为玻璃后面的怪猫不值得信任。它在想,没准哪天,怪猫会将自己从玻璃窗户上发射出去。它就这么着,反复琢磨来琢磨去。

一定是这样的吧?

这是阿尔玛与隐藏在玻璃后面的怪猫成为朋友之后,又一次的挫败。在它那个毛茸茸的充满好奇的小脑瓜里,对朋友的辨别和认知将会回归为零,回到原点。它认为,不能只观察怪猫一时的表现,就对它做出整体评价,认为可将其作为朋友。它一定这么想。接下来,它还需继续重新认知、判断、熟悉复杂的猫际关系。

在玻璃窗重新装上之后,它一定会从房子的各个角落探头探脑,把视线集中到玻璃窗上,研究、观察、猜想。在许久之后,它才会跳上窗台,近距离查看,警觉地走来走去,嗅来嗅去，不时地张嘴哈气，以此威胁对方。它提醒自己，一定要警惕再警惕，因为那玻璃窗后面的怪猫，说不准还会使出什么鬼花招来呢。